annabrevet

SUJETS & CORRIGÉS 2023

Sciences 3e

Physique-Chimie • SVT • Techno

Physique-Chimie
Sonia Madani
Professeure certifiée de physique-chimie
Lycée Hoche, Versailles

SVT
Nadège Jeannin
Professeure agrégée de SVT
Lycée Dumont d'Urville, Maurepas

Technologie
Nicolas Nicaise
Professeur certifié de technologie
Collège Raymond Poincaré, Versailles

ISSN 1168-3791 ISBN 978-2-401-08664-7

Achevé d'imprimer par IPS en France
Dépôt légal 08664-7/01 - Août 2022

SOMMAIRE GÉNÉRAL

Avec ton Annabrevet, prépare-to

1 S'échauffer,
s'approprier les méthodes

2 S'entraîner
sur chaque thème du programme

3 Préparer l'épreuve du brevet : le sprint final

à l'épreuve de sciences en 3 étapes !

Infos et conseils sur l'épreuve 10

Trois sujets étape par étape

SUJET 1 Un exercice de physique-chimie 14

SUJET 2 Un exercice de SVT 21

SUJET 3 Un exercice de technologie 26

Les thèmes de physique-chimie

SUJETS 4 à 17 37

Les thèmes de SVT

SUJETS 18 à 30 105

Les thèmes de technologie

SUJETS 31 à 37 177

Voir la liste des sujets par thème 4

L'essentiel du programme en 11 fiches mémo 228

Trois sujets complets

SUJETS 38 et 39 France métropolitaine juillet 2022 248

SUJETS 40 et 41 France métropolitaine septembre 2021 262

SUJETS 42 et 43 France métropolitaine juin 2021 275

Les sujets et les fiches classés par thème

Pour chaque thème, voici les ressources de ton Annabrevet.

Indique sur cette liste l'avancement de tes révisions.
☐ À retravailler encore   ☒ Désormais ok !

Physique-chimie

Organisation et transformations de la matière

☐ FICHE 1 Organisation et transformations de la matière 228

☐ SUJET 4 Étude des carottes glaciaires
France métropolitaine, juillet 2019 37

☐ SUJET 5 Surveillance de la qualité de l'air par LIDAR
France métropolitaine, septembre 2019 42

☐ SUJET 6 Le savon de Marseille • Centres étrangers, juin 2019 47

☐ SUJET 7 Les algues : matériau du futur
Polynésie française, septembre 2018 53

☐ SUJET 8 La neige • Amérique du Nord, juin 2021 57

Mouvement et interactions

☐ FICHE 2 Mouvement et interactions 230

☐ SUJET 9 Ultra trail du Mont Blanc • Asie, juin 2021 61

☐ SUJET 10 La physique et la chimie au service du football
Antilles, Guyane, juin 2019 66

☐ SUJET 11 Saut en parachute • Amérique du Nord, juin 2019 72

☐ SUJET 12 Le saut à l'élastique • Centres étrangers, juin 2018 76

L'énergie, ses transferts et ses conversions

☐ FICHE 3 L'énergie, ses transferts et ses conversions 231

☐ SUJET 1 La voiture à hydrogène • ÉTAPE PAR ÉTAPE 14

☐ SUJET 13 Sécurité dans l'habitat • Asie, juin 2017 81

☐ SUJET 14 Étude de deux centrales • France métropolitaine, juin 2017 87

- SUJET 40 Une réglementation thermique : la RT 2020
France métropolitaine, septembre 2021 262
- SUJET 42 Fonte et régression des glaciers • France métropolitaine, juin 2021 275

Des signaux pour observer et communiquer

- FICHE 4 Des signaux pour observer et communiquer 233
- SUJET 15 Sous-marin : quels signaux pour communiquer ?
Amérique du Sud, novembre 2018 93
- SUJET 16 Pertes auditives • Asie, juin 2018 97
- SUJET 17 L'électrocardiogramme • Nouvelle-Calédonie, décembre 2017 ... 102

SVT

La planète Terre, l'environnement et l'action humaine

- FICHE 5 La planète Terre, l'environnement et l'action humaine 234
- SUJET 18 Le défi des biocarburants • Centres étrangers, juin 2019 105
- SUJET 19 L'impact de la pollution du sol • Asie, juin 2017 110
- SUJET 20 Les choix énergétiques • Pondichéry, mai 2017 115
- SUJET 21 Vent et kitesurf • Polynésie française, juin 2018 120
- SUJET 38 L'importance des coraux • France métropolitaine, juillet 2022 248
- SUJET 41 Un tremblement de terre en Méditerranée
France métropolitaine, septembre 2021 267

Le vivant et son évolution

- FICHE 6 Le vivant et son évolution 236
- SUJET 2 Les conséquences d'une espèce invasive
sur la biodiversité • ÉTAPE PAR ÉTAPE 21
- SUJET 22 Trop de sel dans le sol sénégalais • Asie, juin 2021 125
- SUJET 23 La qualité de l'eau dans l'étang de Thau
Antilles, Guyane, juin 2019 130
- SUJET 24 Le syndrome de Klinefelter • Amérique du Nord, juin 2017 136
- SUJET 25 UV et mutations • Nouvelle-Calédonie, décembre 2018 141
- SUJET 43 Photosynthèse de feuilles rouges et panachées
France métropolitaine, juin 2021 281

Le corps humain et la santé

☐ FICHE 7 Le corps humain et la santé 239

☐ SUJET 26 L'implant contraceptif • Asie, juin 2019 147

☐ SUJET 27 Activité cardiaque et entraînement
France métropolitaine, septembre 2018 152

☐ SUJET 28 L'audition • Amérique du Nord, juin 2018 157

☐ SUJET 29 Stérilité et PMA • Amérique du Nord, juin 2021 162

☐ SUJET 30 Les micro-organismes • Nouvelle-Calédonie, février 2020 170

Technologie

Design, innovation et créativité

☐ FICHE 8 Design, innovation et créativité 242

☐ SUJET 31 Échographie • France métropolitaine, juin 2018 177

☐ SUJET 32 Système de ventilation autonome pour une véranda
Polynésie française, juin 2021 184

☐ SUJET 33 Aide au stationnement • Centres étrangers, juin 2021 192

Les objets techniques, les services et les changements induits dans la société

☐ FICHE 9 Les objets techniques, les services et les changements
induits dans la société 243

☐ SUJET 34 Utilisation d'un drone en agriculture
Polynésie française, septembre 2019 199

☐ SUJET 39 Robot collecteur de déchets • France métropolitaine, juillet 2022 256

La modélisation et la simulation des objets et systèmes techniques

☐ FICHE 10 La modélisation et la simulation des objets
et systèmes techniques 244

☐ SUJET 3 Le mur végétal • ÉTAPE PAR ÉTAPE 26

☐ SUJET 35 Test d'abrasion de gants de moto
Polynésie française, juillet 2019 205

L'informatique et la programmation

- [ ] FICHE 11 Informatique et programmation 247
- [ ] SUJET 36 Relevage d'eau et irrigation en zone aride
France métropolitaine, septembre 2017 212
- [ ] SUJET 37 Analyse ADN • Pondichéry, mai 2018 219

• Coordination éditoriale : Louise Roullier et Grégoire Thorel assistés de Théa Goossens et Pauline Siegwart
• Correction : Stéphanie Mathé
• Graphisme : Dany Mourain et le studio Favre & Lhaïk
• Prépresse : Hatier et Nadine Aymard
• Infographie : STDI et Coredoc
• Illustration : Juliette Baily
• Mise en page : STDI

S'échauffer, s'approprier les méthodes

INFOS et CONSEILS sur l'épreuve

FICHE 1 Comment s'organise l'épreuve de sciences ? 10

FICHE 2 Comment réussir l'épreuve ? 12

FICHE 3 Comment te préparer à l'examen ? 13

Trois sujets ÉTAPE par ÉTAPE

SUJET 1 Un exercice de physique-chimie 14

SUJET 2 Un exercice de SVT 21

SUJET 3 Un exercice de technologie 26

1 Comment s'organise l'épreuve de sciences ?

L'épreuve porte sur deux de ces trois matières : physique-chimie, SVT et technologie. Son objectif : évaluer les connaissances et compétences du programme de cycle 4 (5e, 4e, 3e) pour les disciplines concernées.

A La durée et le barème

- L'épreuve de sciences et technologie dure **1 heure**, ce qui laisse environ 30 minutes à consacrer à chaque discipline.
- L'ensemble de l'épreuve est noté sur **50 points**, chaque discipline étant notée sur 25 points. Les points attribués à chaque exercice sont indiqués dans le sujet.

B La composition de l'épreuve

- Chaque année, les deux disciplines tirées au sort sont annoncées deux mois avant la date de l'examen. Pour chaque discipline, le sujet comprend **un ou plusieurs exercices** indépendants les uns des autres.

> INFO **Les trois combinaisons possibles pour le jour J sont donc : SVT/physique-chimie, physique-chimie/technologie, SVT/technologie.**

- Un des exercices peut consister en une **évaluation de tes connaissances**, sous la forme d'un questionnaire à choix multiples (QCM).
- Le plus souvent, les exercices s'appuient sur un ou des **documents**. Pour répondre aux questions posées, tu dois en extraire les informations utiles, tout en t'appuyant sur tes connaissances.

> REMARQUE **Certaines questions appellent une réponse très ciblée, tandis que d'autres supposent une réponse plus longue et argumentée (questions de synthèse).**

C Les critères d'évaluation

- Les correcteurs évaluent la clarté et la **précision des raisonnements** – et, par conséquent, la qualité de la rédaction scientifique.
- Si tu ne termines pas un exercice, les démarches engagées, même non abouties, sont prises en compte dans la notation.

> CONSEIL **Prends soin de bien noter, au brouillon, les étapes de ta recherche et de recopier les éléments permettant de la valoriser.**

- Attention, même si tes réponses sont exactes, il faut que tes justifications soient complètes pour avoir le maximum de points.

D En résumé

Épreuve de SCIENCES
(SVT, physique-chimie,technologie)

DESCRIPTIF

- 1 heure
- 50 points
- Exercices se rapportant à 2 des 3 matières

MÉTHODE

1. Lisez attentivement tous les documents.
2. Pour les questions ciblées, identifiez précisément les informations demandées.
3. Pour les questions de synthèse, choisissez bien vos arguments et faites apparaître les étapes de votre raisonnement.

CONSEIL

Soignez la présentation et la rédaction : elles comptent dans la notation de l'épreuve.

2 Comment réussir l'épreuve ?

En sciences, tu dois mobiliser tes connaissances, analyser des documents, faire des calculs et présenter des réponses claires.

A Quels sont les documents proposés ?

- Les documents (textes, tableaux, graphiques…) **rendent compte d'un phénomène**, ou présentent le fonctionnement d'un appareil ou d'un système technique.
- Commence par **lire tous les documents.** Surligne les mots et éléments importants. Identifie bien les intitulés des lignes et colonnes d'un tableau, les grandeurs dans un graphique.

B Comment répondre aux questions ?

1. Les questions ciblées

- Pour les questions ciblées, une **réponse courte** convient souvent.
- Certaines questions font uniquement appel à tes **connaissances** ou à ta compréhension. Elles peuvent parfois prendre la forme d'un **QCM**. D'autres questions te conduisent à **chercher** dans les documents **des informations** qui te serviront à étayer ta réponse.
- On peut également te demander de **calculer** (une vitesse, une énergie, une masse volumique, etc.) ; tracer une courbe ; compléter un algorithme extrait d'un programme Scratch ; retrouver des éléments manquants pour compléter la chaîne d'énergie et la chaîne d'information d'un système.

> CONSEIL **Pour résoudre un calcul, écris d'abord la formule littérale, puis effectue l'application numérique. Précise l'unité de chaque grandeur.**

2. Les questions de synthèse

- Les questions de synthèse nécessitent une **démonstration** : tu devras **confirmer** ou **infirmer** un fait à l'aide des documents et de tes connaissances. D'autres nécessitent de faire la **synthèse des données** de plusieurs documents, puis un **bilan**.
- Choisis bien tes arguments, en prenant appui sur les documents. Pense à faire apparaître les **liens logiques** dans tes explications.
- Répondre aux **questions de synthèse** implique de **raisonner** à partir de tes connaissances et des documents. Tu dois décomposer ce raisonnement en étapes.

3 Comment te préparer à l'examen ?

Les épreuves finales du brevet constituent ton premier examen. Cela peut générer du stress. Mais, si tu es en bonne forme et que tu as travaillé régulièrement tout au long de l'année, tu n'as aucune raison de t'inquiéter.

A De manière générale

1. La préparation physique

- Il est recommandé de **dormir correctement** dans les deux derniers mois avant l'examen. Le manque de sommeil risque en effet de réduire tes performances intellectuelles.
- Pour mieux gérer ton stress, continue de **faire du sport**, sans excès, dans les jours qui précèdent l'examen.

2. La préparation intellectuelle

Cette préparation-là s'effectue tout au long de l'année.

- En premier lieu, sois **attentif en cours.**
- **Apprends tes leçons** au fur et à mesure ; n'attends pas le contrôle. Donne du sens à ce que tu apprends : n'hésite pas à expliquer, à l'oral ou à l'écrit, le contenu de ta leçon à un proche ou à un camarade de classe.
- Lors de la préparation d'un contrôle, entraîne-toi à **extraire de ta mémoire** ce que tu y as mis. Révise pour de vrai !

> ATTENTION ! **Réviser n'est pas seulement relire. Il faut reformuler mentalement ce que tu lis et, si possible, par écrit, devant une feuille blanche.**

B Dans chaque discipline

- En **mathématiques et en sciences**, fais une fiche de révision par chapitre : note les définitions et les propriétés à connaître, illustrées par des exemples rédigés.
- En **français**, prends le temps nécessaire pour lire attentivement les textes qu'on te donne à lire à la maison (sous forme d'extraits ou d'œuvres complètes).
- En **histoire, géographie et EMC**, pour chaque chapitre, note les points principaux en t'appuyant sur ton cours ou ton manuel.

1 L'exercice de physique-chimie *étape* par *étape*

La voiture à hydrogène

30 min
25 points

L'automobile contribue à l'émission de gaz à effet de serre et de polluants atmosphériques. Les constructeurs tentent de réduire son impact sur l'environnement. La voiture équipée d'une pile à hydrogène est l'une des alternatives à la traditionnelle voiture à essence.

> **CONSEIL**
> Lis bien les premières lignes de l'énoncé : elles te donnent le contexte du sujet.

DOCUMENT 1 **La voiture à hydrogène**

Une voiture à hydrogène ne rejette que de la vapeur d'eau. La « pile à hydrogène » incorporée est une pile à combustible. Celle-ci utilise, pour fonctionner, un apport en dihydrogène (le combustible) et en dioxygène (le comburant). Le dihydrogène se combine avec le dioxygène de l'air en produisant de l'eau. À cette transformation est associée une conversion d'énergie chimique en énergie thermique et énergie électrique. Un moteur électrique permet alors de propulser la voiture. Cette technologie est parfaite pour réduire la pollution à l'échelle locale. En revanche, elle ne permet pas de réduire la pollution globale : le dihydrogène n'existe pas sur Terre à l'état naturel et plus de 90 % du dihydrogène produit sont issus de ressources d'énergie fossile.

▶ **1. a)** Extraire des informations ci-dessus un argument montrant que l'utilisation d'une voiture fonctionnant avec une « pile à hydrogène » peut présenter un inconvénient d'un point de vue environnemental.

b) De la même manière, montrer que le fonctionnement d'une pile à hydrogène s'appuie sur une transformation chimique.

c) Toujours d'après ces informations, associer sur votre copie chacun des trois numéros du diagramme ci-après à une

> **CONSEIL**
> Lis attentivement les questions qui portent sur le document. Surligne les mots clés en choisissant une couleur par question. Reprends ce code couleur pour analyser l'extrait.

> **MÉTHODE**
> ▶ **1. a)** Lis le document dans son intégralité : cette pile apparaît comme une énergie propre et renouvelable au début de l'extrait, mais ensuite ses inconvénients, qui peuvent diminuer l'intérêt de son utilisation, sont exposés.

forme d'énergie choisie parmi les suivantes : énergie électrique, énergie cinétique, énergie thermique, énergie nucléaire, énergie potentielle, énergie chimique.

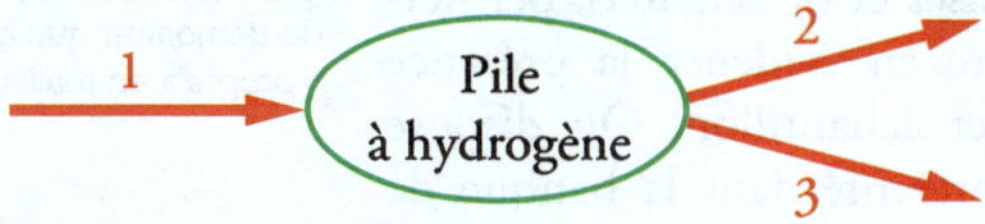

DOCUMENT 2 **Banque de données**

- **Test d'identification d'espèces chimiques**

Espèce chimique	Ion cuivre (II) Cu^{2+}	Eau	Ion chlorure Cl^-
Détecteur	Solution d'hydroxyde de sodium	Sulfate de cuivre anhydre	Solution de nitrate d'argent
Observations	Formation d'un précipité bleu	Changement de couleur : passage du blanc au bleu	Formation d'un précipité blanc

LÉGENDE
- État du réactif nécessaire à la détection
- Matériel nécessaire

- **Liste des solutions et du matériel pouvant être utilisés**

MÉTHODE
Tu ne peux choisir le matériel qu'après avoir lu la question **2.** et noté l'espèce chimique qu'il t'est demandé de mettre en évidence.

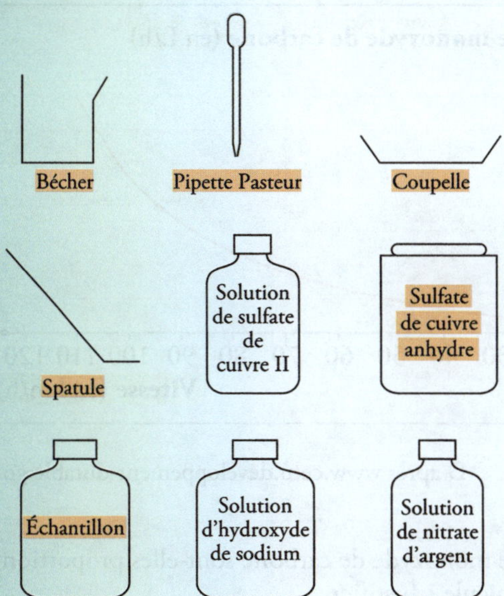

▶ **2.** On recueille un échantillon du liquide produit par la pile à hydrogène. Proposer un protocole expérimental, sous forme de phrases et de schémas, permettant de mettre en évidence la présence d'eau dans cet échantillon. On dispose du matériel présenté dans la banque de données.

REMARQUE
D'après le document 1, la pile à hydrogène ne produit que de l'eau. Cette partie du sujet va te permettre de démontrer que cette pile est « propre » en réalisant un test.

MÉTHODE
On te donne ici l'espèce chimique que tu dois mettre en évidence. Cette indication te permet de sélectionner, dans les deux parties du document 2, le matériel dont tu as besoin pour réaliser le test.

La majorité des automobiles fonctionne actuellement avec des moteurs à essence ou avec des moteurs Diesel. Plusieurs types de polluants sont émis par ces véhicules : le dioxyde de carbone, le monoxyde de carbone, les oxydes d'azote et des hydrocarbures imbrûlés.
Les émissions de monoxyde de carbone d'un moteur à essence varient en fonction de la vitesse du véhicule.

MÉTHODE
Regarde la forme de la courbe et la façon dont elle croît avec la vitesse. Puis surligne les grandeurs associées aux axes du graphique.

DOCUMENT 3 **Émissions de monoxyde de carbone en fonction de la vitesse sur route plane**

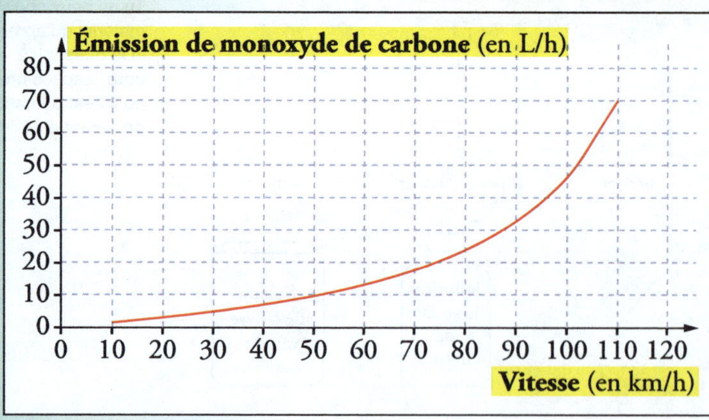

D'après www.cetu.developpement-durable.gouv.fr

▶ **3. a)** Les émissions de monoxyde de carbone sont-elles proportionnelles à la vitesse du véhicule ? Justifier.

b) À l'aide de la courbe ci-avant, on peut montrer que l'augmentation des émissions en monoxyde de carbone est de 3 L/h lorsque la vitesse passe de 40 km/h à 50 km/h.
Calculer la valeur de l'augmentation des émissions lorsque la vitesse passe de 100 km/h à 110 km/h. Comparer ce résultat à la valeur 3 L/h. Conclure.

MÉTHODE
Tu dois ici effectuer des lectures sur le graphique et faire des calculs simples. Utilise l'explication du début de la question pour effectuer le calcul demandé.

c) Sur une autoroute, un véhicule parcourt à vitesse constante 55 km en 30 min. Évaluer le volume de monoxyde de carbone émis durant ce trajet.
Le véhicule étudié respecte-t-il la norme Euro 5 qui limite la valeur de l'émission de monoxyde de carbone à 96,8 L/h lorsque le véhicule roule à cette vitesse ?

Toute démarche même partielle sera prise en compte.

ÉTAPE 1 Prendre connaissance de l'introduction

1 min

L'intérêt du sujet t'est donné dans l'introduction. Garde-le à l'esprit pour porter un regard critique sur tes réponses tout au long de l'épreuve.

Le but ici est de comparer les voitures à essence avec celles qui utilisent une pile à hydrogène pour se propulser.

ÉTAPE 2 Répondre aux questions sur le document 1

4 min

Commence par **lire entièrement le document 1**, puis lis les questions 1. a), 1. b) et 1. c). Relis alors le document 1, et surligne cette fois-ci les **mots-clés** qui te donneront les réponses aux questions posées : ceux liés aux inconvénients de la pile à hydrogène et ceux indiquant qu'il s'agit d'une transformation chimique.

Les réponses à cette partie doivent être très courtes mais complètes, c'est-à-dire qu'elles doivent comporter **une conclusion**.

▶ 1. a) Une voiture fonctionnant grâce à une pile à hydrogène utilise du dihydrogène et non pas de l'essence. Mais, d'après le document 1, le dihydrogène n'existe pas à l'état naturel sur Terre et il est issu en majorité (90 %) des ressources fossiles comme le pétrole ou les gaz provenant du pétrole.
Sa production est donc polluante.

REMARQUE
Une ressource ou énergie fossile doit te faire penser au pétrole et à ses dérivés.

b) D'après le document 1, le dihydrogène se combine au dioxygène dans la pile pour produire de l'eau. Les deux réactifs se sont donc transformés pour donner une nouvelle espèce chimique (l'eau) qui n'existait pas avant la réaction dans cette pile. Le fonctionnement de la pile s'appuie donc bien sur une transformation chimique.

c)

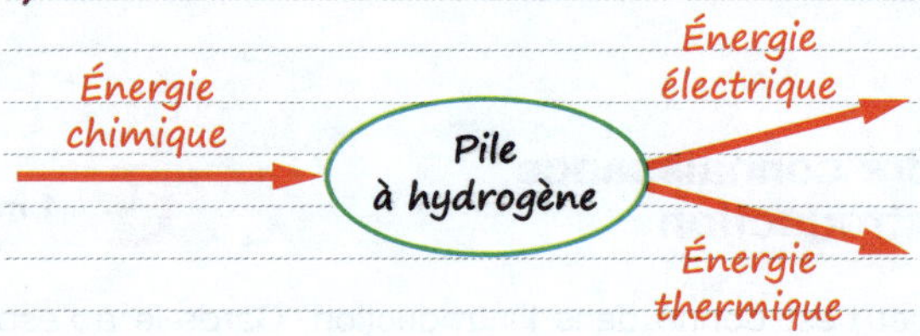

ÉTAPE 3 Répondre à la question sur le document 2

15 min

Tu dois ici écrire et illustrer un test chimique. Utilise le document 2 et l'énoncé de la question pour repérer l'espèce chimique à mettre en évidence.

Attention : note bien que l'échantillon est dans un grand flacon et qu'il ne faut pas le contaminer en y plongeant quelque chose. Tu dois donc citer **tous les ustensiles** dont tu auras besoin.

Prépare un **rapide brouillon** pour déterminer ce que tu dois faire.

- *Tester quoi ?* L'eau dans l'échantillon → donc un liquide
- *Avec quoi ?* Sulfate de cuivre anhydre → donc quelque chose de sec et solide
- *Quel matériel ?* Échantillon → bécher et pipette Pasteur
  Sulfate de cuivre anhydre → spatule et coupelle

Organise ensuite tes idées.

1. J'explique ce que je teste et avec quel détecteur.
2. Je fais un schéma.
3. Je donne les résultats possibles du test.

Tu peux enfin **rédiger** ton protocole expérimental en prenant soin de suivre l'organisation que tu viens d'établir.

▶ 2. Pour tester la présence de l'eau dans l'échantillon du liquide produit par une pile à hydrogène :

1. On verse l'échantillon dans un bécher.
2. On prélève, à l'aide d'une spatule, un peu de sulfate de cuivre anhydre blanc que l'on dépose dans une coupelle.
3. On prélève ensuite quelques gouttes de l'échantillon dans le bécher, à l'aide de la pipette Pasteur, que l'on verse sur le contenu de la coupelle.

Test de reconnaissance de l'eau réalisé sur un échantillon

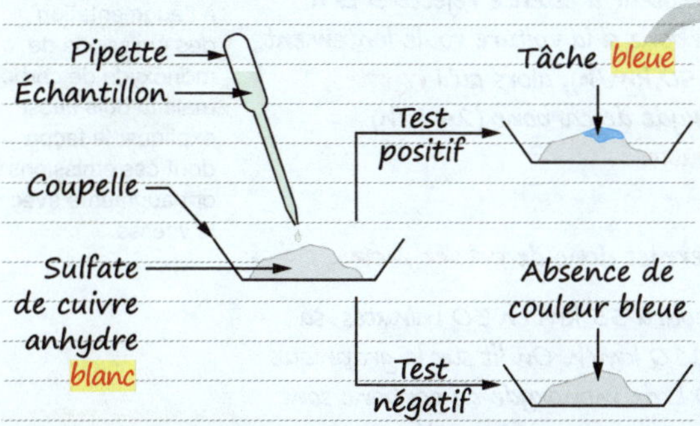

Si le sulfate de cuivre devient bleu, l'échantillon contient de l'eau. Dans le cas contraire, le solide reste blanc, ce qui signifie que l'échantillon ne contient pas d'eau.

CONSEIL
Il faut donner les couleurs du détecteur, avant et après la réaction.

ÉTAPE 4 au propre

Répondre aux questions sur le document 3

10 min

Explique comment tu as procédé pour effectuer les calculs, mais n'oublie pas qu'il te reste peu de temps, **sois synthétique.**

▶ 3. a) La forme de ce graphique n'est pas une droite, l'émission de monoxyde de carbone n'est donc pas proportionnelle à la vitesse du véhicule.

b) • **Calcul de l'augmentation des émissions lorsque la vitesse passe de 100 km/h à 110 km/h**
On repère la partie de la courbe concernée (de 100 km/h à 110 km/h). On note alors les valeurs d'émission de monoxyde de carbone correspondantes et on les soustrait l'une à l'autre :

$$70 - 46 = 24\ \text{L/h}$$

• **Comparaison entre ce résultat et la valeur de 3 L/h**
On constate que le moteur à essence rejette 3 L/h de monoxyde de carbone si la voiture roule lentement (entre 40 km/h et 50 km/h), alors qu'il rejette 8 fois plus de monoxyde de carbone (24 L/h) lorsque sa vitesse double.

• **Conclusion**
Rouler lentement permet donc de polluer moins.

c) La voiture a parcouru 55 km en 30 minutes, sa vitesse est donc de 110 km/h. On lit sur le graphique qu'à 110 km/h, 70 L de monoxyde de carbone sont émis par heure. Or, cette voiture n'a roulé que 30 minutes. Elle n'a donc émis que : $\frac{70}{2} = 35{,}5$ L de monoxyde de carbone.
La norme Euro 5 limite l'émission de monoxyde de carbone à $\frac{96{,}8}{2} = 48{,}4$ L en 30 minutes.
35,5 L < 48,4 L, la valeur de l'émission de monoxyde de carbone de cette voiture est donc bien inférieure à la valeur limite permise par la norme Euro 5, la norme est donc respectée.

MÉTHODE
La question demande deux éléments de réponse. Tu dois donner la valeur qui correspond à l'augmentation des émissions de monoxyde de carbone mais tu dois aussi expliquer la façon dont ces émissions ont augmenté avec la vitesse.

REMARQUE
La courbe indique l'émission de monoxyde de carbone en 1 h. La voiture n'a roulé que 30 minutes.

Les conséquences d'une espèce invasive sur la biodiversité

30 min
25 points

DOCUMENT 1 Qu'est-ce qu'une espèce invasive ?

Une espèce invasive (aussi appelée espèce envahissante) est une espèce soit végétale soit animale introduite dans un nouveau milieu, volontairement ou non par l'humain, et qui devient **nuisible pour les espèces locales.** Elle est originaire d'un pays étranger et menace la biodiversité locale et l'environnement du lieu où elle s'est implantée.

MÉTHODE
Lis attentivement les documents dans leur intégralité puis, après avoir lu les questions, relis les documents en cherchant cette fois-ci les éléments de réponse.

LÉGENDE
- Mots clés
- Caractéristiques de la tortue de Floride
- Caractéristiques de la cistude d'Europe

DOCUMENT 2 La tortue de Floride

ph © Wirestock – stock.adobe.com

Tortue de Floride

ph © nikos_photo – stock.adobe.com

Cistude d'Europe

Originaires des États-Unis, les tortues de Floride étaient une espèce vendue dans les jardineries principalement dans les années 1970. Une fois relâchées dans la nature, les tortues se dirigeaient vers les étangs et les cours d'eau. L'absence de prédateur naturel leur permettait de se reproduire et de proliférer en Europe. La tortue de Floride est agressive. Elle menace la tortue européenne, la cistude, qui voit son territoire et le nombre de ses proies réduire progressivement.

D'après le site futura-sciences.com

▶ **1.** À partir du document 2, donner les noms de l'espèce invasive et de l'espèce menacée présentées. (*3 points*)

▶ **2.** À partir des documents 1 et 2, citer les éléments qui ont permis de classer une de ces espèces dans la liste des espèces invasives en France. (*4 points*)

CONSEIL
Dans le texte du document 2, cherche les caractéristiques d'une espèce invasive (données dans le document 1) afin de savoir quelle tortue est invasive et quelle tortue est menacée. On peut surligner de couleurs différentes les caractéristiques des deux tortues.

DOCUMENT 3 Quelques caractéristiques de la cistude et de la tortue de Floride

	Cistude	Tortue de Floride
Milieu de vie	Zones humides : eaux stagnantes (marais, étangs)	Zones humides : eaux stagnantes (marais, étangs)
Alimentation	Poissons morts, vers, têtards, crustacés	Poissons morts, vers, têtards, crustacés
Maturité sexuelle*	10 à 15 ans selon le sexe	5 ans environ
Nombre d'œufs par ponte	3 à 9	2 à 20

* La maturité sexuelle est l'âge à partir duquel la tortue va commencer à se reproduire.

D'après le site cen-corse.org

▶ **3.** À partir du document 3, comparer les caractéristiques de la cistude et de la tortue de Floride. (*8 points*)

DOCUMENT 4 Le principe de Gauste

En écologie, on estime que deux espèces proches ne peuvent occuper un même milieu de vie durablement. En effet, il en résulte une compétition et les lois de la sélection naturelle tendent à favoriser celle qui est la mieux adaptée (c'est-à-dire celle qui, dans ces conditions, peut se reproduire le plus efficacement).

D'après le site wikipedia.org

▶ **4.** À partir des documents 3 et 4, expliquer en quoi l'introduction de la tortue de Floride représente une menace pour les cistudes en Europe. (*10 points*)

MÉTHODE
Dégage les caractéristiques d'une espèce invasive, puis interroge-toi sur les conséquences de l'introduction d'une telle espèce dans un nouveau milieu.

S'ÉCHAUFFER

ÉTAPE 1 Répondre aux questions sur les documents 1 et 2

10 min

Commence par lire une première fois les **documents.** Puis lis les **questions** et retourne aux documents pour chercher les **éléments de réponse.**

▶ 1. L'espèce invasive est la tortue de Floride, l'espèce menacée est la cistude d'Europe.

▶ 2. Le document 1 énumère les caractéristiques d'une espèce invasive : elle est originaire d'un pays étranger ; elle est introduite dans un nouveau milieu par l'humain ; elle devient nuisible pour les espèces locales et menace la biodiversité locale.

Le document 2 énonce les caractéristiques de la tortue de Floride. Voici celles correspondant à l'espèce invasive : elle est originaire des États-Unis ; elle est vendue en jardinerie et relâchée dans la nature ; agressive, elle menace la tortue européenne en lui prenant ses proies et son territoire.

MÉTHODE
Tu dois montrer comment les éléments tirés des documents t'ont amené(e) à cette réponse.

ÉTAPE 2 Répondre à la question sur le document 3

10 min

Pour **comparer** les caractéristiques des deux tortues, **analyse** bien le tableau. Repère les intitulés des colonnes et des lignes. Puis **utilise le code couleur** ci-contre.

LÉGENDE
- Caractéristiques identiques
- Caractéristiques différentes

DOCUMENT 3 Quelques caractéristiques de la cistude et de la tortue de Floride

	Cistude	Tortue de Floride
Milieu de vie	Zones humides : eaux stagnantes (marais, étangs)	Zones humides : eaux stagnantes (marais, étangs)
Alimentation	Poissons morts, vers, têtards, crustacés	Poissons morts, vers, têtards, crustacés
Maturité sexuelle*	10 à 15 ans selon le sexe	5 ans environ
Nombre d'œufs par ponte	3 à 9	2 à 20

Passe ensuite directement de l'analyse du tableau à la **rédaction de la réponse**, sur ta copie.

▶ 3. La tortue de Floride et la tortue européenne vivent dans le même milieu : les eaux stagnantes. Elles se nourrissent des mêmes proies : poissons morts, vers, têtards et crustacés.

En revanche, la tortue de Floride se reproduit deux à trois fois plus tôt et peut pondre jusqu'à deux fois plus d'œufs que la cistude. Elle a donc une reproduction bien plus efficace.

CONSEIL
Tu dois reformuler les différentes données. Par exemple, 3 à 9 œufs par ponte pour la cistude, contre 2 à 20 pour la tortue de Floride devient « deux fois plus » dans la réponse.

ÉTAPE 3 Répondre à la question de synthèse

10 min

Pour les questions de synthèse, liste **au brouillon** les idées importantes et les arguments correspondants tirés des documents.

Doc. 4 Le principe de Gauste
- Deux espèces sont proches dans le **même milieu** de vie durablement → La plus adaptée remporte la **compétition** et l'autre disparaît = **sélection naturelle.**
- Espèce la plus adaptée = se reproduit le plus efficacement.

Doc. 3 Comparaison des deux espèces de tortues
- Même milieu, même nourriture → **Compétition** pour les proies
- **Reproduction plus efficace** de la tortue de Floride → Augmentation de la population plus rapide → **Prolifération**

Conclusion

La tortue de Floride, plus adaptée, gagne la compétition et la tortue européenne disparaît.

Dans ta réponse, il faut commencer par une **introduction** qui reprend la problématique.

Tu dois appuyer ton **raisonnement** sur les notions et informations tirées des documents, et éventuellement aussi sur tes connaissances.

Dans ta **conclusion**, résume la réponse à la problématique.

▶ 4. [La tortue de Floride est une espèce invasive. Je cherche à expliquer que son introduction en Europe est une menace pour la cistude d'Europe.]

[D'après le document 4, deux espèces proches ne peuvent occuper le même milieu durablement.
La compétition entre les deux entraîne une sélection naturelle qui favorise l'espèce dont la reproduction est la plus efficace.

D'après le document 3, les deux tortues étudiées vivent dans le même milieu et se nourrissent des mêmes proies : poissons morts, vers, têtards et crustacés.
Elles sont donc en compétition pour la nourriture.

D'après le même document 3, la tortue de Floride a une reproduction bien plus efficace : elle se reproduit plus tôt et pond plus d'œufs que la tortue européenne.
Elle est donc plus adaptée et va proliférer aux dépens de la cistude. Il y a sélection naturelle.]

[La tortue de Floride a été introduite par l'humain dans le milieu de vie de la cistude. Favorisée par sa reproduction, elle va proliférer et la cistude va disparaître. La tortue de Floride est donc bien une menace pour la cistude.]

LÉGENDE
- [Introduction]
- [Raisonnement]
- [Conclusion]

CONSEIL
N'oublie pas d'aller à la ligne pour chaque paragraphe afin d'organiser ta réponse.

Le mur végétal

30 min
25 points

Mur végétal

Afin de répondre aux engagements contre le réchauffement climatique, des solutions naturelles ou techniques existent pour capter le dioxyde de carbone (CO_2) et dépolluer l'air.
L'étude proposée ici permet d'analyser et d'améliorer le prototype d'un mur végétal prévu à cet effet. Ce type de système vise à être installé là où l'implantation d'une solution naturelle n'est pas envisageable.
Ce système est équipé de deux panneaux verticaux de mousse à l'intérieur du mur végétal. Il est autonome en eau et en énergie électrique.

MÉTHODE
Les premières lignes de l'énoncé te fournissent le contexte du sujet : il est donc important de les lire attentivement avant de traiter les questions.

▶ **1.** Sur le diagramme simplifié ci-après, compléter, à l'aide du document 1, les éléments associés aux blocs internes du mur végétal. (*6 points*)
Utiliser les termes suivants : ventilateurs (1), motopompe (5), panneau solaire (6), batterie (7).

CONSEIL
Note bien les termes à utiliser pour compléter le diagramme, n'en invente pas d'autres.

Diagramme simplifié* des blocs internes du mur végétal

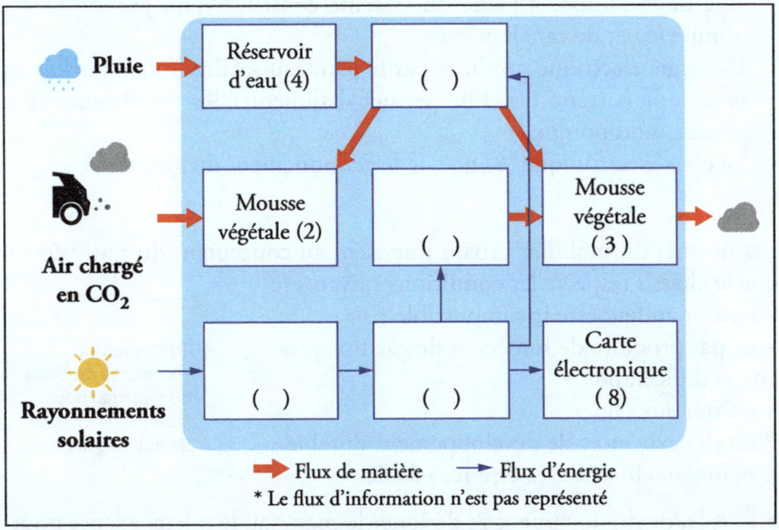

* Le flux d'information n'est pas représenté

DOCUMENT 1 Schéma de principe du mur végétal

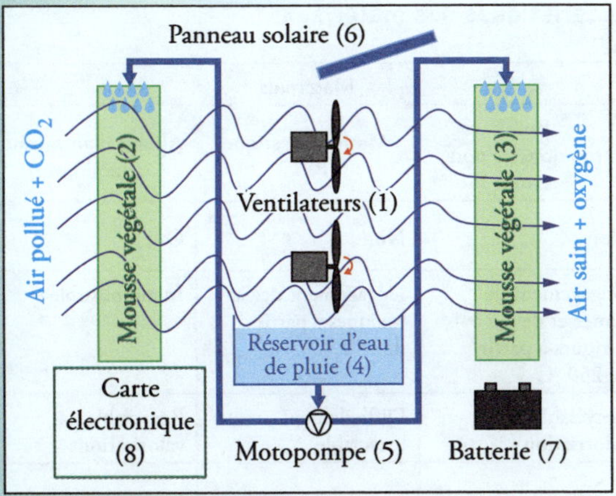

L'air est aspiré à l'aide des ventilateurs (1) à travers la mousse végétale (2) qui filtre les particules et absorbe le CO_2. L'air est ensuite propulsé à travers la mousse végétale (3) afin de subir un nouveau filtrage.

MÉTHODE
Observe le schéma du document 1 au fur et à mesure que tu lis le texte qui le suit. Tu y retrouves les éléments à placer sur le diagramme.

CONSEIL
Tu peux surligner les éléments à placer dans le diagramme. Leurs liens avec les autres parties du mur végétal y sont décrits.

L'eau de pluie est stockée au sein du réservoir (4), elle permet l'arrosage de la mousse à l'aide du système constitué d'un groupe motopompe (5) et de canalisations.
L'énergie électrique produite par le panneau solaire (6) est stockée au sein de la batterie (7). Elle permet d'alimenter les ventilateurs et le groupe motopompe.
La carte électronique (8) gère le fonctionnement du système.

Les normes du mobilier urbain imposent au concepteur du mur végétal que le châssis respecte les conditions suivantes :
– résister au feu, être incombustible ;
– ne pas produire de fumée ou de gaz toxiques en cas d'incendie ;
– résister aux chocs.
Pour des exigences de développement durable, le matériau choisi devra être recyclable.

À NOTER
Tu trouves ici les critères de choix du matériau pour fabriquer le châssis du mur végétal.

▶ **2.** À l'aide du document 2, désigner le matériau le mieux adapté pour fabriquer le châssis au regard des exigences arrêtées et argumenter la réponse.

DOCUMENT 2 **Caractéristiques des matériaux***

Caractéristiques	**Matériaux**		
	Bois (pin douglas non traité)	**Matière plastique** (PVC)	**Alliage d'aluminium** (duralumin)
Résiste aux ultraviolets	Non	Non	Oui
Résiste au feu	Dégagement de fumée et de gaz toxiques à partir de 250 °C	Dégagement de gaz toxiques à partir de 180 °C	Incombustible
Recyclage	Recyclable par valorisation	Difficilement recyclable	Recyclable par valorisation
Nécessite un entretien	Oui	Non	Non
Résiste aux chocs	Non conforme	Non conforme	Conforme
Isolant thermique	Isolant	Isolant	Conducteur

* Résultats issus de tests effectués en laboratoire.

▶ **3.** Le concepteur du mur végétal souhaite optimiser la gestion de l'arrosage de la mousse pour limiter la consommation en eau et éviter de remplir le réservoir entre deux périodes de pluie.
À l'aide du document 3, compléter ci-dessous le diagramme d'activité permettant une gestion optimisée de l'arrosage automatique du mur végétal. Utiliser les termes suivants :
– envoyer SMS ;
– point de rosée non atteint ;
– mousse desséchée ;
– jour ;
– réservoir vide ;
– attendre 120 s ;
– arrêter motopompe ;
– démarrer motopompe.

Diagramme d'activité du mur végétal

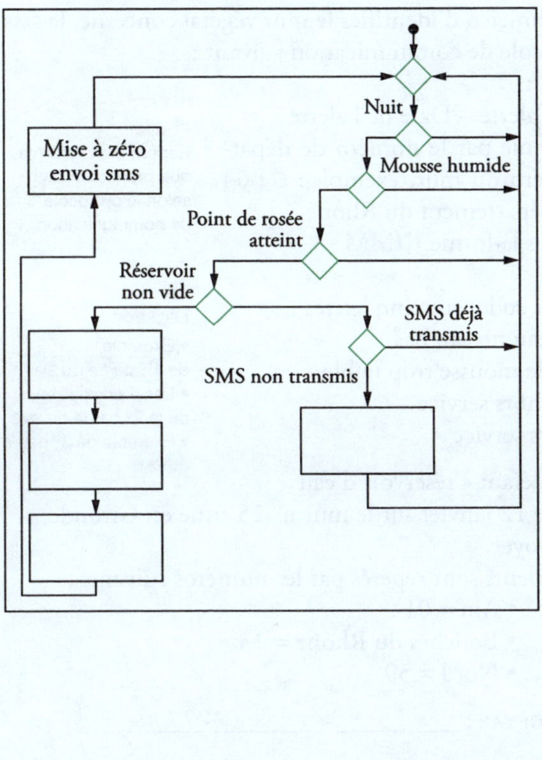

MÉTHODE
Les losanges représentent des critères de choix dans le diagramme d'activité. Regarde bien la proposition associée à chaque losange, tu dois retrouver son opposé dans les termes à utiliser.

DOCUMENT 3 **Description du fonctionnement recherché**

– Ne pas arroser en journée pour limiter l'évaporation.
– Arroser si la mousse est desséchée.
– Arroser lorsque la température de l'air atteint le point de rosée.
– Arroser si le réservoir n'est pas vide.
– Arroser pendant 120 s.
– Envoyer un SMS au technicien si le réservoir est vide.

MÉTHODE
Tu retrouves les différentes étapes du diagramme d'activité dans ce document : il faut t'en servir pour remplir les rectangles du diagramme.

Afin d'assurer le suivi à distance du mur végétal, le constructeur a intégré un système de communication permettant d'envoyer un SMS au technicien de maintenance.
Pour permettre au technicien d'identifier le mur végétal concerné, le SMS doit respecter le protocole de communication suivant :
ALERTE MUR VÉGÉTAL :
Localisation – Type d'alerte – Date de l'alerte
La localisation est définie par le numéro de département suivi du numéro du mur, exemple : 69-04 pour le mur n° 4 du département du Rhône.
La date est donnée sous la forme JJ/MM (jour/mois).
Les types d'alertes sont codés sur cinq lettres :
- RENIB = réservoir d'eau niveau bas
- HUMTF = humidité de mousse trop faible
- VENHS = ventilateur hors service
- POMHS = pompe hors service

CONSEIL
Repère bien la forme que prendra le SMS selon le protocole de communication.

LÉGENDE
- Exemple de 1re partie du SMS
- Les 4 possibilités de la 2e partie du SMS
- Exemple de 3e partie du SMS

▶ **4.** Dans le cas d'un défaut « réservoir d'eau niveau bas » survenu le 12 janvier sur le mur n° 15 situé en Gironde, compléter le SMS à envoyer.
Les différents départements sont repérés par les numéros suivants :

- Seine = 75
- Isère = 38
- Gironde = 33
- Ain = 01
- Bouches du Rhône = 13
- Nord = 59

ALERTE MUR VÉGÉTAL : ____________-___________-____________

ÉTAPE 1 Prendre connaissance de l'introduction

4 min

L'introduction présente l'intérêt du système pour la société et **décrit** ce système **dans son ensemble.** Elle peut t'aider à te faire **une première idée de son fonctionnement** et à comprendre le besoin qui a poussé à sa conception.

Ce sujet s'intéresse au système d'un mur végétal, capable de capter le dioxyde de carbone pour dépolluer l'air.
Ce système est présenté comme l'une des solutions pour lutter contre le réchauffement climatique.

ÉTAPE 2 Répondre à la question sur le document 1

6 min

Compare le schéma du document avec le diagramme-réponse. Tu dois retrouver les mêmes éléments.

Place d'abord les éléments facilement identifiables : ceux situés entre deux éléments déjà notés, ceux en entrée ou en sortie du système, etc.

▶ 1.

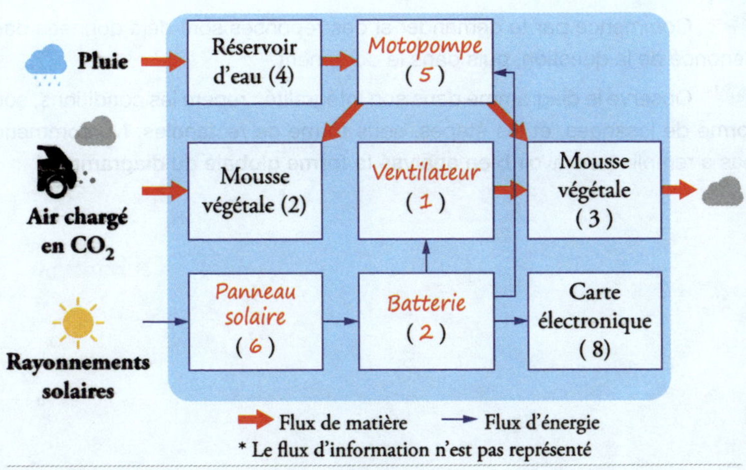

ÉTAPE 3 au brouillon — Répondre à la question sur le document 2

7 min

Pour **choisir le matériau** du châssis, repère bien les exigences auxquelles il doit répondre. Tu peux **surligner dans le tableau** les lignes qui te seront utiles. Attention, seul un matériau est à choisir, n'en donne pas plusieurs dans ta réponse.

Ton argumentation doit reposer sur les critères de choix : **une courte phrase par critère** est nécessaire pour justifier ta réponse et la rendre lisible.

▶ 2. Matériau choisi : Alliage d'aluminium (duralumin)

Argumentation : le duralumin résiste aux chocs.
Il est également recyclable. Il est incombustible,
il ne dégage donc pas de fumée ou de gaz toxiques
en cas d'incendie.

CONSEIL
N'énonce pas toutes les caractéristiques de la solution présentes dans le tableau : il faut montrer ta bonne compréhension des exigences que le matériau doit respecter.

ÉTAPE 4 au brouillon — Répondre à la question sur le document 3

8 min

Commence par te demander si des réponses sont déjà données dans l'énoncé de la question, puis dans le document.

Observe le diagramme dans son intégralité : repère les conditions, sous forme de losanges, et les étapes, sous forme de rectangles. Ne commence pas à remplir sans avoir **bien analysé la forme globale du diagramme** !

S'ÉCHAUFFER

▶ 3.

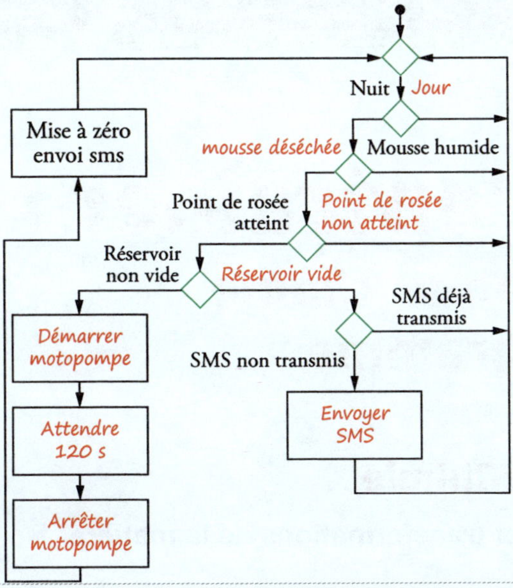

ÉTAPE 5 au brouillon

Répondre à la question 4

5 min

Chaque partie de la réponse vaut des points. Respecte bien le protocole donné en exemple.

▶ 4. ALERTE MUR VÉGÉTAL :
3315 – RENIB – 1201

S'entraîner sur chaque thème du programme

Physique-Chimie

Organisation et transformations de la matière
SUJETS 4 à 8 37

Mouvement et interactions
SUJETS 9 à 12 61

L'énergie, ses transferts et ses conversions
SUJETS 13 et 14 81

Des signaux pour observer et communiquer
SUJETS 15 à 17 93

SVT

La planète Terre, l'environnement et l'action humaine
SUJETS 18 à 21 105

Le vivant et son évolution
SUJETS 22 à 25 125

Le corps humain et la santé
SUJETS 26 à 30 147

Technologie

Design, innovation et créativité
SUJETS 31 à 33 177

Les objets techniques, les services et les changements induits dans la société
SUJET 34 199

La modélisation et la simulation des objets et systèmes techniques
SUJET 35 205

L'informatique et la programmation
SUJETS 36 et 37 212

Étude des carottes glaciaires

30 min
25 points

INTÉRÊT DU SUJET • L'étude des carottes glacières permet de comparer l'augmentation du volume du CO_2 dans l'air au fil des ans.

Des cylindres de glace, de formule chimique H_2O, appelées « carottes », sont prélevés dans les régions polaires et dans les glaciers des montagnes ; ils contiennent des renseignements précieux pour l'étude du climat.
L'élément oxygène se trouve notamment sous la forme de trois atomes stables nommés oxygène 16, oxygène 17 et oxygène 18. À partir de la proportion d'oxygène 18 par rapport à l'oxygène 16 dans la glace, les chercheurs déterminent la température de l'atmosphère au moment de la formation de la glace.

DOCUMENT 1 Un modèle de l'atome d'oxygène

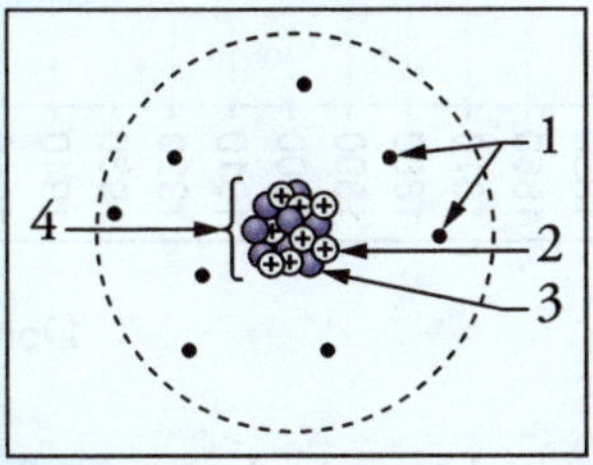

DOCUMENT 2 Les fiches d'identité des atomes d'oxygène stables

Oxygène 16	Oxygène 17	Oxygène 18
Symbole : $^{16}_{8}O$	Symbole : $^{17}_{8}O$	Symbole : $^{18}_{8}O$
Numéro atomique : 8	Numéro atomique : 8	Numéro atomique : 8
Nombre d'électrons : 8	Nombre d'électrons : 8	Nombre d'électrons : 8
Nombre de nucléons : 16	Nombre de nucléons : 17	Nombre de nucléons : 18
Masse de l'atome : $2{,}67 \times 10^{-26}$ kg	Masse de l'atome : $2{,}84 \times 10^{-26}$ kg	Masse de l'atome : $3{,}01 \times 10^{-26}$ kg
Abondance : 99,76 %	Abondance : 0,04 %	Abondance : 0,20 %

▶ **1. a)** Légender le document 1, en affectant à chaque numéro un nom parmi les propositions suivantes : noyau, électrons, proton, neutron.
b) Quel est le nombre de protons présents dans chacun des trois atomes d'oxygène ? Justifier vos réponses par une phrase.
L'analyse des bulles d'air piégées dans la glace permet de déterminer la quantité de dioxyde de carbone CO_2 contenu dans l'atmosphère du passé.

DOCUMENT 3 **Évolution du pourcentage en volume de CO_2 dans l'air au cours des années**

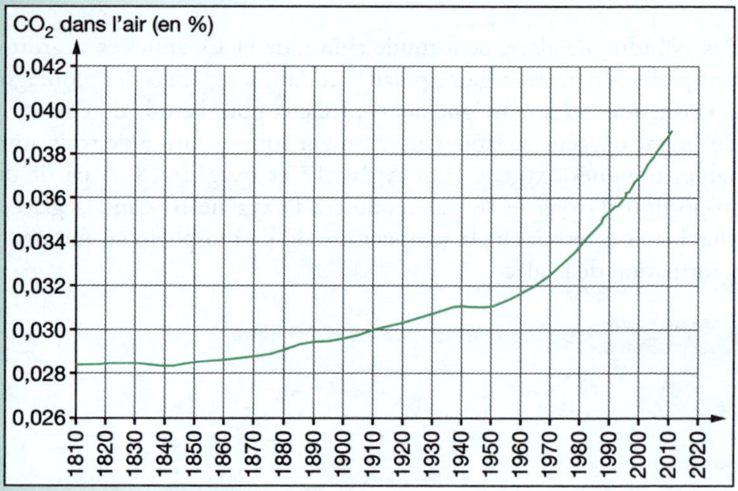

Données : www.eea.europa.eu

▶ **2. a)** En utilisant le graphique du document 3, indiquer le pourcentage en volume de dioxyde de carbone présent dans l'air en 1910.
b) En quelle année ce pourcentage a-t-il atteint 0,037 % ?
c) Comparer, en citant des données du graphe, l'évolution du pourcentage de CO_2 en volume dans l'air, entre 1810 et 1950 puis entre 1950 et 2010.
d) Quelle valeur pourrait atteindre ce pourcentage en 2020 ? Décrire et critiquer la méthode utilisée.
Le projet ICE MEMORY est un programme scientifique dont l'objectif est de constituer la première archive glaciaire du monde. Des carottes provenant des glaciers les plus en danger seront conservées à –54 °C dans une cave creusée sous la neige de l'Antarctique.

Lieu de prélèvement de carottes glaciaires	Intensité de pesanteur *g* du lieu
Glacier du Mont Illimani (Bolivie). Altitude 6 300 m	$g = 9{,}76$ N/kg
Glacier du Col du Dôme (France). Altitude 4 236 m	$g = 9{,}79$ N/kg
Base de Vostok (Antarctique). Altitude 3 800 m	$g = 9{,}82$ N/kg

▶ **3. a)** À la base de Vostok qui se situe en Antarctique, on extrait une carotte de glace de 3 mètres de long, le poids du cylindre de glace est $P = 236$ N.
Schématiser le cylindre de glace en position verticale et représenter le poids de la glace par un segment fléché en prenant pour échelle 1 cm pour 100 N.
b) Utiliser les données du document 4 et de la question **3. a)** pour calculer la masse du cylindre de glace de Vostok en kilogrammes. Expliquer la démarche suivie et écrire la relation utilisée.
Les essais et les démarches même non aboutis seront pris en compte.

S'ENTRAÎNER

LES CLÉS DU SUJET

Comprendre les documents

Document 1 • Un modèle de l'atome d'oxygène	• Ce document représente le modèle de l'atome d'oxygène. • Note les différents constituants de cet atome et le nombre de chacun.
Document 2 • Les fiches d'identité des atomes d'oxygène stables	• Ce document est un tableau présentant les constituants de trois atomes d'oxygène et les caractéristiques de leurs noyaux. • Observe les différences entre les noyaux de ces trois atomes représentant le même élément chimique.
Document 3 • Évolution du pourcentage en volume du CO_2 dans l'air au cours des années	• C'est le graphique du pourcentage du CO_2 dans l'air de 1810 à 2020. • Utilise-le pour répondre à la question 2 et pour prévoir l'évolution du volume du CO_2.

Répondre aux questions

▶ **1. b)** Utilise les données des fiches du document 2 pour répondre à cette question.

▶ 2. c) Il faut faire quelques calculs mathématiques pour répondre à cette question. N'oublie pas qu'il ne suffit pas de voir une augmentation du pourcentage en volume du gaz, il faut aussi la chiffrer. Rédige ta réponse en t'appuyant sur tes calculs.

d) Suis les étapes du schéma pour répondre à cette question.

Déterminer une valeur sur un graphique

Étape 1. Regarde et note l'évolution de la courbe du document 3.

Étape 2. Pense à ce qu'il manque à la fin de ce graphique et essaye de deviner cette fin.

Étape 3. Rédige ta réponse tout en portant un regard critique sur ta méthode.

▶ 3. b) Rappelle-toi que l'intensité de pesanteur varie en fonction du lieu. C'est ce qu'indique le document 4.

4 CORRIGÉ GUIDÉ

▶ 1. a) Dans le document 1, les numéros représentent :

1 : électrons ; 2 : proton ; 3 : neutron ; 4 : noyau.

REMARQUE
Les constituants du noyau atomique se distinguent par leurs charges.

b) Le nombre de protons d'un atome est donné par son numéro atomique *Z* écrit en bas à gauche du symbole du noyau. Les trois atomes d'oxygène présentés ont tous 8 protons car ils ont le même numéro atomique $Z = 8$.

▶ 2. a) D'après le graphique, le pourcentage en volume du CO_2 en 1910 était de 0,030 %.

b) Le même graphique indique que le pourcentage en volume de CO_2 atteint 0,037 % en 2000.

c) L'étude du graphique du document 3 indique qu'entre 1810 et 1950, c'est-à-dire en 140 ans, le pourcentage en volume du CO_2 dans l'air ne varie que de $0{,}031 - 0{,}0285 = 0{,}0025$ point tandis qu'entre 1950 et 2010 (en 60 ans) cette variation est de $0{,}039 - 0{,}031 = 0{,}0080$ point. L'augmentation du pourcentage en volume du CO_2 en seulement 60 ans est plus de 3 fois supérieure à celle en 140 ans.

d) Pour connaître la valeur qu'atteindra le pourcentage en volume du CO_2 en 2020 il est possible de prolonger la courbe du graphique donné dans le document 3. On constate qu'avec cette méthode le pourcentage atteint environ la valeur de 0,041 %.

INFO +
Il faut deviner où ira la courbe !

En utilisant cette méthode, on considère que le pourcentage du volume augmente de la même façon, pas plus rapidement. De même on ne tiendra compte d'aucune inversion de tendance dans cette augmentation malgré quelques efforts entrepris par certains pays. La valeur que nous prévoyons restera donc hypothétique et notre méthode critiquable.

▶ **3. a)** Le poids $P = 236$ N est représenté par un segment fléché de 2,36 cm car l'échelle est de 1 cm ⇔ 100 N.

Le point de départ du segment est le centre de gravité G, au centre du cylindre.

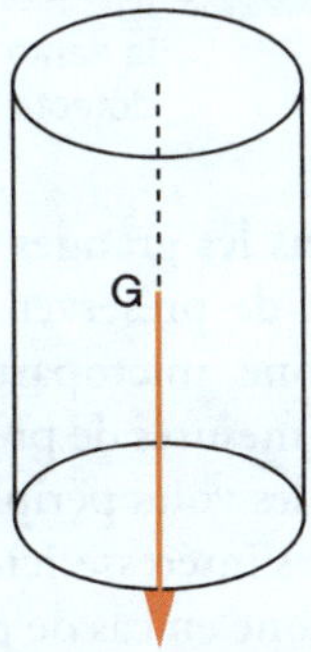

b) Le poids est donné par la relation $P = m \times g$. La valeur du poids du cylindre est de $P = 236$ N.

D'après le document 4, à Vostok la valeur de l'intensité de pesanteur est $g = 9{,}82$ N / kg.

CONSEIL
Écris la formule qui lie le poids et la masse, puis déduis-en la masse.

La masse m du cylindre est donc donnée par la relation :

$$m = \frac{P}{g} = \frac{236}{9{,}82} = 24{,}0 \text{ kg}.$$

S'ENTRAÎNER

5 France métropolitaine • Septembre 2019

Surveillance de la qualité de l'air par LIDAR

30 min
25 points

INTÉRÊT DU SUJET • La qualité de l'air doit être vérifiée pour préserver la santé des habitants. L'un des polluants surveillés est l'ozone, détecté par un signal laser.

Dans les grandes villes, la qualité de l'air est contrôlée en permanence, afin de préserver la santé des habitants. Si certains seuils de polluants (ozone, microparticules…) sont dépassés, les pouvoirs publics prennent des mesures de prévention, comme la réduction de la vitesse des véhicules sur les voies périphériques.
On s'intéresse ici à la composition de l'air en ville et à l'apparition de l'ozone en cas de pollution. On étudie ensuite un système de surveillance de la qualité de l'air : le LIDAR.

DOCUMENT 1 La composition de l'air (en volume)

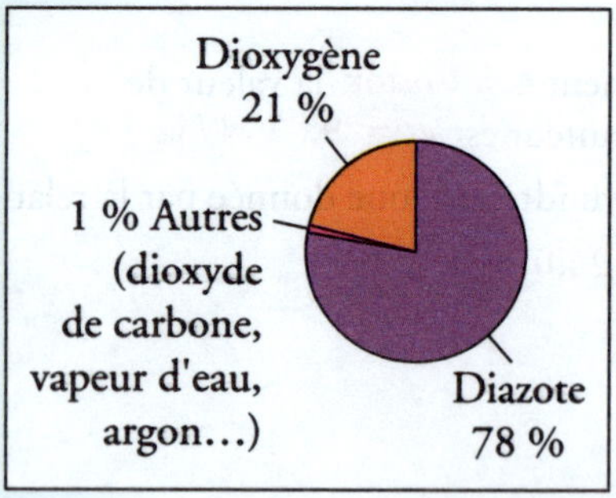

▶ **1.** En s'aidant du document 1, indiquer, parmi la liste des formules chimiques ci-dessous, celles des deux principaux composants de l'air (non pollué) : *(2,5 points)*

H_2, H_2O, CH_4, CO_2, CO, O_2, O_3, N_2, NO, NO_2.

▶ **2.** Les polluants proviennent en partie de la circulation automobile. Les voitures dotées d'un moteur à explosion réalisent la combustion de l'essence et libèrent différents gaz dont le dioxyde de carbone CO_2 et des oxydes d'azote notés NO_x. L'énergie chimique libérée est en partie convertie en énergie cinétique. Le reste est perdu sous forme de chaleur. Sans recopier le diagramme de conversion d'énergie ci-après, affecter à chaque numéro une forme d'énergie en choisissant parmi les termes suivants : *(3 points)*
énergie chimique, énergie électrique, énergie lumineuse, énergie cinétique et énergie thermique.

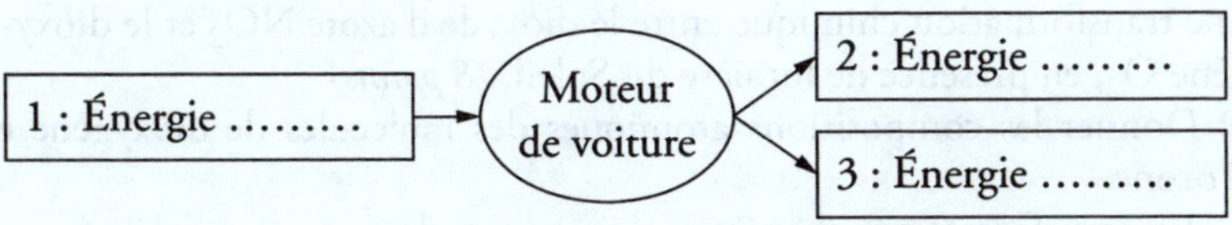

▶ **3.** En utilisant le document 2, proposer un protocole expérimental qui permet de mettre en évidence la production de dioxyde de carbone CO_2 obtenu lors d'une combustion. La réponse devra être accompagnée par des phrases et des schémas illustrant l'expérience réalisée. Toute démarche, même partielle, sera prise en compte. *(6 points)*

DOCUMENT 2 **Banque de données**

Liste des composés et du matériel de chimie disponibles

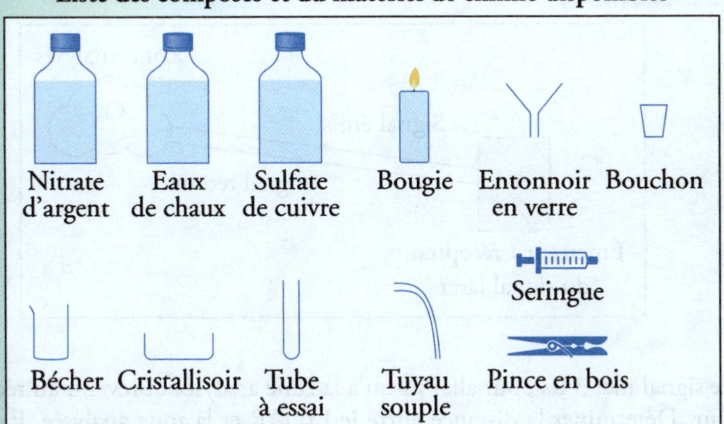

Tests d'identification de certaines substances

Substance à identifier	Réactif test	Observation attendue
Eau	Sulfate de cuivre anhydre	Le sulfate de cuivre initialement blanc devient bleu.
Dioxyde de carbone	Eau de chaux	L'eau de chaux se trouble.
Ions chlorure	Nitrate d'argent	Formation d'un précipité blanc.

▶ **4.** En ville, l'ozone de formule O_3 est un gaz polluant. Il se forme par une transformation chimique entre le dioxyde d'azote NO_2 et le dioxygène O_2, en présence de lumière du Soleil. *(8 points)*

a) Donner les compositions atomiques des molécules de dioxygène et d'ozone.

b) La transformation chimique, évoquée ci-dessus, est modélisée par l'équation chimique suivante :

$$NO_2 + O_2 \rightarrow NO + O_3 \text{ en présence de lumière.}$$

Montrer que cette équation respecte la conservation des atomes.

▶ **5.** Le LIDAR permet notamment d'analyser la composition de l'air et de repérer certains gaz. Il fonctionne à l'aide d'un laser qui émet, pendant un très court instant, une onde électromagnétique du même type que la lumière. Ce signal se déplace à la vitesse de 300 000 km/s.

DOCUMENT 3 La détection de l'ozone

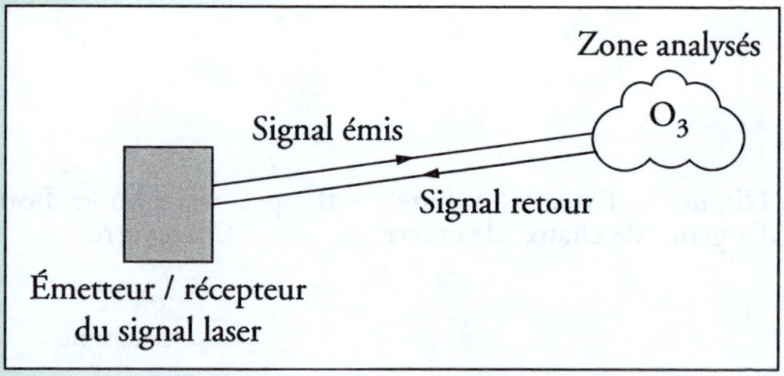

Le signal met 3 µs pour aller jusqu'à la zone analysée et revenir au récepteur. Déterminer la distance entre le LIDAR et la zone analysée. Expliquer la démarche en quelques phrases, et préciser la relation utilisée. Toute démarche, même partielle, sera prise en compte.

On rappelle 1 µs = 10^{-6} s. *(5,5 points)*

LES CLÉS DU SUJET

Comprendre les documents

Document 1 • La composition de l'air en volume	• Ce document donne le pourcentage en volume des principaux gaz constituant l'air. • Note les valeurs pour répondre à la question **1**.
Document 2 • Banque de données	• Ce document présente l'ensemble du matériel à utiliser pour effectuer un test. Il présente également trois tests d'identification. • Regarde d'abord le rappel des tests pour choisir ensuite le matériel que tu proposeras d'utiliser.
Document 3 • Le détecteur de l'ozone	• Ce document est un schéma illustrant le procédé utilisé par le LIDAR pour détecter l'ozone de l'air. • Lis et résume l'explication du procédé donnée en introduction de la question **5**, et suis les rayons du laser dans le schéma pour y répondre.

Répondre aux questions

▶ 3.

Proposer un protocole expérimental

Étape 1. Cherche comment récupérer le gaz formé par la combustion de la bougie.

Étape 2. Utilise ensuite le tableau des tests d'identification pour te rappeler ce que tu testes et de quelle façon.

Étape 3. Observe le matériel mis à ta disposition, il te fournira une idée de l'expérience que tu peux proposer. Deux schémas doivent suffire pour décrire ce test.

▶ 5. Utilise le schéma pour écrire ta formule : la précision donnée sur le temps mis par le signal est importante.

5 CORRIGÉ GUIDÉ

▶ 1. Les deux principaux constituants de l'air sont le dioxygène de formule O_2 et le diazote de formule N_2.

▶ 2. Les correspondances entre les numéros et les énergies sont :
1 : Énergie chimique
2 : Énergie cinétique
3 : Énergie thermique

▶ **3.** Test du CO_2 libéré lors de la combustion d'une bougie :

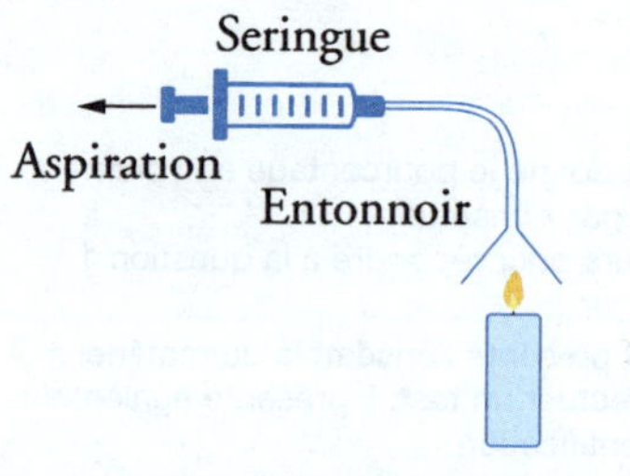	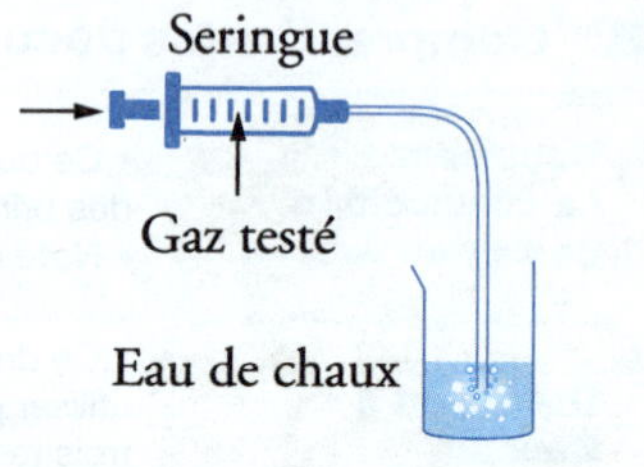
– verser l'eau de chaux dans un bécher ; – allumer la bougie ; – relier l'entonnoir à la seringue à l'aide du tuyau souple ; – aspirer le gaz qui se forme lors de la combustion au-dessus de la bougie.	– enlever l'entonnoir et vider le gaz à l'intérieur de la seringue dans le bécher contenant l'eau de chaux à l'aide du tuyau ; – l'eau de chaux se trouble en présence du dioxyde de carbone.

▶ **4. a)** Le dioxygène est composé de deux atomes d'oxygène tandis que l'ozone est composé de trois atomes d'oxygène.

b) Pour montrer la conservation des atomes lors d'une transformation chimique, il faut vérifier qu'il y a le même nombre de chaque atome avant et après la transformation.

On constate, d'après l'équation de la réaction, qu'il y a un atome d'azote N dans NO_2 avant la réaction et autant dans NO après.

Il y a aussi 4 atomes d'oxygène dans NO_2 et O_2 réunis, que l'on retrouve après la réaction dans NO et O_3.

Les éléments sont donc conservés lors de cette transformation.

▶ **5.** On appelle d la distance entre le LIDAR et l'ozone. D'après l'énoncé, le temps $t = 3$ µs correspond à un aller-retour et la vitesse du signal est $C = 300\,000$ km/s.

On utilise la relation suivante pour calcul de d :

$$C = \frac{2d}{t}.$$

D'où $2d = C \times t$.

Et $d = C \times \frac{t}{2} = 300\,000 \times \frac{3 \times 10^{-6}}{2} = 0{,}45 \text{ km} = 450 \text{ m}$.

La distance entre le LIDAR et la zone analysée est de 450 mètres.

INFO +
Le schéma montre bien la distance parcourue, utilise-le pour écrire ta formule.

6 Centres étrangers • Juin 2019

Le savon de Marseille

30 min
25 points

INTÉRÊT DU SUJET • Certains procédés chimiques très anciens sont encore utilisés dans l'industrie. Avec ce sujet, tu vas découvrir le mode de fabrication d'un produit célèbre.

Fabriqué à partir d'un corps gras (beurre, huile, suif…) et de soude, le savon possède des propriétés propices au lavage et à l'hygiène corporelle.

ph © Maceo/stock.adobe.com

1. LA FABRICATION DU SAVON DE MARSEILLE — 10 POINTS

▶ **1.** La réaction entre l'huile d'olive et la soude est une étape de la fabrication du savon de Marseille. L'équation de la réaction chimique est :

$$C_{57}H_{104}O_6 + 3\ HO^- \rightarrow 3\ C_{18}H_{33}O_2^- + C_3H_8O_3$$

a) Indiquer la nature des entités chimiques de formules $C_{18}H_{33}O_2^-$ et $C_3H_8O_3$ en choisissant parmi les termes : *atome*, *molécule*, *ion*.
b) Donner le nom et le nombre de chaque atome présent dans la formule chimique $C_{57}H_{104}O_6$ du constituant majoritaire de l'huile d'olive.

DOCUMENT 1 **Étiquette d'une bouteille de solution d'hydroxyde de sodium (soude)**

Corrosif

HYDROXYDE DE SODIUM

($Na^+ + HO^-$)

▶ **2. a)** La solution d'hydroxyde de sodium est très basique. Parmi les propositions **A**, **B** et **C**, indiquer celle correspondant à la valeur de son pH.

A : pH > 7 **B** : pH = 7 **C** : pH < 7

b) Nommer l'ion responsable du caractère basique de la solution d'hydroxyde de sodium.

c) Citer deux moyens de protection à recommander pour utiliser la solution l'hydroxyde de sodium en toute sécurité.

2. L'HUILE D'OLIVE ET SON EXTRACTION 8 POINTS

▶ **1. Le broyage des olives**

Les olives sont placées dans une meule pour être écrasées par une pierre. Autrefois, un âne entraînait la pierre, comme représenté ci-dessous. Le mouvement de l'âne était alors circulaire et uniforme.

DOCUMENT 2 **Schéma du principe de fonctionnement de la meule**

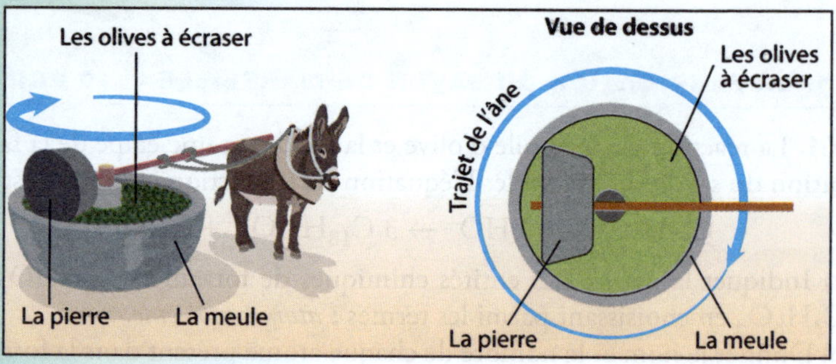

Donner la signification des termes *circulaire* et *uniforme*.

▶ **2. Extraction du jus**

Après avoir broyé puis pressé les olives, un jus composé d'huile d'olive et d'eau est récupéré. L'huile d'olive est non miscible avec l'eau et sa masse volumique est plus petite que celle de l'eau. Schématiser le mélange *eau – huile d'olive*, après repos, dans un récipient. Légender le schéma.

▶ 3. Modernisation de la meule

Le graphique ci-dessous indique le nombre de tours effectués par l'âne en fonction du temps.

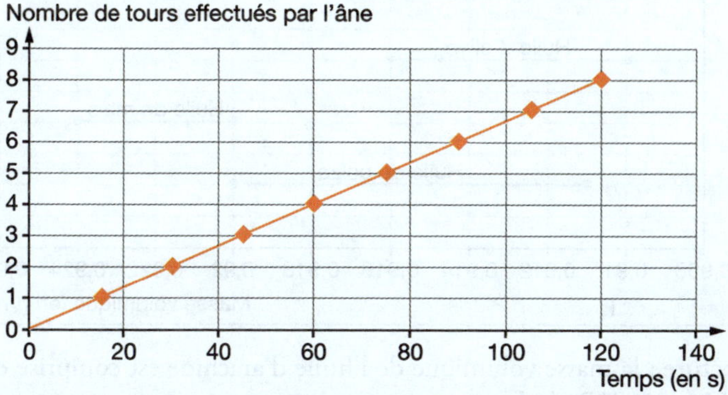

Aujourd'hui, l'âne a été remplacé par un moteur dont la vitesse de rotation est de 6 tr/min (6 tours par minute).

Montrer que l'utilisation du moteur à la place de l'âne permet d'écraser les olives plus rapidement en explicitant le raisonnement suivi.

3. UN LABEL À CONSERVER — 7 POINTS

Pour obtenir le label « savon de Marseille », l'unique corps gras autorisé est l'huile d'olive.

Au port de Marseille, de nombreuses huiles différentes arrivent quotidiennement par bateau.

Un industriel possède une savonnerie qui produit exclusivement du savon de Marseille. Il demande à un stagiaire de réaliser une expérience permettant de vérifier que l'huile reçue est effectivement de l'huile d'olive.

Voici l'expérience réalisée par le stagiaire :

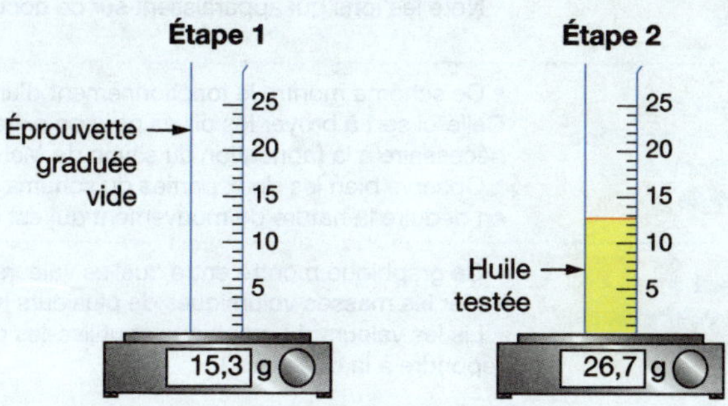

DOCUMENT 3 **Masse volumique de quatre huiles prélevées au port de Marseille**

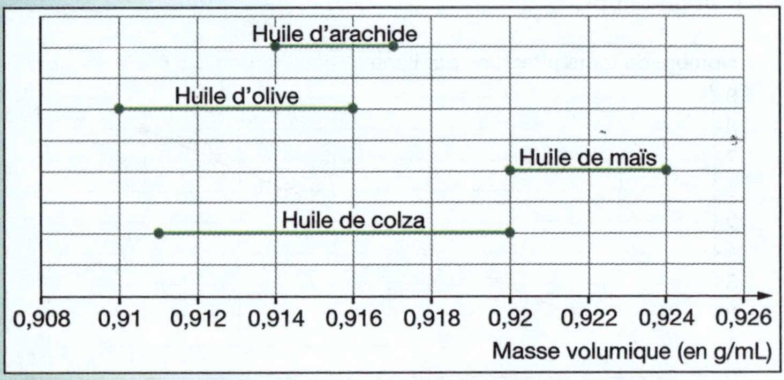

Lecture : la masse volumique de l'huile d'arachide est comprise entre 0,914 et 0,917 g/mL.

À partir de l'expérience ci-avant et en s'appuyant sur le document 3, indiquer si le stagiaire pourra conclure sur la nature de l'huile testée. Un raisonnement et des calculs sont attendus.

LES CLÉS DU SUJET

Comprendre les documents

Document 1 • Étiquette d'une bouteille de soude	• Ce document est un pictogramme, il schématise les dangers de l'hydroxyde de sodium. • Note les ions qui apparaissent sur ce document.
Document 2 • Schéma du principe de fonctionnement de la meule	• Ce schéma montre le fonctionnement d'une meule. Celle-ci sert à broyer les olives pour en extraire l'huile nécessaire à la fabrication du savon de Marseille. • Observe bien les deux parties du schéma pour en déduire la nature du mouvement qui est décrit.
Document 3 • Masses volumiques de quatre huiles	• Ce graphique montre entre quelles valeurs peuvent varier les masses volumiques de plusieurs huiles. • Lis les valeurs du graphique et utilise-les pour répondre à la question **3**.

Répondre aux questions

Partie 1

▶ **1. a)** Peu importe le nombre d'atomes dans une formule : elle représente un ion si elle contient une charge symbolisée par des + et des –.

Partie 2

▶ **2.** Connaître la masse volumique d'un liquide nous permet de savoir s'il surnage ou s'il « coule » dans un autre liquide de masse volumique différente.

▶ **3.** Tu dois faire un calcul et répondre en présentant un raisonnement. Pense à faire une rédaction courte et claire sans oublier de conclure.

Partie 3

Déterminer la nature d'une huile à partir de sa masse volumique

Étape 1. Le texte avant le document 3 te permet de mesurer la masse de l'huile.

Étape 2. Donne la formule de la masse volumique ρ et calcule-la à l'aide de la valeur de la masse que tu as déterminée précédemment.

Étape 3. Le graphique te permet d'encadrer la valeur de ρ que tu as trouvée et t'indique la nature de l'huile. Rédige ta réponse en te basant sur les données du graphique.

S'ENTRAÎNER

6 CORRIGÉ GUIDÉ

1. LA FABRICATION DU SAVON DE MARSEILLE

▶ **1. a)** La première formule $C_{18}H_{33}O_2^-$ représente un ion tandis que $C_3H_8O_3$ représente une molécule.

b) Dans la molécule de l'huile d'olive de formule $C_{57}H_{104}O_6$, il y a 57 atomes de carbone, 104 atomes d'hydrogène et 6 atomes d'oxygène.

▶ **2. a)** Le pH de la solution d'hydroxyde de sodium est supérieur à 7 car elle est basique. La bonne réponse est donc A : pH > 7.

b) L'ion responsable du caractère basique de la solution d'hydroxyde de sodium est le HO^- : l'ion hydroxyde.

INFO +
Les ions qui constituent la solution apparaissent sur le pictogramme.

c) D'après le pictogramme de l'hydroxyde de sodium, on constate que la solution est corrosive. Il faut donc utiliser des lunettes de protection et des gants pour la manipuler.

2. L'HUILE D'OLIVE ET SON EXTRACTION

▶ **1.** Un mouvement circulaire et uniforme s'effectue suivant une trajectoire en forme de cercle et à vitesse constante.

▶ **2.** D'après le texte, la masse volumique de l'huile d'olive est inférieure à celle de l'eau. L'huile se place donc au-dessus de l'eau après repos.

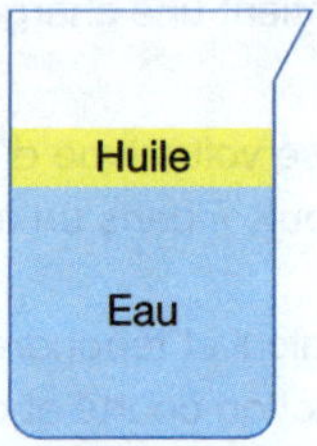

Schéma du mélange eau + huile après repos

> **CONSEIL**
> Utilise les informations données dans le texte d'introduction de la question.

▶ **3.** D'après le graphique, l'âne effectuait 4,0 tours en 60 secondes. Sa vitesse était donc $V_{\text{âne}} = 4$ tr/min. Le moteur a une vitesse de rotation de $V_{\text{moteur}} = 6$ tr/min.
On constate que : $V_{\text{moteur}} > V_{\text{âne}}$.
Le moteur ayant une vitesse plus élevée, il permet donc d'écraser les olives plus rapidement que l'âne.

> **REMARQUE**
> Pour comparer deux vitesses, il faut qu'elles soient exprimées dans la même unité.

3. UN LABEL À CONSERVER

Le stagiaire doit d'abord calculer la masse volumique de l'huile d'olive en utilisant le schéma de l'expérience.

La masse de l'huile est donnée par
$m = 26{,}7 - 15{,}3 = 11{,}4$ g.
La masse volumique de l'huile est donnée par
$\rho = \dfrac{m}{V} = \dfrac{11{,}4}{12{,}5} = 0{,}912$ g/mL.
Cette valeur nous permet de voir que $0{,}910$ g/mL $< \rho < 0{,}916$ g/mL.

> **REMARQUE**
> Les deux schémas te permettent de calculer la masse de l'huile.

Le stagiaire peut donc conclure que l'huile reçue par la savonnerie peut être classée comme huile d'olive car la valeur de sa masse volumique est comprise dans la gamme de valeurs données pour l'huile d'olive, dans le tableau du document 3. Néanmoins un doute subsiste : l'huile en question pourrait être également l'huile de colza d'après le tableau.

Les algues : matériau du futur

30 min
25 points

INTÉRÊT DU SUJET • On entend parler d'un nouveau produit : l'alginate. Il provient des algues et permet de fabriquer des « récipients gélifiés » renfermant de l'eau !

ph© PR Company/Handout/DR

Les algues sont la source de matériaux innovants et écologiques grâce aux différentes espèces chimiques qu'elles contiennent.
On peut, par exemple, créer des parois gélifiées à partir d'alginates provenant des algues pour fabriquer des billes renfermant une solution potable, ce qui pourrait un jour remplacer les bouteilles en plastique.
Nous nous intéressons à la fabrication de ces billes et au poids de la solution contenue dans une bille.
Dans le contexte de cette épreuve, le terme « solution » désigne un mélange constitué d'eau et d'espèces chimiques dissoutes.

1. ÉTAPES DE LA FABRICATION DES BILLES — 19 POINTS

▶ **1. Étape 1** : dissolution de l'alginate de sodium dans l'eau.
L'alginate de sodium est une espèce chimique comestible et soluble dans l'eau. Elle a pour formule chimique $C_6H_7O_6Na$.
a) Préciser le nombre d'atomes d'oxygène dans cette formule chimique.
b) Le numéro atomique de l'atome d'oxygène est Z = 8, cela signifie qu'il comporte 8 protons. Indiquer le nombre d'électrons présents dans un atome d'oxygène.

c) Pour préparer la solution d'alginate de sodium, on verse 8 g d'alginate de sodium solide dans 100 g d'eau et on mélange jusqu'à la dissolution complète. On mesure la masse m de la solution obtenue, on obtient $m = 108$ g.
Interpréter ce résultat expérimental en raisonnant sur l'évolution de la masse au cours de la dissolution.

▶ **2. Étape 2 :** solidification de la solution d'alginate de sodium.
Pour obtenir des billes de grande taille, on place la solution d'alginate de sodium au congélateur. Après plusieurs heures, elle devient solide.
Indiquer, en le justifiant, si la solution d'alginate de sodium subit une transformation chimique ou une transformation physique.

▶ **3. Étape 3 :** création de la paroi gélifiée de la bille.
L'étape finale de la production de ces billes consiste à faire réagir des ions alginate de formule $C_6H_7O_6^-$ avec l'élément calcium sous la forme Ca^{2+} pour former une paroi gélifiée d'alginate de calcium de formule chimique $C_{12}H_{14}O_{12}Ca$. L'équation de la réaction permettant de modéliser cette étape s'écrit : $2\ C_6H_7O_6^- + Ca^{2+} \rightarrow C_{12}H_{14}O_{12}Ca$
a) Donner la formule chimique de chacun des réactifs.
b) Recopier la phrase suivante en choisissant dans chaque cas, parmi les deux termes proposés en gras, celui qui convient, et en complétant la fin de la phrase.
Lors de la transformation chimique, **un/deux** ion(s) alginate réagi(ssen)t avec **un ion/un atome** de calcium pour former ....

2. POIDS DE LA SOLUTION CONTENUE DANS UNE BILLE — 6 POINTS

Dans cette partie, on s'intéresse au poids de la solution d'alginate de sodium contenue dans la bille figurant sur la photo.
Déterminer la valeur du poids de la solution d'alginate de sodium contenue dans la bille figurant sur la photo, à l'aide des données suivantes :
• Les photos sont à l'échelle 1/2 : 1 cm sur la photo représente 2 cm en réalité.
• La masse volumique de la solution d'alginate de sodium a pour valeur 1,1 g/cm^3.
• Pour calculer le volume V d'une bille de rayon R, de diamètre D, il est possible d'utiliser l'une des relations suivantes :
$V = 0{,}52 \times D^3$ $\quad V = 4{,}2 \times R^3 \quad$ $V = \frac{4}{3}\pi R^3$ (avec $\pi = 3{,}14$)
• L'intensité de la pesanteur a pour valeur g = 9,8 N/kg.

Le candidat est invité à présenter sa démarche de résolution. Toute initiative sera valorisée.

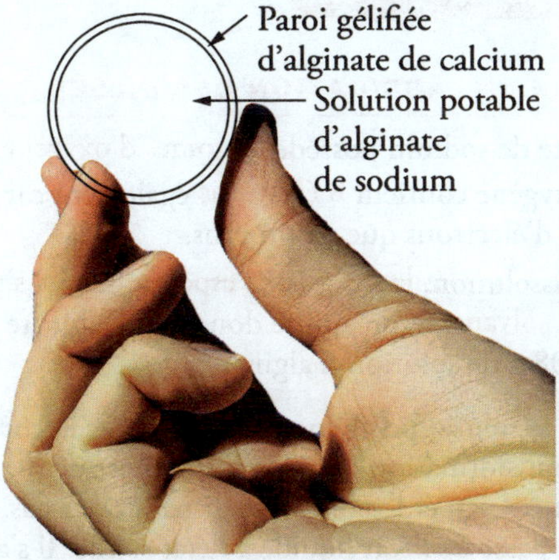

Reproduction à l'échelle 1/2

LES CLÉS DU SUJET

Comprendre l'énoncé

• Il n'y a pas de document dans ce sujet, mais un texte d'introduction avant chaque groupe de questions.

• La première partie du sujet est divisée en quatre étapes ; dans chacune de ces étapes, tu trouveras des explications qui te permettront de trouver des réponses aux questions posées.

Répondre aux questions

■ Partie 1

▶ **2.** Utilise la définition d'une transformation pour justifier ta réponse.

■ Partie 2

Déterminer la valeur du poids d'une solution

Étape 1. Tu dois présenter ta démarche pour calculer le poids et donner sa formule, qui nécessite le calcul de la masse *m* de la bille. Rédige cette partie.

Étape 2. Utilise la formule donnée pour le volume *V* de la bille pour le calculer puis, à l'aide de la masse volumique et de ce volume, calcule la masse *m*.

Étape 3. La rédaction étant faite au début de ta réponse, il ne te reste qu'à calculer le poids à l'aide de sa formule.

7 CORRIGÉ GUIDÉ

1. ÉTAPES DE LA FABRICATION DES BILLES

▶ **1. a)** L'alginate de sodium possède 6 atomes d'oxygène.

b) L'atome d'oxygène contient 8 électrons également car un atome contient autant d'électrons que de protons.

c) Lors d'une dissolution, la masse de l'espèce dissoute s'ajoute sans varier à celle du solvant. Si on ajoute donc 8 g d'alginate à 100 g d'eau on obtiendra 108 g de solution d'alginate.

▶ **2.** En plaçant la solution d'alginate dans le congélateur, le liquide ne subira aucune transformation chimique. En effet aucune nouvelle substance n'apparaît et l'eau et l'alginate ne disparaissent pas. La solution se solidifie : elle passe de l'état liquide à l'état solide. Il s'agit là d'un changement d'état : c'est donc une transformation physique.

▶ **3. a)** Les formules des réactifs sont :
$C_6H_7O_6^-$ et Ca^{2+}.

b) Lors de la transformation chimique, deux ions alginate réagissent avec un ion de calcium pour former l'alginate de calcium.

REMARQUE
Le nombre 2 apparaissant devant le premier réactif est là pour équilibrer l'équation.

2. POIDS DE LA SOLUTION CONTENUE DANS UNE BILLE

Pour calculer le poids de la bille, on utilise la relation $P = m \times g$. Il faut donc calculer d'abord la masse de la bille.

La masse volumique ρ et la masse sont liées par la relation $\rho = \frac{m}{V}$ d'où $m = \rho \times V$. Pour déterminer le volume de la bille on utilise l'une des formules données dans l'énoncé.

CONSEIL
Tu dois utiliser trois formules différentes. Écris chacune d'elle au moment de t'en servir.

- Déterminons le volume V de la bille à partir de la photographie.

Mesure du rayon de la bille sur la photographie :
$R = 1 \text{ cm} \times 2 = 2 \text{ cm}$.

On utilise $V = 4{,}2 \times R^3 = 4{,}2 \times 2^3 = 33{,}6 \text{ cm}^3$.

INFO +
La photo est à l'échelle 1/2, les mesures se multiplient par 2.

- Déterminons la masse de la bille :

$m = \rho \times V = 1{,}1 \times 33{,}6 = 37 \text{ g}$.

Calcul du poids de la bille : $P = m \times g = 37 \times 9{,}8 = 362 \text{ N}$.

La neige

30 min
25 points

INTÉRÊT DU SUJET • L'étude des conditions de formation de la neige nous renseigne sur le degré de pollution des villes et nous permet d'adapter le mobilier urbain pour prévenir certaines conséquences néfastes.

Trois conditions sont nécessaires à la formation de la neige :
– l'atmosphère doit être suffisamment humide ;
– la température doit être suffisamment basse ;
– des particules solides doivent être présentes dans l'air.

DOCUMENT 1 **Croissance d'un flocon de neige**

À l'origine de la croissance d'un flocon de neige se trouve une minuscule gouttelette d'eau d'un rayon d'environ 10 µm. La solidification de la gouttelette en un noyau de glace (aussi appelé noyau de condensation) est engendrée par la présence de fines particules solides. Ensuite, les molécules d'eau présentes dans l'atmosphère se fixent à la surface du noyau de condensation. Ainsi, le flocon de neige croît jusqu'à atteindre une taille de l'ordre du millimètre.
Les flocons de neige possèdent six branches car les molécules d'eau dans la glace s'organisent à l'échelle microscopique selon une structure cristalline hexagonale.

ph © Science Photo Library / Libbrecht, Kenneth

Flocon de neige

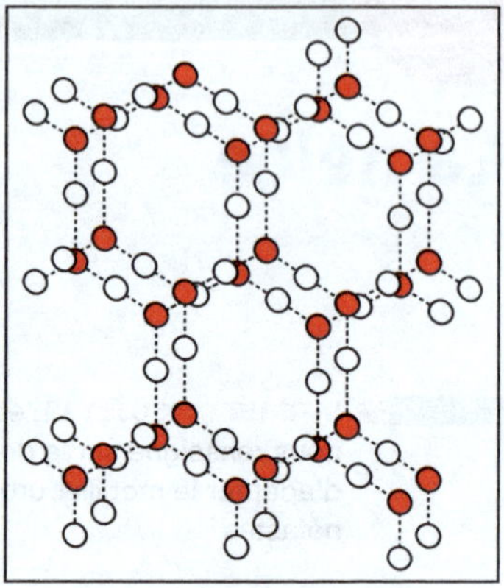

Structure cristalline hexagonale de la glace

▶ **1.** Donner la formule chimique de la molécule d'eau et décrire sa composition.

▶ **2.** Classer par ordre de taille croissante les trois « objets » suivants : flocon de neige ; molécule d'eau ; atome d'oxygène.

▶ **3.** D'après certaines observations, il semblerait que les précipitations de neige soient plus fréquentes dans les grandes villes que dans les campagnes environnantes.
Parmi les propositions suivantes, identifier l'hypothèse qui permettrait d'expliquer cela.
a) Les températures sont plus élevées en ville qu'à la campagne.
b) L'air atmosphérique est plus chargé d'humidité à la campagne.
c) L'air atmosphérique des villes est plus pollué, notamment en particules solides.
d) L'air atmosphérique des villes est plus riche en dioxyde de carbone.

▶ **4.** Lorsque les précipitations de neige sont importantes, l'effondrement d'une toiture est possible. Ainsi, le toit de l'abri de bus représenté sur le document 2 n'est pas capable de supporter un poids supérieur à 2 000 N.
En exploitant le document 2 et en effectuant les calculs nécessaires, indiquer si ce toit d'abri de bus peut résister à une épaisseur de neige fraîche de 50 cm.
Données
- Volume d'un pavé droit = longueur × largeur × hauteur
- Masse volumique de la neige fraîche : 40 kg/m^3
- Intensité de la pesanteur sur Terre : $g = 10$ N/kg

DOCUMENT 2 **Dimensions de l'abri de bus**

LES CLÉS DU SUJET

Comprendre les documents

Document 1 • Croissance d'un flocon de neige	• Ce document explique la formation d'un flocon de neige et donne quelques caractéristiques sur sa structure. • Utilise les informations de ce document pour répondre aux questions **2** et **3**.
Document 2 • Dimensions d'un abri de bus	• Ce document indique les dimensions d'un abri de bus. • Sers-toi des données de ce document pour effectuer les calculs demandés à la question **4**.

Répondre aux questions

Coups de pouce

▶ **3.** Pour trouver la bonne réponse, concentre-toi sur les conditions nécessaires à la formation de la neige et identifie celles qui correspondent plus aux villes qu'à la campagne.

Aide à la résolution de la question 4

Déterminer si le toit de l'abri de bus peut résister à 50 cm de neige

Étape 1. Relève dans les données et le document 2 ce dont tu as besoin pour évaluer le volume de neige sur l'abri de bus, puis calcule ce volume.

Étape 2. En utilisant tes connaissances, calcule ensuite la masse *m* de neige à partir de la formule de la masse volumique, puis détermine le poids de cette masse.

Étape 3. Rédige ta réponse en comparant le poids calculé à celui que l'abri de bus pourrait supporter.

8 CORRIGÉ GUIDÉ

REMARQUE
Les molécules sont des ensembles d'atomes, ce qui donne une idée de leur taille par rapport aux atomes.

▶ **1.** La formule de la molécule d'eau est H_2O. Cette molécule est constituée de deux atomes d'hydrogène et d'un atome d'oxygène.

▶ **2.** Classement par ordre de taille croissante des « objets » :

atome d'oxygène < molécule d'eau < flocon de neige

▶ **3.** La réponse c) pourrait expliquer la fréquence plus élevée des épisodes neigeux en ville, car les flocons se forment autour des particules solides qui se trouvent dans l'air pollué des villes.

CONSEIL
Pense à convertir les données qui le nécessitent pour respecter les unités.

▶ **4.** On calcule d'abord le volume *V* de la neige déposée sur le toit de l'abri de bus :

V_{neige} = longueur × largeur × épaisseur

$= 3{,}6 \times 1{,}6 \times 0{,}50 = 2{,}88\ \text{m}^3$

La masse d'un tel volume se calcule d'après la formule de la masse volumique : $\rho = \dfrac{m}{V_{neige}}$

d'où $m = \rho \times V_{neige} = 40 \times 2{,}88 = 115$ kg

Le poids de la neige posée sur le toit de l'abri de bus est donné par :

$P = m \times g = 115 \times 10 = 1\,150$ N

D'après l'énoncé, le toit d'un tel abri de bus peut supporter un poids allant jusqu'à 2 000 N. Or, on constate que 50 cm de neige fraîche correspondent à 1 150 N. Comme 1 150 N < 2 000 N, on en conclut que l'abri de bus peut supporter et résister à l'épaisseur de neige indiquée.

Ultra trail du Mont-Blanc

30 min
25 points

INTÉRÊT DU SUJET • Ce sujet te permet de faire le bilan énergétique d'un athlète lors d'une course à pied en montagne, ainsi que celui de sa lampe frontale, afin de réfléchir à sa consommation d'énergie.

Toute réponse, même incomplète, montrant la démarche de recherche du candidat sera prise en compte dans la notation.

L'ultra trail du Mont-Blanc (UTMB) est une course à pied de pleine nature et de longue durée qui se déroule dans le massif alpin du Mont-Blanc.

Les coureurs ont à parcourir 170 km en un temps maximum de 46 h 30 min. Ils franchissent de nombreux cols et sommets comme le montre le document suivant.

Profil du début de l'épreuve

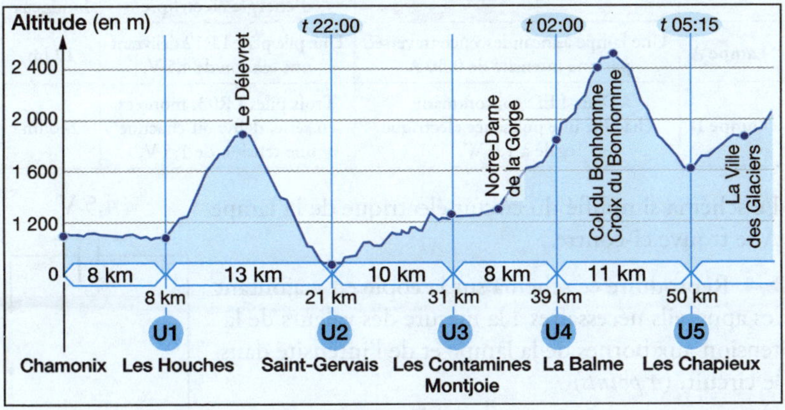

PARTIE 1. ANALYSE DE LA COURSE

▶ **1.** En exploitant le document, nommer le lieu où l'énergie potentielle d'un coureur est la plus élevée et celui où elle est la plus faible. Justifier. (*4 points*)

▶ **2.** Parmi les relations suivantes, indiquer celle qui permet de calculer la vitesse *v*. Préciser ce que représentent *d* et *t*. (*3 points*)

Relation A	Relation B	Relation C
$v = \frac{d}{t}$	$v = d \cdot t^2$	$v = d \cdot t$

▶ **3.** En 2019, l'athlète espagnol Pau Capell remporta la course en 20 h 20 min. Dans une revue sportive, un journaliste écrivait que la vitesse moyenne de Pau Capell sur l'épreuve était de 10 km/h. Montrer que le journaliste a surévalué la performance du sportif. (*4 points*)

PARTIE 2. ÉTUDE DU SYSTÈME D'ÉCLAIRAGE INDIVIDUEL

Une partie de l'épreuve s'effectue de nuit. Selon le règlement, les coureurs doivent impérativement être équipés d'une lampe frontale fournissant un flux lumineux minimal de deux cents lumens (200 lm).
Avant l'essor des lampes à basse consommation, on utilisait des lampes frontales à incandescence. Aujourd'hui, elles sont remplacées par des lampes frontales à diodes électroluminescentes (DEL ou LED).
Dans la suite du sujet, on s'intéresse à deux lampes :

	Source de lumière	Source d'énergie électrique	Flux lumineux
Lampe A	Une lampe à incandescence traversée par une intensité de 0,30 A.	Une pile plate LR12 délivrant une tension de 4,5 V.	12 lm
Lampe B	Deux LED consommant chacune une puissance électrique égale à 1,0 W.	Trois piles LR03, montées en série, délivrant chacune une tension de 1,5 V.	240 lm

Le schéma simplifié du circuit électrique de la lampe A se trouve ci-contre.

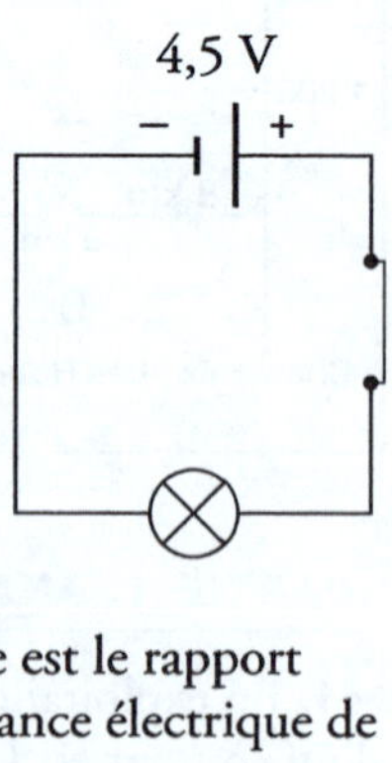

▶ **4.** Reproduire ce schéma sur la copie en y ajoutant les appareils nécessaires à la mesure des valeurs de la tension aux bornes de la lampe et de l'intensité dans le circuit. (*4 points*)

▶ **5.** Expliquer pourquoi la lampe A ne permet pas de respecter le règlement de l'UTMB. (*2 points*)

▶ **6.** Le rendement lumineux *r* d'une source lumineuse est le rapport entre le flux lumineux émis par cette source et la puissance électrique de la source. Il s'exprime en lumen par watt (lm/W).
Comparer les rendements lumineux des lampes A et B. (*6 points*)

▶ **7.** Expliquer pourquoi aujourd'hui les lampes frontales à incandescence sont remplacées par des lampes frontales à diodes électroluminescentes. (*2 points*)

LES CLÉS DU SUJET

Comprendre l'énoncé

Ce sujet ne contient pas de document mais il faut porter attention aux éléments suivants :

• Dans la partie **1**, un schéma donne le profil du parcours. Utilise ce document pour relever les altitudes des différents lieux.

• Dans la partie **2**, l'introduction te permet de trouver toutes les informations nécessaires pour répondre aux questions. Utilise les valeurs données dans le tableau pour effectuer les calculs de la question **6**.

Répondre aux questions

▶ **3.** Il faut convertir les minutes en heures pour effectuer les calculs.

▶ **5.** L'introduction de la partie **2** contient les normes à respecter pour le choix de la lampe.

▶ **6.** Suis les étapes du schéma pour répondre à cette question.

Comparer les rendements lumineux des lampes A et B

Étape 1. L'introduction te permet de trouver une formule pour calculer le rendement *r*. Donne cette formule.

Étape 2. Calcule ensuite la puissance électrique pour la lampe A.

Étape 3. Calcule les deux rendements en les appelant de façons différentes pour ne pas les confondre et rédige ta réponse en les comparant.

9 CORRIGÉ GUIDÉ

PARTIE 1. ANALYSE DE LA COURSE

▶ **1.** L'énergie potentielle augmente avec la hauteur. On constate que le point U2, Saint Gervais, dont l'altitude est inférieure à 1 200 m, est le lieu de la course dont l'altitude est la plus basse et donc où l'énergie potentielle est la plus faible.

Le lieu où l'altitude et l'énergie potentielle sont les plus élevées est celui appelé « Croix du Bonhomme », situé à plus de 2 400 m d'altitude.

▶ **2.** La relation qui permet de calculer la vitesse est $v = \frac{d}{t}$ où d est la distance parcourue et t la durée du parcours.

▶ **3.** Calculons la vitesse du coureur espagnol qui a parcouru $d = 170$ km. Pour cela, il faut convertir la durée t de sa course, donnée dans l'énoncé, en heures :

INFO +
La distance parcourue dans cette course est donnée dans l'introduction du début du sujet.

$$t = 20 \text{ h } 20 \text{ min} = 20 + \frac{20}{60} = 20{,}33 \text{ h}$$

$$v = \frac{d}{t} = \frac{170}{20{,}33} = 8{,}36 \text{ km/h}$$

On constate que le journaliste donne une vitesse plus élevée pour le coureur : 10 km/h. Cette valeur est supérieure à celle calculée ($10 > 8{,}4$). Les performances du coureur sont donc surévaluées par ce journaliste.

PARTIE 2. ÉTUDE DU SYSTÈME D'ÉCLAIRAGE INDIVIDUEL

▶ **4.** Un ampèremètre se monte en série dans un circuit simple et un voltmètre, en dérivation sur le dipôle dont on mesure la tension (schéma ci-dessous).

REMARQUE
L'ampèremètre peut être placé n'importe où dans le circuit, avant ou après la lampe.

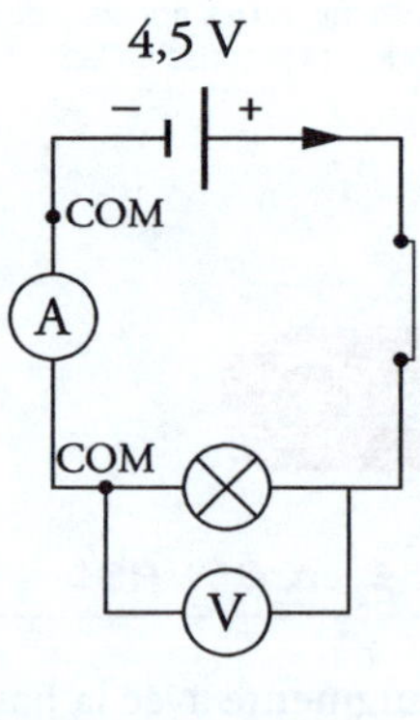

▶ **5.** Le règlement de l'UTMB exige un flux lumineux minimal de 200 lm. Or, la lampe A n'a qu'un flux de 12 lm, insuffisant pour effectuer la course d'après ce règlement.

▶ **6.** Le rendement lumineux r est donné par la formule : $r = \frac{\text{flux}}{P}$

Pour calculer le rendement de la lampe A, il faut d'abord calculer la puissance électrique P_A :

$P_A = U_A \cdot I_A = 4{,}5 \times 0{,}30 = 1{,}35$ W

$P_B = 2 \times 1{,}0 = 2{,}0$ W

On calcule les rendements lumineux des lampes A et B :

$$r(A) = \frac{\text{flux}(A)}{P_A} = \frac{12}{1{,}35} = 8{,}9 \text{ lm/W}$$

$$r(B) = \frac{\text{flux}(B)}{P_B} = \frac{240}{2{,}0} = 120 \text{ lm/W}$$

On constate que les rendements lumineux des deux lampes sont très différents. La lampe B a en effet un rendement très supérieur (13,5 fois !) à celui de la lampe A pour des puissances électriques qui restent du même ordre de grandeur (2,0 W et 1,35 W).

CONSEIL
Il faut calculer la puissance électrique de la lampe A. Donne la formule de la puissance avant d'effectuer le calcul.

ATTENTION
La lampe B contient deux LED. Elle consomme donc plus de puissance.

▶ **7.** Le calcul précédent nous indique un rendement lumineux de 120 lm/W pour une lampe frontale à LED, nettement plus élevé que celui d'une lampe frontale à incandescence qui n'est que de 8,9 lm/W, alors que leurs puissances électriques sont semblables. C'est pourquoi les lampes à LED ont aujourd'hui remplacé celles à incandescence, très énergivores. Ces dernières consomment beaucoup plus d'énergie électrique pour produire le même flux lumineux qu'une LED.

La physique et la chimie au service du football

30 min
25 points

INTÉRÊT DU SUJET • Le sport exige de plus en plus de technicité dans les matériaux utilisés par les sportifs. La science permet de répondre à cette nouvelle exigence.

En 2019, la France organise la coupe du monde de football féminin. À cette occasion, les fabricants de matériel sportif mettent en avant des chaussures de football à la fois légères et performantes dédiées spécifiquement aux femmes. Ces innovations sont permises par la recherche en science des matériaux et répondent aux exigences toujours plus grandes des sportifs.

Ph© Franck Fife / Afp

DOCUMENT 1 Les chaussures de football en PEBA

Bon nombre de joueuses professionnelles utilisent des chaussures de football en PEBA ou polyéther block amide. Ce matériau peu dense permet d'obtenir des chaussures qui sont 20 % plus légères. Qu'il fasse chaud ou froid, sur terrain enneigé ou sec, le PEBA reste stable. De plus, la semelle peut se plier un million de fois sans se dégrader grâce à l'élasticité exceptionnelle du PEBA, c'est-à-dire à sa capacité à emmagasiner et à restituer l'énergie comme le ferait un ressort. Cela procure une sensation de dynamisme et d'adhérence au terrain, ainsi qu'un toucher de balle exceptionnel.

D'après www.pebaxpowered.com

DOCUMENT 2 **De l'huile de ricin au PEBA**

Plant de ricin

L'huile de ricin, issue de graines de ricin, est constituée essentiellement de longues molécules d'acide ricinoléique de formule $C_{18}H_{34}O_3$.

Une transformation chimique de l'acide ricinoléique permet d'obtenir une espèce chimique appelée rilsan. Un objet fabriqué en rilsan est caractérisé par sa rigidité.

Une entreprise chimique française, Arkema, a mis au point le PEBA en faisant réagir le rilsan avec une autre espèce chimique, appelée polyéther, qui apporte plus de souplesse et d'élasticité.

▶ **1. a)** À partir du document 1, citer trois qualités du matériau nommé PEBA. *(3 points)*

b) Quel est le nom des éléments chimiques contenus dans la molécule d'acide ricinoléique de formule $C_{18}H_{34}O_3$. Il est demandé de répondre par une phrase et non par une simple liste de mots. *(3 points)*

On désire représenter les transformations chimiques successives permettant d'obtenir le PEBA à l'aide du diagramme suivant :

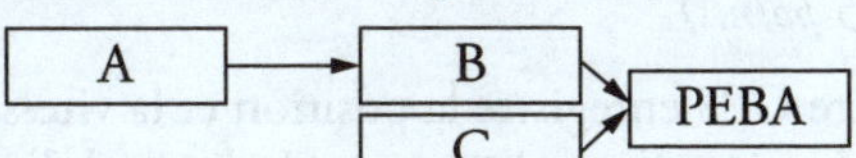

c) À partir du document 2, donner le nom des espèces chimiques associées aux repères A, B et C de ce diagramme. *(3 points)*

▶ **2.** Le ballon de football fait aussi l'objet de recherche pour améliorer ses caractéristiques et son comportement au cours du jeu : rebonds, résistance aux chocs, etc. On souhaite modéliser les actions que le ballon subit lorsqu'il est soumis à un coup de pied. Pour cela, on identifie l'ensemble des actions mécaniques modélisées par des forces qui s'exercent sur le ballon posé au sol au moment du coup de pied donné par une footballeuse.

DOCUMENT 3 **Schématisation des actions mécaniques exercées sur le ballon**

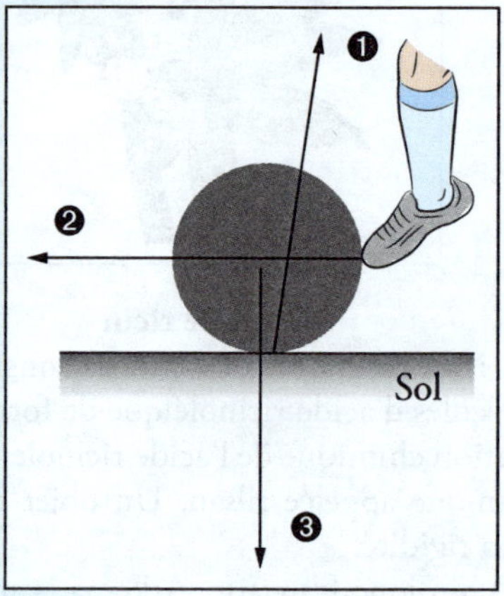

Les segments fléchés ①, ② et ③ identifiés ci-dessus modélisent les trois actions mécaniques qui s'exercent sur le ballon lors du coup de pied.

a) Pour chacun des segments fléchés ①, ② et ③ du document 3, choisir, parmi les propositions suivantes, le nom de l'action mécanique qui lui correspond : *(2,5 points)*

– action du sol sur le ballon ;
– action du ballon sur le pied ;
– action de pesanteur sur le ballon ;
– action du ballon sur le sol.
– action du pied sur le ballon ;

b) Parmi ces cinq actions, identifier une action à distance et une action de contact. *(2,5 points)*

▶ **3.** Une montre GPS enregistre la position et la vitesse d'une footballeuse lors d'un footing d'entraînement. Un logiciel d'analyse de performance sportive permet d'afficher la courbe du document 4, montrant l'évolution de la vitesse de la footballeuse au cours de cet entraînement.

DOCUMENT 4 **Évolution de la vitesse au cours de la séance d'entraînement**

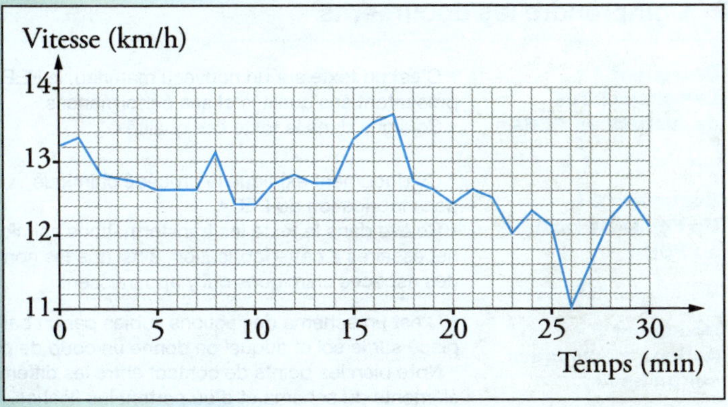

a) À quel instant la vitesse maximale a-t-elle été atteinte par la footballeuse lors de cette séance ? *(2 points)*

b) Quelle est la vitesse de la footballeuse à la 26e minute ? S'est-elle arrêtée à cet instant ? *(2 points)*

c) Choisir, parmi les propositions suivantes, celle(s) qui caractérise(nt) le mouvement de la footballeuse durant cette séance : *(2 points)*

– la vitesse est constante et égale à 13,6 km/h ;
– la vitesse est comprise entre 11,0 et 13,6 km/h ;
– le mouvement est uniforme.

▶ **4.** Une rencontre de la coupe du monde commence : l'arbitre siffle le début de la partie au milieu du terrain. Le son se propage à la vitesse de 340 m/s. Une gardienne de but, située près de ses cages, est à une distance de 48 m de l'arbitre : elle entend donc le son émis par le sifflet avec un léger retard.

Ce retard peut-il avoir une influence sur le bon déroulement du jeu ? Donner un avis argumenté en développant un raisonnement qui utilise la relation entre vitesse, distance parcourue et durée du parcours. La durée calculée sera arrondie au centième de seconde.

Toute démarche, même partielle, sera prise en compte. *(5 points)*

LES CLÉS DU SUJET

Comprendre les documents

Document 1 • Les chaussures de football en PEBA	• C'est un texte sur un nouveau matériau, le PEBA, présentant ses qualités et ses performances. • Souligne dans le texte ces qualités.
Document 2 • De l'huile de ricin au PEBA	• Ce document explique le procédé chimique de la fabrication du PEBA. • Relève dans le texte les transformations chimiques nécessaires à cette fabrication, ainsi que les noms des espèces chimiques qui y apparaissent.
Document 3 • Actions mécaniques sur un ballon	• C'est un schéma des actions subies par un ballon placé sur le sol et auquel on donne un coup de pied. • Note bien les points de contact entre les différents éléments du schéma et d'où partent les flèches.
Document 4 • Évolution de la vitesse au cours d'un entraînement	• Ce graphique montre l'évolution de la vitesse d'une footballeuse lors de son entraînement, au cours du temps. • Sa lecture te permet de répondre à la question **3**.

Répondre aux questions

▶ **1. a)** Sois vigilant(e) : on te demande de citer les qualités du matériau et non pas les sensations qu'il procure.

▶ **2. a)** Ce sont des actions appliquées « sur le ballon », ce détail t'aidera à choisir les bonnes réponses.

▶ **4.** Suis les étapes du schéma pour répondre à cette question.

Déterminer la vitesse de propagation d'un son pour argumenter sur le bon déroulement du jeu

Étape 1. Cherche d'abord la distance que le son doit parcourir et note la vitesse du son.

Étape 2. Calcule ensuite le temps *t* mis par le son pour parvenir à la gardienne du but.

Étape 3. Rédige ton raisonnement en mettant en avant la particularité de la réponse que tu as trouvée pour *t*.

10 CORRIGÉ GUIDÉ

▶ **1. a)** Le PEBA est un matériau peu dense, stable et d'une grande élasticité.

b) La molécule d'acide ricinoléique contient les éléments carbone, hydrogène et oxygène.

c) Dans ce diagramme, A représente l'huile de ricin, B le rilsan et C le polyéther.

▶ **2. a)** Sur ce schéma, le segment fléché ① représente l'action du sol sur le ballon, le segment fléché ② représente l'action du pied sur le ballon et le segment fléché ③ représente l'action de pesanteur sur le ballon.

b) L'action de la pesanteur sur le ballon est une action à distance que ce dernier subit même lorsqu'il n'est pas posé sur le sol. L'action du pied sur le ballon est une action de contact.

▶ **3. a)** La vitesse maximale de 13,6 km/h est atteinte à la 17e minute par la footballeuse.

b) D'après la courbe, la vitesse de la footballeuse à la 26e minute est de $V = 11$ km/h. Cette valeur est supérieure à zéro, elle n'est donc pas à l'arrêt.

c) La vitesse de la footballeuse varie au cours du temps, elle n'est donc pas constante, et le mouvement n'est pas uniforme. On peut donc dire que sa vitesse est comprise entre 11,0 et 13,6 km/h.

REMARQUE
Le zéro de l'axe des ordonnées est décalé, tiens-en compte pour ta lecture.

▶ **4.** La gardienne de but entendra le son du sifflet, à une distance de $d = 48$ m, au bout d'un temps t.

Calcul de t à l'aide de la vitesse du son $v = 340$ m/s :

$$v = \frac{d}{t}$$

$$t = \frac{d}{v} = \frac{48}{340} = 0{,}14 \text{ s.}$$

CONSEIL
Calcule le temps que met le son pour parvenir à la gardienne du but.

La gardienne du but entendra donc le son du sifflet 14 centièmes de seconde après son émission. C'est un temps trop court pour pouvoir parler d'un décalage qui puisse avoir une influence sur le déroulement du jeu. L'oreille humaine ne remarquera pas ce retard de réception du son. Le jeu ne sera donc pas perturbé.

S'ENTRAÎNER

Saut en parachute

30 min
25 points

INTÉRÊT DU SUJET • Felix Baumgartner a effectué un saut historique en parachute d'une altitude de 39 km au lieu de 3 km pour un saut normal. Les caractéristiques du saut changent-elles ?

Un parachutiste saute habituellement depuis un avion en plein vol à une altitude d'environ 3 à 4 km. Pour battre un record de vitesse, l'autrichien Felix Baumgartner a réalisé en 2012 un saut hors du commun depuis un ballon sonde à 39 km d'altitude.

Schématisation de deux sauts en parachute

Les échelles ne sont pas respectées.

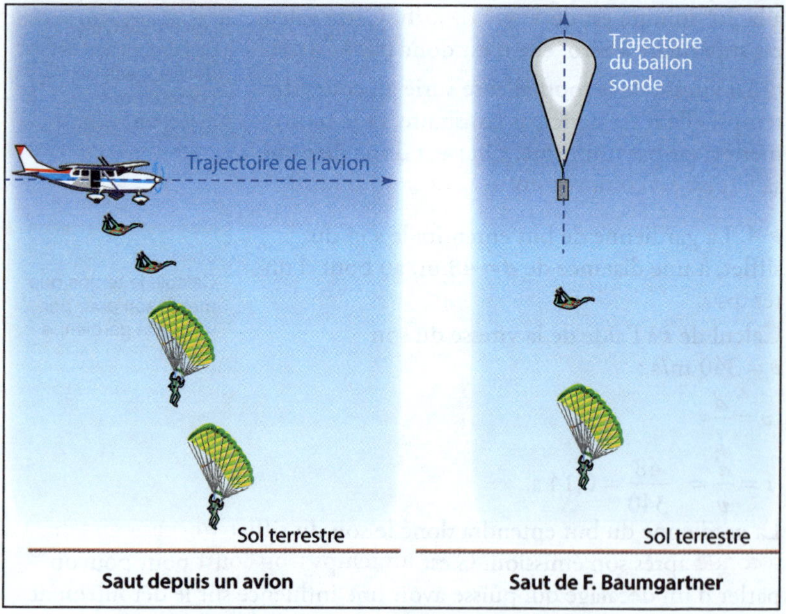

DOCUMENT 1 **Évolution de la vitesse de F. Baumgartner par rapport au sol terrestre en fonction du temps, avant l'ouverture du parachute**

Les valeurs de la vitesse sont volontairement absentes.

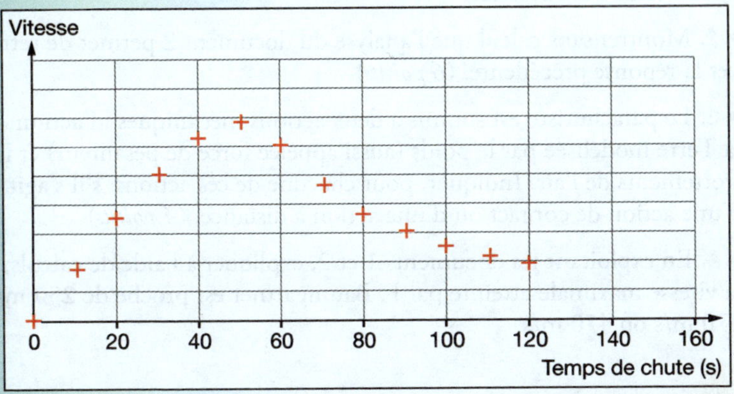

DOCUMENT 2 **Positions successives de F. Baumgartner au début de sa chute, avant l'ouverture du parachute**

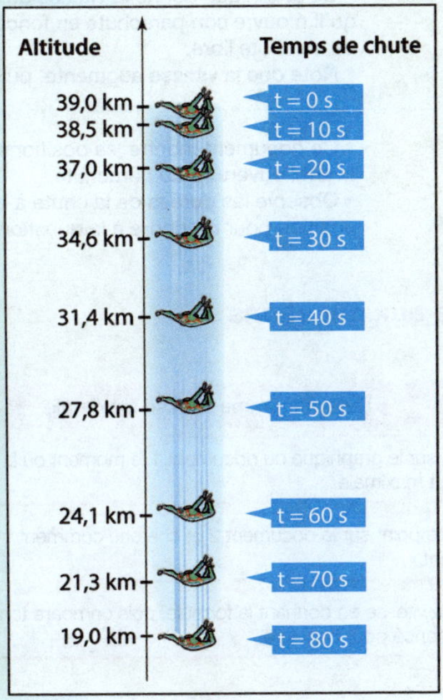

S'ENTRAÎNER

▶ **1.** Parmi les propositions suivantes, indiquer, en justifiant la réponse à partir du document 1, celle qui satisfait aux caractéristiques du saut de F. Baumgartner. (*4 points*)
Le mouvement est : **a)** accéléré puis ralenti ; **b)** accéléré puis uniforme ; **c)** uniforme puis accéléré.

▶ **2.** Montrer sans calcul que l'analyse du document 2 permet de retrouver la réponse précédente. (*6 points*)

▶ **3.** Le parachutiste est soumis à deux actions mécaniques : l'action de la Terre modélisée par le poids (aussi appelée force de pesanteur) et les frottements de l'air. Indiquer, pour chacune de ces actions, s'il s'agit d'une action de contact ou d'une action à distance. (*4 points*)

▶ **4.** En exploitant les documents 1 et 2, expliquer à l'aide de calculs, si la vitesse maximale atteinte par F. Baumgartner est proche de 250 m/s, 370 m/s ou 470 m/s.

LES CLÉS DU SUJET

Comprendre les documents

Document 1 • Évolution de la vitesse du parachutiste

- Ce graphique donne la vitesse du parachutiste avant qu'il n'ouvre son parachute en fonction de la durée de sa chute libre.
- Note que la vitesse augmente, puis diminue.

Document 2 • Positions successives du parachutiste

- Ce document montre les positions du parachutiste avant l'ouverture du parachute.
- Observe les durées de la chute à droite de chaque position pour répondre à la question **4**.

Répondre aux questions

▶ **4.**

Déterminer une vitesse maximale

Étape 1. Cherche sur le graphique du document 1 le moment où la vitesse du parachutiste est maximale.

Étape 2. Repère ce point sur le document 2 et cherche comment trouver cette vitesse « autour de ce point ».

Étape 3. Calcule la vitesse en donnant la formule, puis compare ton résultat aux valeurs données dans l'énoncé pour conclure.

11 CORRIGÉ **GUIDÉ**

▶ **1.** La vitesse du parachutiste augmente d'après le graphique du document 1 pendant 50 secondes, son mouvement est donc accéléré. La vitesse diminue ensuite jusqu'à 120 s, le mouvement est ralenti. La bonne réponse est donc la proposition **a)** accéléré puis ralenti.

▶ **2.** En se penchant sur le document 2 on constate que les positions du parachutiste s'écartent jusqu'à $t = 60$ s puis elles sont de plus en plus proches les unes des autres. Les positions sont données toutes les 10 secondes, c'est-à-dire à des intervalles de temps identiques. Cela signifie que le parachutiste va de plus en plus vite au début de sa chute puis ralentit, ce qui confirme la réponse choisie dans la question **1**.

▶ **3.** L'action appliquée par la Terre sur le parachutiste et modélisée par le poids est une action à distance, tandis que celle des frottements de l'air est une action de contact.

▶ **4.** D'après le document 1 le parachutiste atteint sa vitesse maximale à $t = 50$ s environ.

CONSEIL
Repère sur le document 1 l'instant où la vitesse est maximale.

Sur le document 2, on peut voir qu'il est possible de calculer la vitesse de Baumgartner autour de sa position à $t = 50$ s. En effet entre $t = 40$ s et $t = 60$ s, c'est-à-dire en une durée $T = 20$ s, il parcourt une distance :

REMARQUE
Tu peux trouver la distance parcourue en soustrayant les altitudes.

$d = 31{,}4 - 24{,}1 = 7{,}3 \text{ km} = 7\,300 \text{ m}$.

Sa vitesse maximale est donc donnée par :

$$v = \frac{d}{T} = \frac{7\,300}{20} = 365 \text{ m/s}.$$

Cette valeur est proche de 370 m/s proposée par l'énoncé qui sera donc la bonne réponse.

S'ENTRAÎNER

Le saut à l'élastique

30 min
25 points

INTÉRÊT DU SUJET • Un tel sport procure des sensations liées aux montées d'adrénaline, molécule sécrétée par le corps. Étudions aussi le mouvement du sauteur.

ph © vulkanov – stock.adobe.com

Le saut à l'élastique consiste à se jeter depuis un point situé en hauteur, en étant accroché à un élastique.
Dans ce sujet, nous nous intéresserons au mouvement d'un sauteur et à ses sensations, puis nous nous concentrerons sur le choix des élastiques.

Un saut à l'élastique comporte principalement 4 phases :

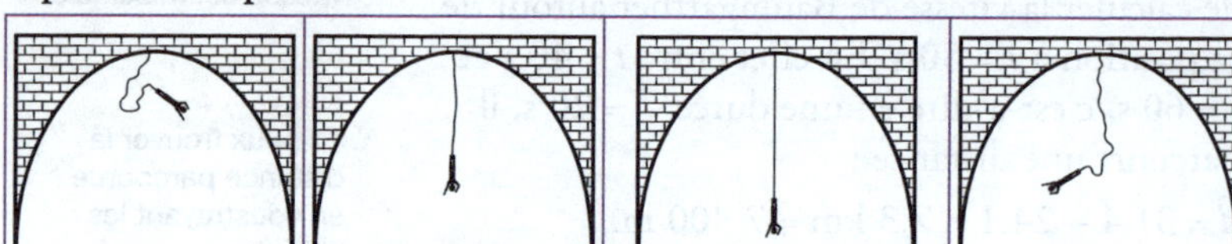

Phase 1	**Phase 2**	**Phase 3**	**Phase 4**
Chute libre durant laquelle la vitesse augmente	L'élastique commence à se tendre, le sauteur ralentit	L'élastique est tendu au maximum, la vitesse du sauteur s'annule un bref instant	L'élastique se contracte, le sauteur remonte en reprenant de la vitesse

Une fois ces 4 phases passées, le sauteur subit encore quelques oscillations avant de s'immobiliser définitivement.
On donne ci-contre la représentation graphique des variations de la vitesse du sauteur en fonction du temps :

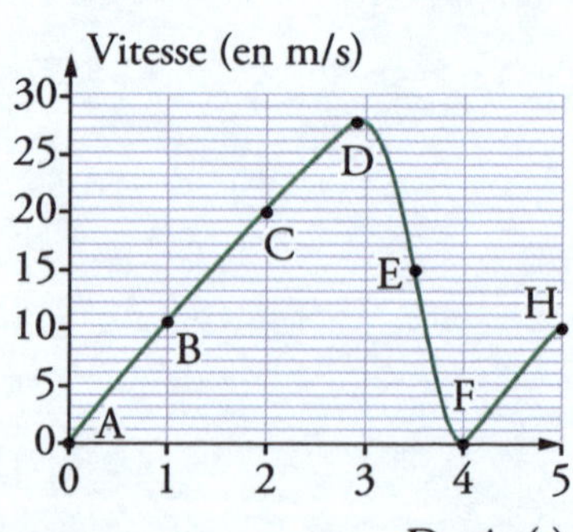

1. MOUVEMENT DU SAUTEUR — 6 POINTS

▶ **1.** Repérer la partie du graphique qui correspond à la phase 1. Justifier brièvement.

▶ **2.** Indiquer la phase du saut qui correspond au point F.

▶ **3.** La force de pesanteur (le poids du sauteur) modélise l'une des actions mécaniques s'exerçant sur le sauteur lors de sa chute. Préciser la direction et le sens de cette force.

2. ÉNERGIE DU SAUTEUR ET CONVERSION — 11 POINTS

▶ **1.** En utilisant les termes « énergie potentielle » et « énergie cinétique », décrire la conversion d'énergie qui a lieu lors de la phase 1 du saut.

▶ **2.** À l'aide du graphique, déterminer la valeur maximale de la vitesse atteinte par le sauteur.

▶ **3.** En déduire, par un calcul, que la valeur maximale de l'énergie cinétique du sauteur de 78 kg (équipement inclus) est de l'ordre de 30 000 J.

▶ **4.** Le tableau ci-dessous donne l'énergie cinétique de différents véhicules à une vitesse donnée.

Objets	Vitesse	Énergie cinétique
Camion + chauffeur	30 km/h	120 550 J
Moto + motard	65 km/h	26 000 J
Vélo + cycliste	12 km/h	425 J

En comparant la valeur maximale de l'énergie cinétique obtenue à la question **3.** à celle d'un véhicule en mouvement, préciser le rôle de l'élastique.

3. SENSATION LORS DU SAUT — 3 POINTS

Durant le saut, le sauteur éprouve des sensations qui sont associées à la production d'adrénaline, substance dont la formule chimique est $C_9H_{13}O_3N$. Préciser le nom et le nombre de chacun des atomes présents dans une molécule d'adrénaline.

Donnée : extrait de la classification périodique.

1 H HYDROGÈNE							2 He HÉLIUM
3 Li LITHIUM	4 Be BÉRYLLIUM	5 B BORE	6 C CARBONE	7 N AZOTE	8 O OXYGÈNE	9 F FLUOR	10 Ne NÉON
11 Na SODIUM	12 Mg MAGNÉSIUM	13 Al ALUMINIUM	14 Si SILICIUM	15 P PHOSPHORE	16 S SOUFRE	17 Cl CHLORE	18 Ar ARGON

S'ENTRAÎNER

4. CHOIX DE L'ÉLASTIQUE 5 POINTS

Il existe différents modèles d'élastique, adaptés au sauteur et aux conditions de saut. Voici quelques modèles d'élastique disponibles dans un club :

Modèle d'élastique	Poids du sauteur	Longueurs disponibles pour chaque modèle	Longueur maximale
XS	250 N à 450 N	15 m ; 30 m ; 50 m	3 fois la longueur initiale
S	400 N à 700 N		
M	650 N à 950 N		
L	900 N à 1 200 N		

Pour concilier sensations fortes et sécurité, les clubs fixent généralement une distance d'au moins 10 m entre le sol et le point le plus bas atteint lors de la chute.

Parmi les modèles disponibles, choisir un élastique qui convient, pour un sauteur de 78 kg (équipement inclus), s'élançant du pont de Ponsonnas haut de 103 m.

Préciser le modèle et la longueur de l'élastique retenu. Justifier.

Toute démarche sera valorisée.

Donnée : l'intensité de la pesanteur sur Terre a pour valeur $g = 9,8$ N/kg.

LES CLÉS DU SUJET

Comprendre l'énoncé

• Ce sujet ne contient pas de document à proprement dit, mais l'introduction contient plusieurs éléments à noter :

– le schéma des quatre phases d'un saut à l'élastique : utilise-le pour répondre aux questions sur le mouvement du sauteur ;

– un graphique des variations de vitesse du sauteur au fil du temps.

• La partie 4 du sujet contient également une introduction qui condense beaucoup d'informations sur les modèles de différents élastiques et les critères de sécurité à respecter lors des sauts : souligne dans le texte ce qui est important.

Répondre aux questions

Partie 1

▶ **3.** Fais attention, le sens et la direction d'une force sont deux notions distinctes à ne pas confondre.

■ Partie 2

▶ **1.** Rappelle-toi qu'un objet placé à une hauteur contient de l'énergie.

▶ **4.** Tu trouveras ce qu'on appelle « le rôle » de l'élastique en lisant son action dans les différentes phases du saut.

■ Partie 3

Un tableau de classification périodique est donné dans la question, utilise-le pour donner les noms des atomes.

■ Partie 4

Justifier le choix de l'élastique

Étape 1. Commence par calculer le poids *P* du sauteur. Il t'indiquera le modèle à choisir.

Étape 2. À l'aide des informations de l'introduction, calcule les longueurs maximales atteintes par les trois élastiques disponibles.

Étape 3. Rédige ta réponse en tenant compte du fait que tu dois concilier deux facteurs pour choisir ton élastique.

12 CORRIGÉ GUIDÉ

1. MOUVEMENT DU SAUTEUR

▶ **1.** La phase 1 correspond sur le graphique à la partie qui va du point A au point D car, lors de la phase 1, le sauteur chute et sa vitesse augmente. La courbe croit de A jusqu'à D.

▶ **2.** Le point F correspond à la phase 3 car la vitesse du sauteur s'annule pendant cette phase très courte.

▶ **3.** Le poids est une action de direction verticale dont le sens est dirigé vers le sol.

CONSEIL
Utilise le mot « vers » pour indiquer le sens.

2. ÉNERGIE DU SAUTEUR ET CONVERSION

▶ **1.** Au début de la phase 1, le sauteur ne possède que de l'énergie potentielle. Lorsque sa chute commence, sa vitesse croît et il acquiert de l'énergie cinétique. On peut donc dire que l'énergie potentielle est convertie en énergie cinétique sans aucune perte lors de la phase 1.

▶ **2.** La valeur maximale de la vitesse est celle qui est donnée par le point D sur le graphique :
$V_{max} = 28$ m/s.

▶ **3.** L'énergie cinétique maximale correspond à la vitesse maximale du sauteur :

$$E_c = \frac{1}{2} m V_{max}{}^2 = \frac{1}{2} \times 78 \times 28^2 = 30\ 576 \text{ J.}$$

GAGNE DES POINTS
Écris et utilise la formule de E_c donnée en classe.

En effet l'énergie cinétique est de l'ordre de 30 000 J.

▶ **4.** L'énergie maximale acquise par le sauteur à la fin de la phase 1 est comparable à celle d'un motard et de sa moto allant à 65 km/h. L'élastique se tend à partir de cet instant, son rôle est de ralentir le sauteur jusqu'à ce qu'il s'arrête. De cette façon le sauteur ne s'arrête pas brusquement.

3. SENSATION LORS DU SAUT

L'adrénaline contient 9 atomes de carbone, 13 atomes d'hydrogène, 3 atomes d'oxygène et un seul atome d'azote.

4. CHOIX DE L'ÉLASTIQUE

Pour choisir l'élastique pour ce saut, il faut effectuer deux calculs :

CONSEIL
Utilise la dernière colonne du tableau pour calculer la longueur maximale de l'élastique et n'oublie pas le poids dont tu donneras la formule.

- Le poids du sauteur :

$P = m \cdot g = 78 \times 9{,}8 = 764{,}4$ N.

On constate que $650 \text{ N} < P < 950 \text{ N}$.
Le modèle choisi doit être un modèle M.

- La longueur maximale de l'élastique : elle est 3 fois la longueur initiale, quel que soit le modèle.

Le modèle de 15 m a une longueur maximale : $L_1 = 15 \times 3 = 45$ m.
Le modèle de 30 m a une longueur maximale : $L_2 = 30 \times 3 = 90$ m.
Le modèle de 50 m a une longueur maximale : $L_3 = 50 \times 3 = 150$ m.
On constate que L_3 dépasse la hauteur du pont et L_1 paraît trop court et ne donnera pas une bonne sensation lors du saut. On choisira donc le modèle de 30 m dont la longueur est suffisante et dont le point le plus bas atteint par le modèle est situé à 13 m du sol : distance supérieure aux 10 m fixée pour la sécurité du sauteur.

On choisira donc un modèle M de 30 m.

Sécurité dans l'habitat

30 min
25 points

INTÉRÊT DU SUJET • Se familiariser avec les alarmes électriques dans les maisons permet de mieux comprendre les détecteurs de fumée, obligatoires dans les habitats depuis mars 2015.

Pour prévenir les intoxications domestiques, l'État encourage l'installation de détecteurs dans les habitations.

1. DÉTECTION DE FUMÉE

Les détecteurs de fumée à principe optique (document 1) sont très utilisés. Un signal d'alarme s'enclenche lorsque la photodiode présente dans la chambre optique reçoit de la lumière. Une photodiode est un composant électrique ayant la capacité de détecter une lumière et de la convertir en courant électrique.

DOCUMENT 1 **Schéma en coupe et principe de fonctionnement d'un détecteur de fumée à principe optique**

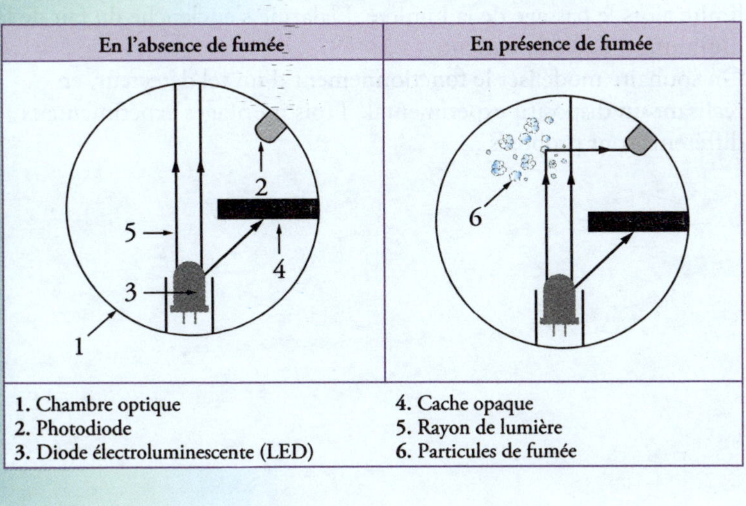

1. Chambre optique
2. Photodiode
3. Diode électroluminescente (LED)
4. Cache opaque
5. Rayon de lumière
6. Particules de fumée

▶ **1.** Nommer la source primaire de lumière contenue dans un détecteur de fumée optique.

▶ **2.** Expliquer pourquoi la photodiode détecte de la lumière en présence de fumée.

2. DÉTECTION DE MONOXYDE DE CARBONE

Les chaudières à gaz des habitations fonctionnent grâce à la combustion du gaz de ville, composé essentiellement de méthane de formule chimique CH_4. Au cours de leur fonctionnement, ces chaudières peuvent s'encrasser. Cela provoque une combustion incomplète du méthane. Des fumées et des gaz nocifs sont alors produits, notamment le monoxyde de carbone. Ce gaz transparent, inodore et toxique est responsable chaque année d'une centaine de décès en France.

▶ **1.** Parmi les propositions suivantes, entourer celle qui modélise la transformation chimique à l'origine de la formation de monoxyde de carbone dans une chaudière à gaz :
Proposition 1 : $CH_4 + 2\ O_2 \rightarrow CO_2 + 2\ H_2O$
Proposition 2 : $2\ C + O_2 \rightarrow 2\ CO$
Proposition 3 : $2\ CH_4 + 3\ O_2 \rightarrow 4\ H_2O + 2\ CO$

▶ **2.** Pour prévenir le risque d'intoxication au monoxyde de carbone, on peut utiliser un détecteur spécifique. Il comporte un disque recouvert d'un gel. En présence de monoxyde de carbone, le gel s'assombrit et limite alors le passage de la lumière. L'alarme s'enclenche du fait de la diminution de l'éclairement.
On souhaite modéliser le fonctionnement d'un tel détecteur, en réalisant un dispositif expérimental. Trois montages expérimentaux différents sont proposés :

Montage n° 1	Montage n° 2	Montage n° 3
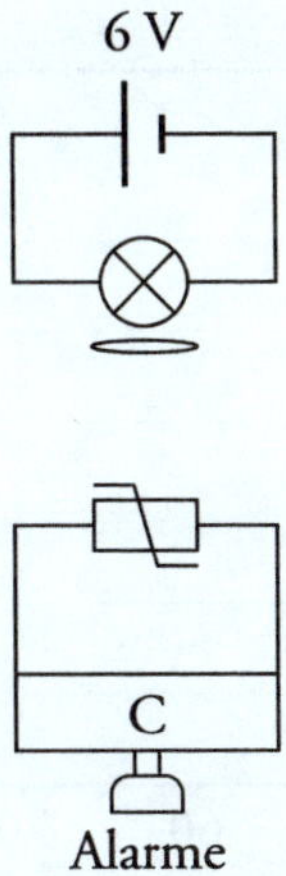	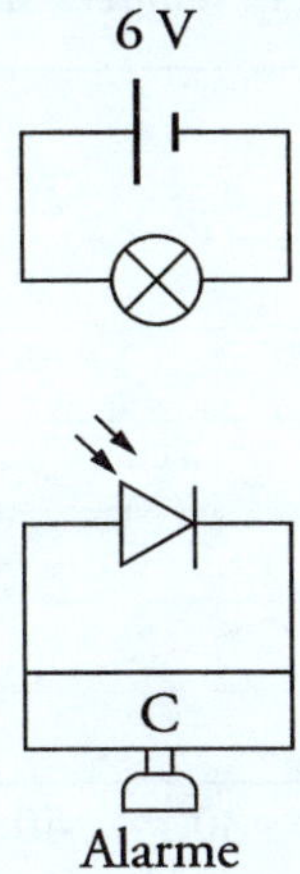	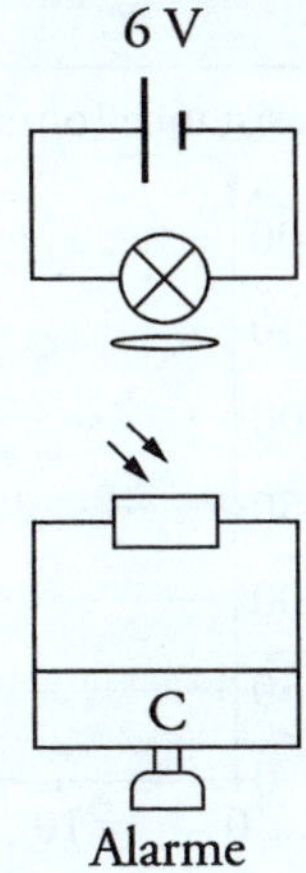

L'alarme s'active lorsque le « circuit de contrôle » C détecte une diminution importante de l'intensité électrique dans le circuit.
Choisir parmi les trois montages expérimentaux celui qui correspond le mieux au fonctionnement d'un détecteur à monoxyde de carbone à disque.
Argumenter la réponse en exploitant les documents 2, 3 et 4.

DOCUMENT 2 Symbole des composants

Lampe	Photodiode	Thermistance	Photo-résistance	Disque recouvert de gel
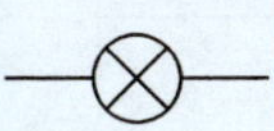	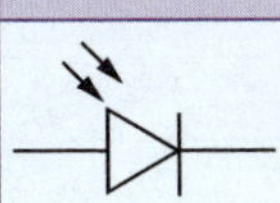	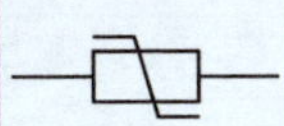	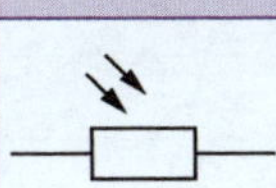	

DOCUMENT 3 **Évolution de la résistance de la thermistance en fonction de la température**

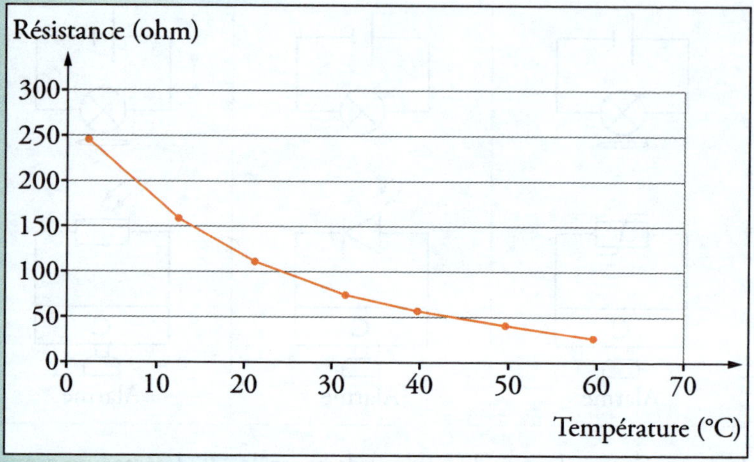

DOCUMENT 4 **Évolution de la résistance d'une photorésistance en fonction de l'éclairement**

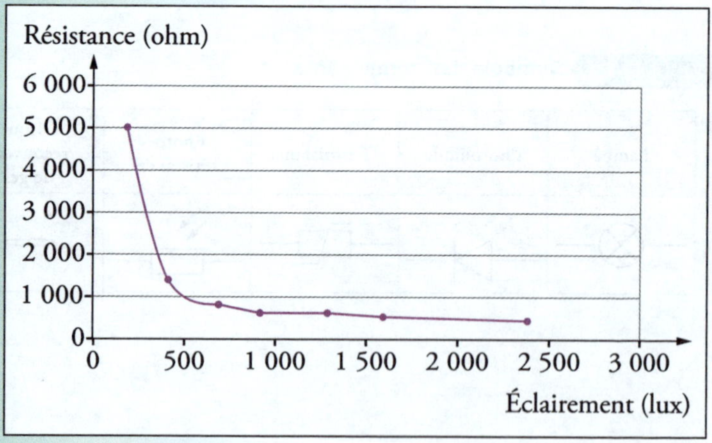

LES CLÉS DU SUJET

Comprendre les documents

Document 1 • Principe de fonctionnement d'un détecteur optique de fumée	• Ce document est constitué de deux schémas montrant l'intérieur d'un détecteur, en l'absence ou en présence de fumée. • Regarde et compare ces deux schémas pour comprendre le fonctionnement du détecteur car aucune explication n'est donnée.
Document 2 • Symboles des composants	• Ce document présente les schémas normalisés (ou symboles) de quatre dipôles et d'un disque. • Utilise les composants de ce tableau pour comprendre le fonctionnement des trois circuits représentant le détecteur de fumée et donnés dans la question **2**.
Document 3 • Évolution de la résistance de la thermistance en fonction de la température	• C'est le graphique des variations de la résistance d'une thermistance, lorsque la température augmente. • Il montre qu'une thermistance est sensible à la température et à ses variations. Note dans le document 1 si la température varie. • Utilise-le pour répondre à la question **2**.
Document 4 • Évolution de la résistance d'une photorésistance en fonction de l'éclairement	• C'est un graphique montrant les variations de la résistance d'une photorésistance lorsque l'éclairement augmente. • Note cette fois que la résistance diminue très fortement si on l'éclaire.

Attention : les introductions des questions contiennent beaucoup d'informations qu'il faut utiliser en plus des documents.

Répondre aux questions

■ Partie 1

▶ **2.** Utilise les deux schémas du document 1 et soigne la rédaction.

■ Partie 2

▶ **1.** Lis attentivement l'introduction de la partie 2 et regarde bien ce que la question te demande exactement.

▶ **2.** Suis les étapes du schéma ci-après pour répondre à la question 2 de la partie 2.

Choisir un montage expérimental en fonction du résultat attendu

Étape 1. Relie les informations des documents 2, 3 et 4.

Étape 2. Regarde ensuite les montages proposés dans l'énoncé de la question.

Étape 3. Rédige ta réponse en expliquant comment fonctionne le montage choisi.

13 CORRIGÉ GUIDÉ

1. DÉTECTION DE FUMÉE

▶ **1.** La source primaire de lumière dans le détecteur de fumée est la LED.

▶ **2.** D'après les schémas du document 1, lorsqu'il n'y a pas de fumée, la lumière émise par la LED se propage en ligne droite et, à cause du cache opaque, elle n'atteint pas la photodiode. Or en présence de la fumée, les particules dévient la lumière de la LED vers la photodiode qui la détecte et la convertit en courant électrique pour déclencher l'alarme.

2. DÉTECTION DE MONOXYDE DE CARBONE

▶ **1.** La transformation chimique à l'origine de la formation de CO à partir de la combustion de CH_4 est la proposition 3 :
$2\ CH_4 + 3\ O_2 \rightarrow 4\ H_2O + 2\ CO$.

INFO +
Utilise l'introduction du document 1 pour donner une réponse complète.

▶ **2.** C'est le montage 3 qui correspond le mieux au fonctionnement du détecteur de CO. En effet le processus s'effectue en quatre étapes :

- lorsque le monoxyde de carbone apparaît, il assombrit le gel du disque placé devant la lampe ;
- la luminosité diminue ;
- d'après le graphique du document 4, lorsque l'éclairement diminue, la résistance de la photorésistance augmente ;
- d'après la loi d'Ohm ($U = R \times I$), si R augmente, l'intensité I du courant diminue dans le circuit de contrôle C et l'alarme s'active.

CONSEIL
Souligne dans l'énoncé de la question tout ce qui est important : avant et après les montages.

Étude de deux centrales

30 min
25 points

INTÉRÊT DU SUJET • L'étude du fonctionnement des centrales électriques permet de comprendre comment certains pays choisissent celles qui préserveront les ressources et notre planète.

L'exploitation des ressources énergétiques est liée à l'augmentation de la population mondiale et de ses nouveaux besoins.
La production d'électricité à partir des centrales thermiques à flamme est le mode le plus répandu dans le monde et bénéficie des abondantes – mais épuisables – ressources en charbon, pétrole et gaz de la planète.
Certains pays se lancent dans le développement de centrales géothermiques. On veut ici comprendre ce choix.

DOCUMENT 1 **Principe de fonctionnement d'une centrale géothermique**

Centrale géothermique de Waikarei en Nouvelle-Zélande

ph © Horst Mahr/Image Broker/Age Fotostock

Une centrale géothermique produit de l'électricité, sans qu'il y ait de combustion, grâce à la chaleur de la Terre qui transforme l'eau contenue dans les nappes souterraines en vapeur. Le mouvement de la vapeur d'eau sous pression permet de faire tourner une turbine entraînant un alternateur, qui produit alors un courant alternatif.

DOCUMENT 2 **Principe de fonctionnement d'une centrale thermique à flamme**

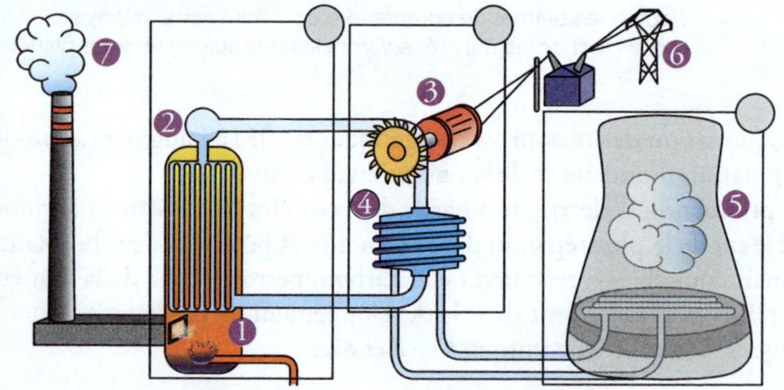

❶ Combustion du charbon, du pétrole ou du gaz
❷ Vapeur d'eau ❸ Turbine et alternateur
❹ Condenseur (transforme la vapeur en eau liquide)
❺ Dans ces tours, l'eau de refroidissement de la centrale est elle-même refroidie en circulant au contact de l'air, ce qui explique le dégagement de vapeur d'eau
❻ Réseau électrique
❼ Cheminée libérant gaz et fumées produits lors de la combustion

D'après *Physique-chimie 3*ᵉ, collection « Microméga », © Hatier, 2008

▶ **1.** Compléter le tableau suivant en exploitant les documents 1 et 2.

Nom de la centrale	Source(s) d'énergie utilisée	Source d'énergie renouvelable ou non ?	Dégage ou ne dégage pas de fumées lors de son utilisation ?
Thermique à flamme			
Géothermique			

▶ **2.** Il s'agit de repérer sur le dessin de la centrale thermique à flamme (document 2) les 3 circuits distincts A, B et C décrits ci-dessous.
• A : circuit de refroidissement ;
• B : circuit primaire ou lieu de transformation d'énergie chimique en énergie thermique ;
• C : circuit secondaire ou lieu de transformation de l'énergie mécanique en énergie électrique.
Pour répondre à la question, écrire A, B ou C à l'intérieur des cercles grisés du document 2.

On étudie la réaction de combustion ayant lieu dans le circuit primaire d'une centrale thermique utilisant le gaz naturel, composé essentiellement de méthane CH_4. Le méthane réagit avec le dioxygène O_2 de l'air pour former du dioxyde de carbone CO_2 et de l'eau H_2O, selon l'équation de réaction :

$$CH_4 + 2\ O_2 \rightarrow CO_2 + 2\ H_2O$$

▶ **3. a)** Nommer le gaz participant à l'effet de serre produit lors de cette transformation chimique.
b) Lorsqu'on brûle 6×10^{22} molécules de méthane de manière complète :
• Combien de molécules de dioxygène sont nécessaires ? Expliquer.
• Combien de molécules de dioxyde de carbone sont formées ? Expliquer.

Un réacteur de centrale thermique à flamme produit une puissance d'environ 1 100 MW. Un réacteur de centrale géothermique peut délivrer une énergie de 7 500 000 MWh par an, en fonctionnant 6 820 heures.

▶ **4. a)** Montrer par un calcul que la puissance électrique du réacteur de centrale géothermique est équivalente à celle du réacteur de centrale thermique à flamme.
b) En faisant référence aux réponses précédentes, donner deux arguments expliquant pourquoi certains pays ont opté pour des centrales géothermiques.

S'ENTRAÎNER

LES CLÉS DU SUJET

Comprendre les documents

Document 1 • Principe de fonctionnement d'une centrale géothermique	• Ce document explique le fonctionnement d'une centrale géothermique et montre une photographie de l'installation. • Note bien ce que désignent les flèches sur la photographie. Les légendes t'informent sur l'espèce chimique dégagée par les tours.
Document 2 • Principe de fonctionnement d'une centrale thermique à flamme	• Ce document schématise et explique les différentes parties d'une centrale utilisant la combustion du charbon. • Regarde bien ce qui est expliqué sur les deux cheminées d'une telle centrale et note les trois circuits encadrés sur le schéma.

Répondre aux questions

▶ **1.** Utilise le texte du document 1 et les parties numérotées du document 2 pour remplir le tableau, et n'oublie pas que la vapeur d'eau n'est pas une « fumée ».

▶ **2.** Chaque circuit est défini dans l'énoncé de la question **2** ; utilise ces définitions pour répondre à la question.

▶ **3. b)** L'équation de la réaction est donnée. N'oublie pas que les proportions des réactifs et des produits apparaissent dans cette équation.

▶ **4. b)** Suis les étapes du schéma pour répondre à la question.

Argumenter sur le choix d'une centrale géothermique

Étape 1. Parle d'abord des rejets des deux centrales en utilisant le tableau de la question 1 et compare ces rejets.

Étape 2. Utilise la puissance calculée dans la question précédente et compare-la à celle d'une centrale à flamme.

Étape 3. Rédige une conclusion pour mettre en avant les qualités de la centrale et les bienfaits vis-à-vis de la planète.

14 CORRIGÉ GUIDÉ

▶ **1.**

Nom de la centrale	Source(s) d'énergie utilisée	Source d'énergie renouvelable ou non ?	Dégage ou ne dégage pas de fumées lors de son utilisation ?
Thermique à flamme	Combustible fossile : charbon, pétrole ou gaz	Source non renouvelable	Dégage de la fumée
Géothermique	Chaleur de la Terre	Source renouvelable	Ne dégage pas de fumée

▶ **2.**

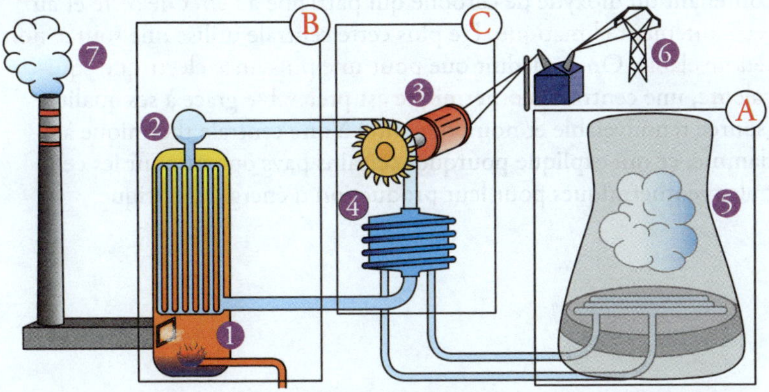

▶ **3. a)** L'équation montre que deux gaz apparaissent à l'issue de la combustion : la vapeur d'eau et le dioxyde de carbone. C'est le dioxyde de carbone CO_2 qui participe à l'effet de serre.

b) D'après l'équation, une molécule de méthane CH_4 réagit avec 2 molécules de dioxygène O_2. Par proportionnalité, 6×10^{22} molécules de CH_4 réagiront avec le double de ce nombre de molécules de O_2 : $2 \times 6 \times 10^{22} = 12 \times 10^{22}$.

Le nombre de molécules de dioxygène nécessaire est de 12×10^{22}.

• D'après l'équation de la réaction, on constate à nouveau qu'une molécule de méthane produit une molécule de dioxyde de carbone CO_2. Par proportionnalité, lors de la combustion de 6×10^{22} molécules de CH_4, il se forme autant de molécules de CO_2, donc 6×10^{22} molécules.

▶ **4. a)** Il faut calculer la puissance électrique de la centrale géothermique à l'aide de la formule : $E = P \times t$.
Avec $E = 7\ 500\ 000$ MWh et $t = 6\ 820$ h, on obtient donc :

CONSEIL
Utilise la formule de l'énergie et donne l'expression de P avant de faire tes calculs. Tu n'as pas de conversion à faire.

$$P_{\text{géo}} = \frac{E}{t} = \frac{7\ 500\ 000}{6\ 820} = 1\ 099{,}7 \text{ MW} \approx 1\ 100 \text{ MW}.$$

On constate que la puissance électrique produite par la centrale géothermique est pratiquement égale à celle produite par une centrale à flamme qui est aussi de 1 100 MW.

b) Quand on compare une centrale géothermique à une centrale thermique à flamme, on constate que cette dernière dégage des fumées contenant du dioxyde de carbone qui participe à l'effet de serre et au réchauffement climatique. De plus cette centrale utilise une source non renouvelable. On en déduit que pour une puissance électrique équivalente, une centrale géothermique est préférable grâce à ses qualités (source renouvelable et non polluante) à une centrale thermique à flamme, ce qui explique pourquoi certains pays optent pour les centrales géothermiques pour leur production d'énergie électrique.

Sous-marin : quels signaux pour communiquer ?

30 min
25 points

INTÉRÊT DU SUJET • Isolés mais contraints à des travaux précis, les membres de l'équipage d'un sous-marin utilisent toutes sortes de signaux pour communiquer.

La communication à bord d'un sous-marin

– Dans un sous-marin en plongée, les membres de l'équipage ne perçoivent pas la lumière du jour, parfois pendant plusieurs semaines. Pour éviter le dérèglement de leur horloge biologique, des lampes indiquent l'alternance jour-nuit. Lorsqu'il fait jour à la surface, la lumière est blanche ; lorsqu'il fait nuit à la surface, la lumière est rouge.

– En cas d'incendie à bord, une sirène retentit.

La communication vers l'extérieur d'un sous-marin

– Pour communiquer vers l'extérieur depuis un sous-marin en plongée, on peut utiliser une bouée « antenne » reliée au sous-marin par un câble électrique. Cette bouée émet et reçoit des signaux radio.

– Par ailleurs, l'utilisation d'un sonar permet de faire des mesures et de recueillir des informations sur la nature des obstacles rencontrés. Le sonar émet un signal sonore dont la fréquence s'élève à plusieurs centaines de kilohertz. Ce signal se propage jusqu'à un obstacle, est réfléchi par cet obstacle puis revient jusqu'au sonar.

DOCUMENT 1 Échelle des fréquences sonores

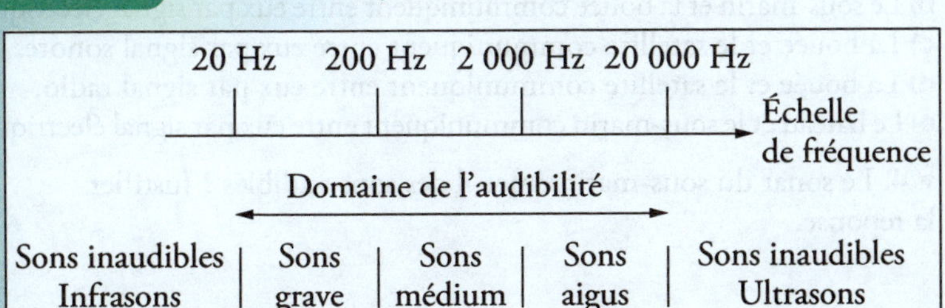

DOCUMENT 2 **Les moyens de communication depuis un sous-marin**

Les échelles ne sont pas respectées.

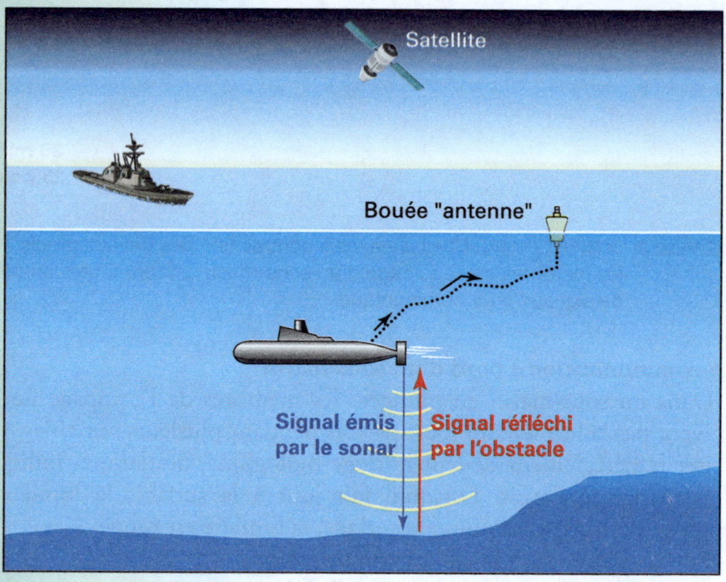

▶ **1.** Indiquer la nature des deux types de signaux utilisés pour la communication à bord d'un sous-marin et cités dans le texte d'introduction.

▶ **2.** Préciser l'information transmise par chacun de ces signaux.

▶ **3.** Parmi les propositions suivantes, identifier celles qui sont exactes.

Ne pas recopier les propositions choisies mais indiquer uniquement les lettres correspondantes sur la copie.

a) Le sous-marin et la bouée communiquent entre eux par signal radio.
b) Le sous-marin et la bouée communiquent entre eux par signal électrique.
c) La bouée et le satellite communiquent entre eux par signal sonore.
d) La bouée et le satellite communiquent entre eux par signal radio.
e) Le bateau et le sous-marin communiquent entre eux par signal électrique.

▶ **4.** Le sonar du sous-marin émet-il des sons audibles ? Justifier la réponse.

DOCUMENT 3 **Écran de visualisation des signaux émis et reçus par le sonar**

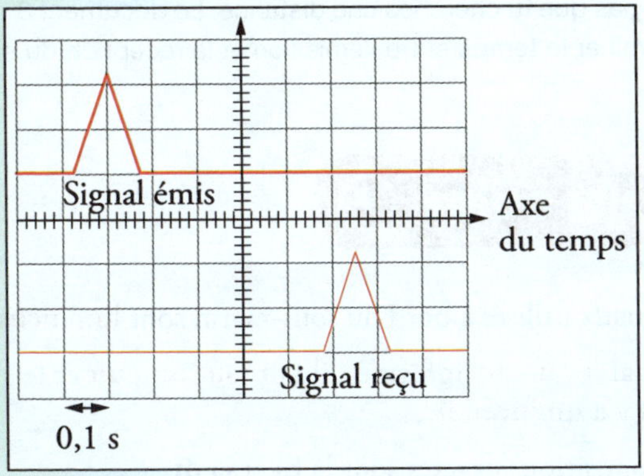

▶ **5.** Un sous-marin en expédition pour cartographier les fonds marins se trouve à 300 m sous la surface de l'océan. Les scientifiques utilisent le sonar pour connaître la profondeur du fond océanique dans la zone où se trouve le sous-marin.
En exploitant le document 3, calculer la profondeur du fond océanique.
Donnée : vitesse du son dans l'eau de mer : $v = 1\,500$ m/s.

LES CLÉS DU SUJET

Comprendre les documents

Document 1 • Échelle des fréquences sonores	• Ce document présente une échelle des fréquences sonores déjà vue en classe. • Note qu'Il montre le domaine de l'audibilité des sons pour l'oreille humaine.
Document 2 • Les moyens de communication depuis un sous-marin	• C'est un schéma très complet des moyens de communication que l'on peut utiliser dans un sous-marin. Il est précédé par un long texte qui énumère et explique ces moyens. • Lis bien ce texte et souligne les informations importantes.
Document 3 • Écran de visualisation des signaux émis et reçus par le sonar	• Il s'agit de l'écran d'un oscilloscope faisant apparaître un signal émis, et le même signal reçu à nouveau après sa réflexion sur le fond marin. • Lis le temps en secondes sur l'axe horizontal à l'aide des carreaux.

Répondre aux questions

▶ **5.** Cette question se présente comme un problème à résoudre. N'oublie pas que tu cherches une distance. Le document 3 te permettra de déterminer le temps entre l'émission et la réception du signal.

15 CORRIGÉ GUIDÉ

▶ **1.** Les signaux utilisés à bord du sous-marin sont lumineux ou sonores.

▶ **2.** Le signal lumineux informe s'il fait jour ou nuit et le signal sonore informe s'il y a un incendie.

▶ **3.** Les propositions exactes sont la **b)** et la **d)**.

b) Le sous-marin et la bouée communiquent entre eux par signal électrique.

d) La bouée et le satellite communiquent entre eux par signal radio.

▶ **4.** Le sonar envoie des sons d'une fréquence de plusieurs centaines de kHz : 100 kHz > 20 000 Hz

Il émet donc des ultrasons inaudibles à l'oreille humaine.

▶ **5.** Dans un premier temps, on cherche la distance du fond de l'océan au sous-marin, que l'on appelle d. La vitesse des ultrasons utilisés pour cette cartographie est $v = 1\,500$ m/s. Il suffit de lire le temps t que met ce signal pour aller du sous-marin jusqu'au fond océanique. On utilisera ensuite la relation $v = \frac{d}{t}$.

• Calcul de t : le temps mesuré sur l'écran est le temps d'un aller-retour, soit $2t$. Le document 3 montre que les deux pics sont distants de 5,6 carreaux. À chaque carreau correspond 0,1 s.

$2t = 5{,}6 \times 0{,}1 = 0{,}56$ s

$t = \frac{0{,}56}{2} = 0{,}28$ s

> **INFO +**
> N'oublie pas que le signal du sonar part de l'émetteur, puis revient vers le récepteur.

• Calcul de d : on sait que $d = v \times t$.

• $d = 1\,500 \times 0{,}28 = 420$ m.

• Calcul de la profondeur du fond océanique p : on sait que le sous-marin se trouve 300 m sous la surface de l'océan, donc :
$p = d + 300 = 720$ m.

Pertes auditives

30 min
25 points

S'ENTRAÎNER

INTÉRÊT DU SUJET • La perte auditive touche des millions de personnes, mais les avancées technologiques en matière de prothèses auditives permettent à beaucoup d'entre elles d'entendre à nouveau.

D'après l'Organisation mondiale de la santé, 360 millions de personnes dans le monde, dont 32 millions d'enfants, souffrent de surdité. Certaines déficiences auditives peuvent être corrigées grâce à des prothèses.

DOCUMENT 1 Schéma de l'oreille humaine

L'échelle n'est pas respectée.

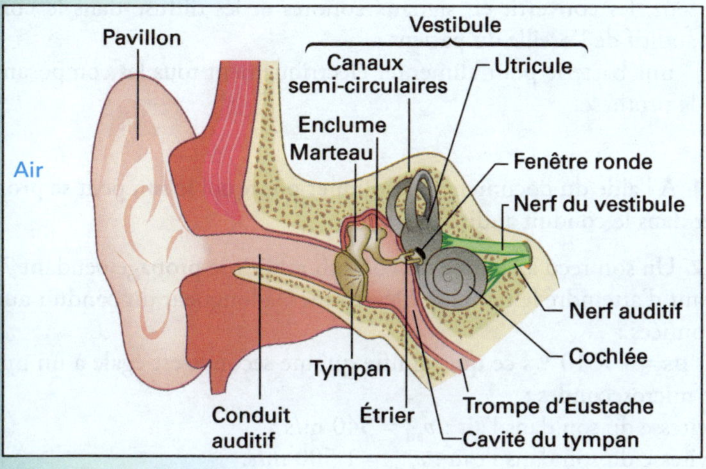

DOCUMENT 2 **Composition d'une prothèse auditive**

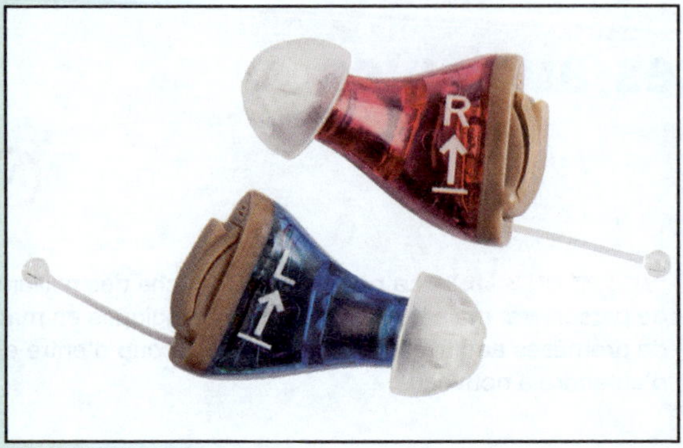

ph© Johnrob/iStock/Getty Images Plus

Une prothèse auditive est constituée essentiellement de quatre composants :
– un microphone qui capte les sons et les transforme en signaux électriques ;
– un processeur qui analyse, traite et amplifie les signaux électriques en fonction des pertes auditives du patient ;
– un haut-parleur qui reçoit les signaux électriques issus du processeur, les convertit en signaux sonores et les diffuse dans le conduit auditif de l'oreille du patient ;
– une batterie pour alimenter électriquement tous les composants de la prothèse.

▶ **1.** À l'aide du document 1, expliquer pourquoi le son peut se propager dans le conduit auditif.

▶ **2.** Un son reçu à l'entrée du conduit auditif se propage pendant 75 µs avant d'atteindre le tympan. Déterminer la longueur du conduit auditif.
Données :
• 1 µs = 1×10^{-6} s ce qui signifie qu'une seconde est égale à un million de microsecondes ;
• vitesse du son dans l'air : $v_{air} = 340$ m/s ;
• vitesse du son dans l'eau : $v_{eau} = 1\ 500$ m/s.

▶ **3.** L'énergie transportée par un signal sonore est une énergie mécanique.
a) Nommer le composant de la prothèse auditive qui convertit de l'énergie mécanique en énergie électrique.
b) Nommer le composant qui effectue la conversion inverse.

DOCUMENT 3 **Audiogramme de l'oreille droite pour deux patients**

Le patient 1 entend clairement, tandis que le patient 2 est atteint de surdité.

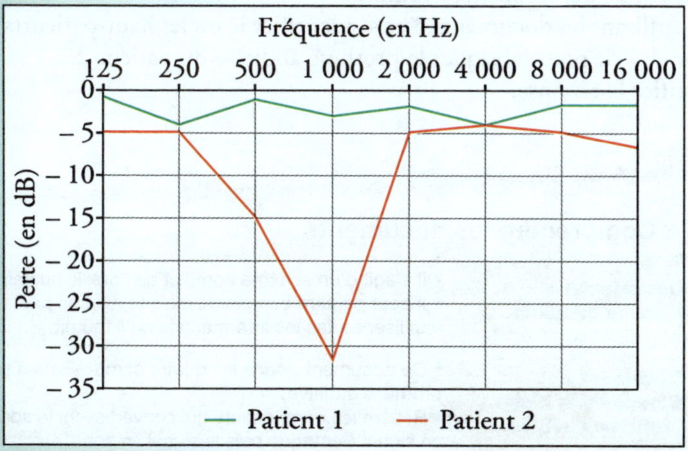

DOCUMENT 4 **Spectres de trois haut-parleurs de prothèse auditive**

Une prothèse auditive peut contenir plusieurs haut-parleurs afin de permettre au patient de mieux entendre. Chaque haut-parleur se caractérise par un niveau sonore de sortie, exprimé en décibels (dB).

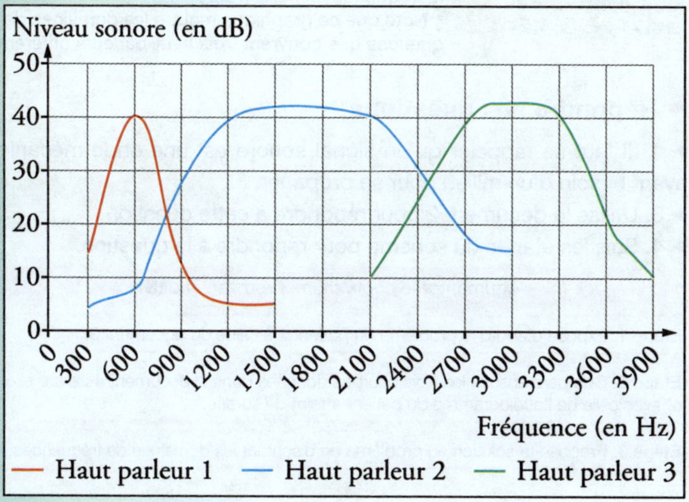

S'ENTRAÎNER

▶ **4.** Lors d'une visite de contrôle de l'audition, un patient passe un examen médical nommé audiométrie. Le résultat est un audiogramme qui indique la perte auditive de l'oreille, exprimée en décibels (dB), pour l'ensemble des fréquences audibles.
En utilisant les documents 3 et 4, identifier le ou les haut-parleur(s) qu'il faut choisir pour fabriquer la prothèse auditive du patient 2.
Justifier la réponse.

LES CLÉS DU SUJET

Comprendre les documents

Document 1 • L'oreille humaine	• Il s'agit d'un schéma complet de l'oreille humaine. • Il peut paraître complexe, mais tu n'auras pas à utiliser toutes les informations qu'il fournit.
Document 2 • Composition d'une prothèse auditive	• Ce document donne les quatre composants d'une prothèse auditive. • Repère les composants qui convertissent le son en signal électrique puis le signal en son.
Document 3 • Audiogramme de l'oreille droite pour deux patients	• C'est le graphique qui montre la perte auditive en décibels (dB) de l'oreille droite de deux personnes. • Note que l'une des personnes est atteinte de surdité alors que l'autre entend correctement.
Document 4 • Spectres de trois haut-parleurs de prothèse auditive	• C'est un graphique donnant le niveau sonore de sortie de trois haut-parleurs en fonction de la fréquence en hertz (Hz). • Note que ce graphique montre les domaines de fréquences que couvrent trois haut-parleurs différents.

Répondre aux questions

▶ **1.** Il faut se rappeler qu'un signal sonore est une onde mécanique ayant besoin d'un milieu pour se propager.
▶ **3.** Utilise le document 2 pour répondre à cette question.
▶ **4.** Suis les étapes du schéma pour répondre à la question.

Argumenter le choix d'une prothèse auditive

Étape 1. Expose d'abord le problème du patient 2 à l'aide du document 3.

Étape 2. Compare ensuite les trois courbes données dans le document 4 : entre elles et avec celle de l'audiogramme du patient atteint de surdité.

Étape 3. Propose ta solution au problème en discutant les domaines de fréquences.

16 CORRIGÉ GUIDÉ

▶ **1.** Un signal sonore est mécanique, il ne peut se propager que dans des milieux matériels comme l'air, les solides ou l'eau. On constate sur le schéma du document 1 que le conduit auditif est au contact de l'air par l'intermédiaire du pavillon de l'oreille. Ce conduit rempli d'air permet donc la propagation des signaux sonores captés par le pavillon.

▶ **2.** On cherche la longueur L du conduit auditif à l'aide de la relation

$$v_{air} = \frac{L}{t},$$

avec $t = 75\ \mu s = 75 \times 10^{-6}$ s.
D'où $L = v_{air} \times t = 340 \times 75 \times 10^{-6}$,
soit $L = 0{,}026$ m = 2,6 cm.

> **REMARQUE**
> Il faut convertir les unités lorsque l'on utilise des formules.

▶ **3. a)** Le composant de la prothèse qui convertit l'énergie mécanique en énergie électrique est le microphone.

b) Le composant de la prothèse qui convertit l'énergie électrique en énergie mécanique est le haut-parleur.

▶ **4.** Le patient 2 a besoin d'une prothèse auditive contenant un ou plusieurs haut-parleurs adaptés à sa perte auditive. En étudiant le document 3, on constate que ce patient entend très mal, ou pas du tout, les sons à partir de 250 Hz jusqu'à 2 000 Hz.

• En comparant les trois graphiques des haut-parleurs du document 4, on constate que le haut-parleur 3 ne conviendra pas car tous les sons de 250 Hz à 2 000 Hz nécessitant une amplification pour ce patient ne seront pas amplifiés.

• On constate aussi que le haut-parleur 1 n'amplifie que les sons entre 300 Hz et 900 Hz, ce qui ne couvre pas les sons allant de 900 Hz jusqu'à 2 000 Hz. Néanmoins, en l'associant avec le haut-parleur 2 qui amplifie les sons entre 500 Hz et 2 700 Hz ces deux haut-parleurs couvriront la totalité du domaine de la perte auditive du patient.

> **GAGNE DES POINTS**
> Propose deux haut-parleurs au lieu d'un seul.

L'association des haut-parleurs 1 et 2 dans une même prothèse permettra donc au patient 2 d'entendre les sons que sa perte auditive l'empêchait d'entendre.

S'ENTRAÎNER

L'électrocardiogramme

30 min
25 points

INTÉRÊT DU SUJET • Pour faire certains sports ou entrer dans certains corps de métiers, un électrocardiogramme (ECG) peut être exigé. Voyons ce qu'il représente et les informations qu'il contient.

L'électrocardiogramme (ECG) est un examen indolore pratiqué dans le cadre du dépistage ou du diagnostic de différentes cardiopathies (maladies du cœur). Lors de cet examen, des électrodes sont posées sur la poitrine, les poignets et les chevilles. Elles permettent d'enregistrer l'activité électrique du cœur.
Voici l'enregistrement de l'activité électrique du cœur d'un patient :

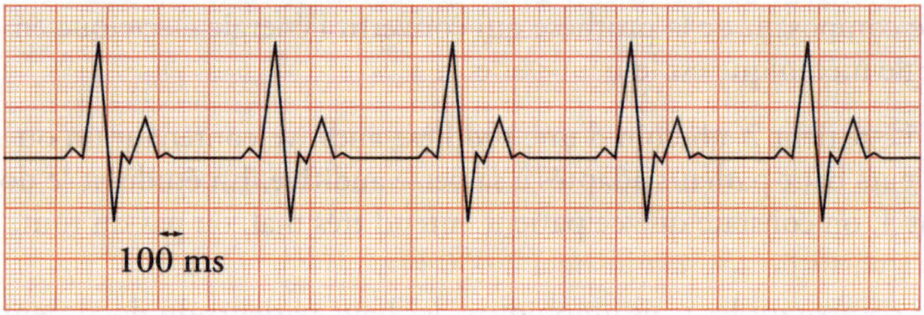

▶ **1.** Choisir parmi les adjectifs suivants ceux qui correspondent à ce signal en les justifiant :
continu – alternatif – variable – périodique – sinusoïdal – triangulaire.

▶ **2.** Définir la période d'un phénomène périodique.

▶ **3.** Repasser en couleur sur l'enregistrement un motif élémentaire du signal.

▶ **4.** En travaillant sur le graphique, montrer à l'aide de l'échelle que la période T de cet enregistrement vaut environ 700 ms.

▶ **5.** Sachant que la fréquence f en hertz d'un signal se calcule à partir de la période T selon la formule : $f = \frac{1}{T}$ avec T en secondes (s).

Calculer la fréquence du cœur du patient (arrondir le résultat au centième de hertz).

▶ **6.** La fréquence *f* d'un signal correspond au nombre de motifs par seconde. Sachant que le rythme cardiaque d'un patient correspond au nombre de battements par minute, calculer le rythme cardiaque du patient.

▶ **7.** Le patient souhaite se présenter aux sélections internationales des spationautes. Une visite médicale est obligatoire au cours de laquelle l'électrocardiogramme ci-dessus est réalisé. À l'issue de cette première phase, seuls les candidats ayant un cœur qui, au repos, bat entre 60 et 90 pulsations par minute pourront continuer la suite des tests.
Le patient passera-t-il la première phase de test ? Justifier.

▶ **8.** Donner un exemple de phénomène périodique dans la vie de tous les jours avec sa période.

LES CLÉS DU SUJET

Comprendre l'énoncé

- Il n'y a pas de document à proprement dit dans ce sujet.
- Il faut utiliser l'enregistrement donné dans l'introduction et se remémorer les définitions données en classe ainsi que tes connaissances pour répondre aux questions.
- Il faut savoir lire un tel signal.

Répondre aux questions

▶ **1.** Pour choisir les adjectifs, il te faut être très précis.
▶ **5.** N'oublie pas de convertir la période en secondes.
▶ **6.** Il faut savoir que le nombre de motifs est le nombre de battements sur le graphique donné pour calculer ce qui est demandé.

17 CORRIGÉ **GUIDÉ**

▶ **1.** Les adjectifs correspondant au signal sont :
- alternatif, car cette tension prend des valeurs positives et négatives alternativement ;
- variable, car la valeur de la tension n'est pas constante au cours du temps ;
- périodique, car la tension ou la forme de la tension se répète identiquement à elle-même au bout d'intervalles de temps égaux.

▶ **2.** La période est la durée minimale au bout de laquelle un phénomène périodique se reproduit identiquement à lui-même.

▶ **3.**

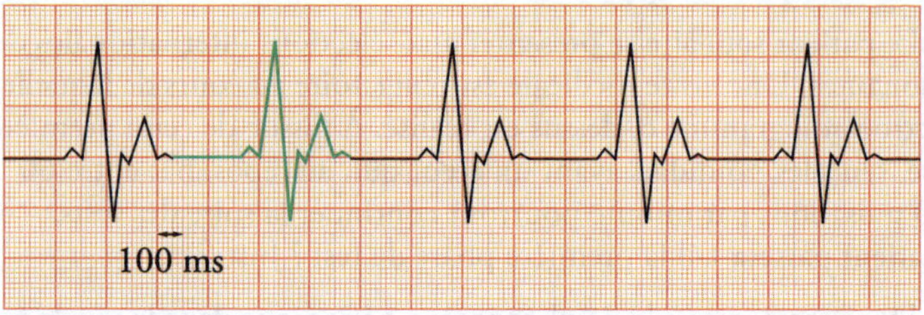

▶ **4.** La période s'obtient en utilisant l'échelle donnée sur le graphique.

$T = 7 \times 100 \text{ ms} = 700 \text{ ms}$.

CONSEIL
Il est plus facile de lire la période de « pic à pic » : partez du deuxième grand pic jusqu'au troisième.

▶ **5.** La fréquence se calcule avec :

$f = \frac{1}{T} = \frac{1}{0{,}7} = 1{,}43 \text{ Hz}$.

▶ **6.** Il y a donc 1,43 motif par seconde.
Chaque motif correspond à un battement.

Dans une minute il y a 60 secondes, il faut donc multiplier f par 60.

Rythme cardiaque : 1,43 × 60 = 86 battements/min.

▶ **7.** Le cœur du patient bat à 86 battements/min ce qui est compris entre 60 et 90 battements/min. Il passera donc la première phase de test.

▶ **8.** Un exemple de phénomène périodique est la rotation des aiguilles d'une montre. La période de la grande aiguille (celle des minutes) est d'une heure.

REMARQUE
Il ne suffit pas que le phénomène se répète, il faut aussi qu'il se répète au bout de durées identiques pour être considéré comme périodique.

Le défi des biocarburants

30 min
25 points

INTÉRÊT DU SUJET • Ce sujet porte sur les biocarburants, l'une des alternatives aux énergies fossiles trop polluantes comme le pétrole.

Le 6 septembre 2017, le ministre de la Transition écologique et solidaire a présenté le projet de loi mettant fin à la recherche ainsi qu'à l'exploitation des hydrocarbures. La production de carburants à partir de végétaux (appelés biocarburants) est donc désormais l'un des enjeux du XXIe siècle. On se propose d'étudier quelques aspects de cette production d'avenir.

▶ **1.** À l'aide du document 1, identifier la substance qui est exploitée par l'être humain pour fabriquer des biocarburants à partir d'*Haematococcus pluvialis*. *(4 points)*

DOCUMENT 1A **Observation microscopique de l'algue**

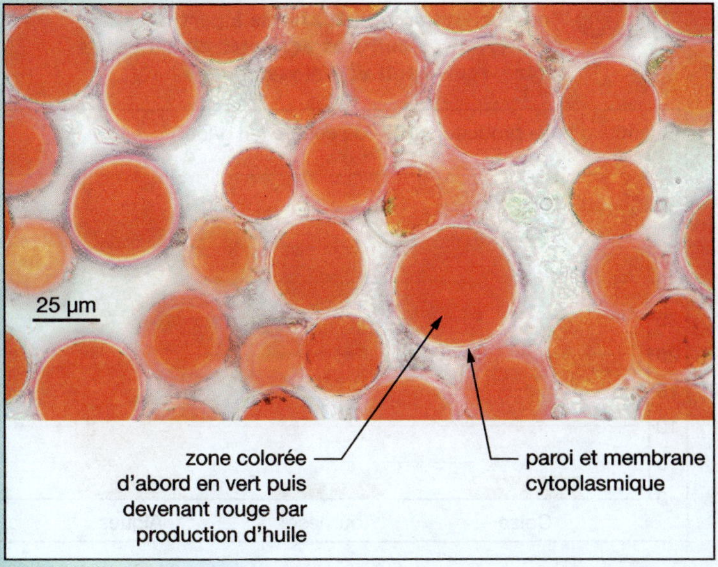

Source : site internet du Muséum national d'histoire naturelle

DOCUMENT 1B **Système de culture de l'algue *Haematococcus pluvialis***

Pour pouvoir cultiver *Haematococcus pluvialis*, il faut utiliser un dispositif comme celui qui est photographié ci-contre afin d'obtenir une production d'huile nécessaire à la synthèse de biocarburants.

Ce dispositif permet de contrôler les différents facteurs permettant la croissance rapide d'*Haematococcus pluvialis* :

- la lumière ;
- le CO_2 dissous dans l'eau de mer ;
- la température ;
- l'agitation du milieu.

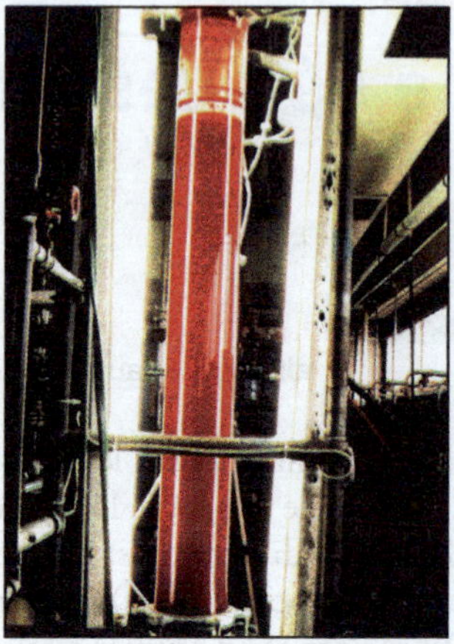

Source : *Journal de la Société de Biologie*, 202 (3), 201-211 (2008). La production de biocarburant lipidique avec des microalgues : promesses et défis.

▶ **2.** À partir du document 2 comparer la productivité des différentes cultures, en vous appuyant sur des valeurs chiffrées. *(8 points)*

DOCUMENT 2 **Productivité en huile obtenue à partir de différentes cultures agricoles alimentaires (colza, tournesol) et d'algues**

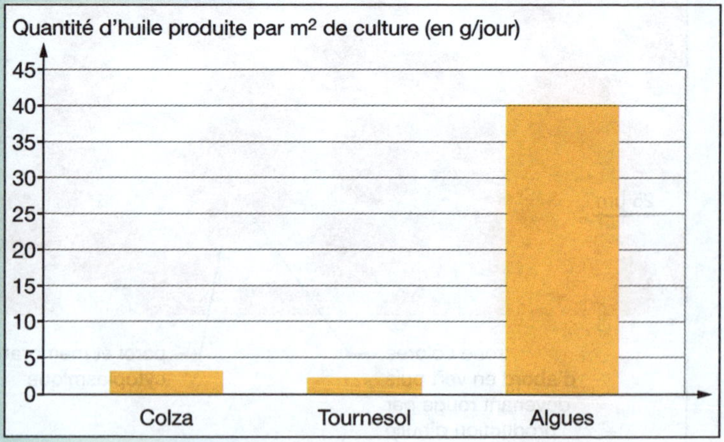

Source : *Journal de la Société de Biologie*, 202 (3), 201-211 (2008). La production de biocarburant lipidique avec des microalgues : promesses et défis.

▶ **3.** À partir des documents 3 et 4, expliquer l'intérêt de la dernière génération de biocarburants. Justifier avec des valeurs chiffrées. *(13 points)*

DOCUMENT 3 **Différentes générations de biocarburants**

Au cours des dernières années, on a successivement obtenu plusieurs générations de biocarburants, en utilisant de la matière d'origine variée.

Type de biocarburant	1re génération	Dernière génération
Origine de la matière	Production agricole alimentaire (blé, maïs, colza, tournesol…)	Algues
Partie du végétal utilisée	Essentiellement les graines	Toute l'algue

D'après : Rapport du Sénat : « Le défi alimentaire à l'horizon 2050 », 2011-2012.

DOCUMENT 4 **Tableau comparant les pourcentages de surfaces nécessaires pour produire les deux types de biocarburants**

Génération de biocarburant	Pourcentage de la surface agricole nécessaire à la production de 10 % des besoins en carburant
1re génération	72
Dernière génération	4,2

S'ENTRAÎNER

LES CLÉS DU SUJET

Comprendre les documents

Document 1A • Observation microscopique de l'algue	• Il s'agit de la photographie d'une observation en microscopie optique d'algues *Haematococcus pluvialis*. • Lis attentivement les légendes, elles apportent une information pour répondre à la question **1**.
Document 1B • Système de culture de l'algue *Haematococcus pluvialis*	• Ce document consiste en un texte et une photographie présentant le système de culture de l'algue afin d'obtenir des biocarburants. • Des informations dans le texte sont à relier à celle du document 1A pour répondre à la question **1**.

Document 2 • Comparaison de productivité en huile

Ce graphique présente la quantité d'huile produite (en gramme par jour et par mètre carré) pour les cultures de tournesol, de colza et d'algues.

Document 3 • Différentes générations de biocarburants

- Ce tableau présente les végétaux utilisés pour les biocarburants de première et dernière générations.
- Cette comparaison doit servir à montrer l'intérêt de la dernière génération. Pense aux autres utilisations possibles de ces végétaux.

Document 4 • Comparaison des surfaces de culture

- Ce tableau compare la surface agricole utilisée pour produire les différentes générations de biocarburants.
- Cette comparaison doit aussi servir à montrer l'intérêt de la dernière génération. Pense à l'intérêt des surfaces agricoles en dehors de la production des biocarburants.

Répondre aux questions

▶ **1.** Lis attentivement le texte afin de relever la substance utilisée pour la fabrication des biocarburants.

▶ **2.** Compare les valeurs de productivité en huile pour les trois types de culture.

▶ **3.** Tu dois faire ressortir les avantages des biocarburants dernière génération. Compare les caractéristiques des deux types de culture données par les tableaux des documents 3 et 4.

Expliquer l'intérêt de la dernière génération de biocarburants

Étape 1. À l'aide du document 3, rappelle quel végétal est utilisé pour la production de biocarburants de dernière génération.

Étape 2. Compare les données sur les premières et dernières générations de carburants des documents 3 et 4, en recherchant les avantages de la dernière génération. N'oublie pas de donner des valeurs chiffrées pour justifier.

Étape 3. Conclus sur les avantages de la dernière génération de biocarburant.

18 CORRIGÉ GUIDÉ

▶ **1.** Il est noté dans le texte expliquant le système de culture : « production d'huile nécessaire à la synthèse de biocarburants », cette huile est présente dans les cellules de l'algue d'après

REMARQUE
Synthèse est synonyme de production ou fabrication.

l'observation microscopique. L'huile produite par l'algue est la substance exploitée par l'humain pour fabriquer des biocarburants.

▶ **2.** La productivité des différentes cultures est donnée en ordonnée sur le graphique, en quantité d'huile produite en grammes par jour et par mètre carré de culture (g/j/m^2).

CONSEIL
N'oublie pas les données chiffrées.

La productivité de la culture de colza est de 3 g/j/m^2, celle du tournesol de 2 g/j/m^2 et celle de l'algue de 40 g/j/m^2.

La productivité de la culture d'algue est 10 à 20 fois supérieure à celle des cultures agricoles alimentaires.

▶ **3.** L'étude des documents comparant les biocarburants de première et dernière génération nous permet de démontrer l'intérêt de la dernière génération.

GAGNE DES POINTS
Il faut d'abord énoncer la problématique, puis argumenter en montrant les intérêts des biocarburants dernière génération grâce aux documents et conclure en répondant à la problématique.

- D'après le document 3, les biocarburants de première génération sont produits à partir de cultures agricoles alimentaires comme le blé, le colza, le maïs ou le tournesol qui ne peuvent alors plus être utilisés pour l'alimentation humaine ou d'élevage. Les biocarburants de dernière génération sont produits à partir d'algues qui ne sont pas des sources alimentaires.
- De plus, seules les graines sont utilisées pour les cultures agricoles alimentaires, alors que c'est l'algue toute entière qui est utilisée pour les biocarburants de dernière génération. Il y a alors un meilleur rendement.
- D'après le document 4, les biocarburants de première génération utiliseraient 72 % des surfaces agricoles, ceux de dernière génération seulement 4,2 % pour produire 10 % des besoins en carburant. La culture d'algue utilise 17 fois moins de surface agricole que les cultures des biocarburants de première génération.
- D'après les documents 3 et 4, les intérêts de la dernière génération de carburant sont :

– un meilleur rendement que la première génération ;

– cette culture ne se fait pas aux dépens des productions alimentaires humaines, car la surface de culture est moindre et la production n'est pas alimentaire.

REMARQUE
Le second document montre un intérêt supplémentaire qui est une productivité d'huile très supérieure.

19 Asie • Juin 2017

L'impact de la pollution du sol

30 min
25 points

INTÉRÊT DU SUJET • Un sol est un écosystème fragile, l'activité humaine et la pollution peuvent détruire son équilibre. Ce sujet permet d'en comprendre les raisons.

Suite à une activité industrielle, dans une région française, un sol a été fortement pollué par du plomb (plusieurs grammes par kilogramme de sol). À sa surface, une épaisseur anormale de litière* a été constatée. Une équipe d'étudiants cherche à comprendre le lien entre cette pollution par le plomb et la diminution de la dégradation de la litière.

*Litière : partie du sol située en surface et constituée de débris (fragmentés) végétaux et animaux en cours de dégradation.

DOCUMENT 1 Les micro-organismes du sol

Les micro-organismes (champignons, bactéries…) n'appartiennent pas à la mésofaune ni à la macrofaune. Ils ne sont observables qu'au microscope et terminent la dégradation de la litière. Celle-ci doit être préalablement finement fragmentée par les animaux du sol.

DOCUMENT 2 Étude complémentaire sur un sol pollué

On a constaté une diminution du nombre de certains animaux appartenant à la mésofaune (collemboles, nématodes) qui participent à la fragmentation de la litière.
Les débris de la litière ne sont plus fragmentés aussi finement que dans un site non pollué. Malgré la forte pollution du sol, les micro-organismes restent vivants mais leur action de dégradation est ralentie.

Modifié d'après www.gissol.fr

DOCUMENT 3 **Nombre d'animaux dans un sol sain et dans un sol pollué**

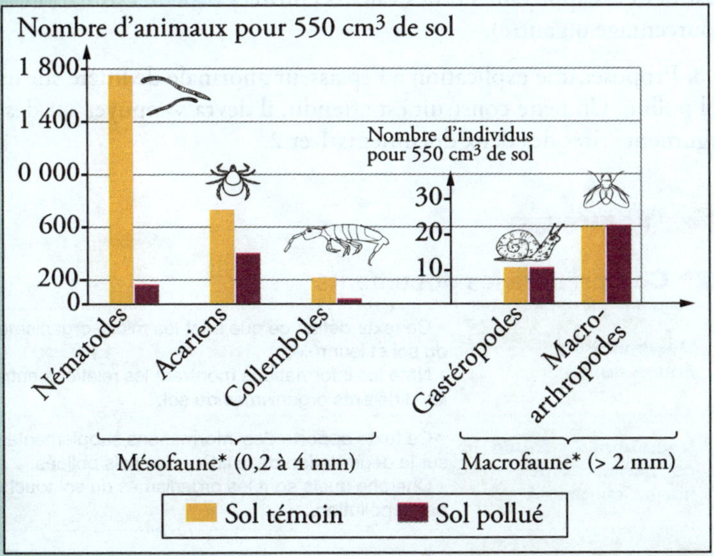

D'après source : svt.acdijon/schemassvt – Source INRA (Mrs Lacassin et Schvartz).

* Mésofaune : ensemble d'animaux de tailles comprises entre 0,2 et 4 mm.
* Macrofaune : ensemble d'animaux de tailles supérieures à 2 mm.

▶ **1.** Compléter :

Nombre d'animaux dans un sol sain et dans un sol pollué

Populations animales	Nombre d'animaux dans le sol témoin pour 550 cm³	Nombre d'animaux dans le sol pollué pour 550 cm³
....	1 750	180
Acariens	780	....
Collemboles	....	20
....	10	10
Macro-arthropodes	20	20

▶ **2.** À partir des documents 2 et 3, nommer la population animale qui diminue le plus dans le sol pollué étudié.
Justifier en s'appuyant sur des valeurs chiffrées (calcul, estimation, pourcentage ou autre).

▶ **3.** Proposer une explication à l'épaisseur anormale de litière sur un sol pollué. Un texte construit est attendu, il devra s'appuyer sur des arguments tirés des deux documents 1 et 2.

LES CLÉS DU SUJET

Comprendre les documents

Document 1 • Faune du sol	• Ce texte définit ce que sont les micro-organismes du sol et leur rôle. • Note les informations montrant les relations entre les différents organismes du sol.
Document 2 • Étude complémentaire sur un sol pollué	• Ce texte apporte des informations supplémentaires sur la dégradation de la litière des sols pollués. • Cherche quels sont les organismes du sol touchés par la pollution.
Document 3 • Nombre d'animaux dans un sol sain et un sol pollué	• Ces graphiques représentent en parallèle le nombre d'animaux dans un sol sain et dans un sol pollué. • Repère les valeurs pour chaque type d'animal, puis compare-les pour un sol sain ou pollué afin de répondre aux questions **1** et **2**.

Répondre aux questions

▶ **1.** Dans le graphique du document 3, relève les chiffres ou groupes d'animaux manquant dans le tableau afin de le remplir.
▶ **2.** Utilise les valeurs chiffrées pour évaluer la diminution du nombre d'animaux ou le nombre restant.
▶ **3.** Exploite les documents 1 et 2 afin d'argumenter ta réponse dans un texte construit. Pour organiser ton propos, suis les étapes du schéma.

Expliquer l'épaisseur anormale de la litière sur un sol pollué

Étape 1. Montre le rôle des micro-organismes du sol dans la fragmentation de la litière et le rôle complémentaire des animaux grâce au document 1.

Étape 2. Présente l'impact de la pollution sur les animaux du sol à l'aide des informations tirées des documents 2 et 3.

Étape 3. Déduis-en l'impact de la pollution sur l'épaisseur de la litière expliqué dans le document 2.

19 CORRIGÉ GUIDÉ

▶ 1.

Populations animales	Nombre d'animaux dans le sol témoin pour 550 cm³	Nombre d'animaux dans le sol pollué pour 550 cm³
Nématodes	1 750	180
Acariens	780	400
Collemboles	200	20
Gastéropodes	10	10
Macro-arthropodes	20	20

▶ 2. On peut calculer le pourcentage d'animaux restant dans le sol pollué.

- Nématodes : $\frac{180 \times 100}{1750} = 10{,}28\ \%$.
- Acariens : $\frac{400 \times 100}{780} = 51{,}28\ \%$.
- Collemboles : $\frac{20 \times 100}{200} = 10\ \%$.
- Gastéropodes : $\frac{10 \times 100}{10} = 100\ \%$.
- Macro-arthropodes : $\frac{20 \times 100}{20} = 100\ \%$.

D'après le document 3, la population animale qui diminue le plus dans le sol pollué est celle des nématodes et des collemboles car il y en a 10 fois moins que dans le sol témoin, alors que les autres groupes ont moins de différence. Ils sont aussi notés dans le document 2 comme les animaux de la mésofaune les plus touchés.

REMARQUE
Les groupes des gastéropodes et les macro-arthropodes ne sont pas du tout touchés par la pollution du sol.

▶ 3. Suite à une activité industrielle, un sol a été pollué par du plomb. Un groupe d'étudiants cherche à expliquer la cause de l'épaisseur anormale de sa litière.
La litière est la partie superficielle du sol constituée de débris de végétaux et d'animaux en cours de dégradation.

CONSEIL
Relis l'introduction du sujet afin d'élaborer ta problématique, puis argumenter ta réponse à l'aide des documents 1 et 2.

D'après le document 1, les micro-organismes du sol, comme les bactéries et les champignons, terminent la dégradation de la litière qui doit être auparavant finement fragmentée par les animaux du sol.

La pollution entraîne une diminution du nombre de beaucoup d'animaux du sol, dont les collemboles et les nématodes (document 2) qui participent à la fragmentation de la litière. Étant moins nombreux, la fragmentation est beaucoup plus faible, moins fine et empêche le travail des micro-organismes qui finissent la dégradation. La litière n'est donc que très lentement dégradée.

La pollution au plomb entraîne la disparition d'une partie des animaux du sol ce qui empêche la dégradation de la litière qui reste donc anormalement épaisse.

Les choix énergétiques

30 min
25 points

INTÉRÊT DU SUJET • Il faut trouver des sources d'énergie pour le fonctionnement de quelques villes françaises. Le réchauffement climatique pousse à utiliser les énergies renouvelables, mais est-ce toujours possible ?

On s'intéresse à l'approvisionnement énergétique de quelques villes françaises.

DOCUMENT 1 Quelques définitions concernant les trois types d'énergie

- Une **énergie non renouvelable** désigne l'énergie que l'on produit à partir de la combustion de matières premières fossiles d'origine organique (issues d'êtres vivants) : le pétrole, le charbon et le gaz naturel. Elle n'est pas renouvelable à l'échelle d'une vie humaine.
- Une **énergie renouvelable** est une ressource énergétique dont le renouvellement naturel est assez rapide pour qu'elle puisse être considérée comme inépuisable à l'échelle d'une vie humaine. L'énergie solaire (produite à partir du soleil), l'énergie éolienne (produite à partir du vent), l'énergie géothermique (produite par l'activité interne de la Terre), l'énergie provenant de la biomasse (produite à partir de la matière organique des êtres vivants) et l'énergie hydraulique (produite à partir de la force de l'eau) sont des types d'énergie renouvelable.
- L'**énergie nucléaire** est une énergie qui provient du noyau des atomes.

DOCUMENT 2 **Estimation de la part de différents types d'énergie dans l'approvisionnement énergétique mondial**

		2010	2020	2035
Énergies non renouvelables	Pétrole Charbon Gaz	81 %	80 %	74 %
Énergie nucléaire	Nucléaire	6 %	5 %	6 %
Énergies renouvelables	Géothermique Solaire Provenant de la biomasse Hydraulique	13 %	15 %	20 %

DOCUMENT 3 **Cartes de la répartition du débit géothermique, de la moyenne de l'ensoleillement et de la vitesse des vents en France**

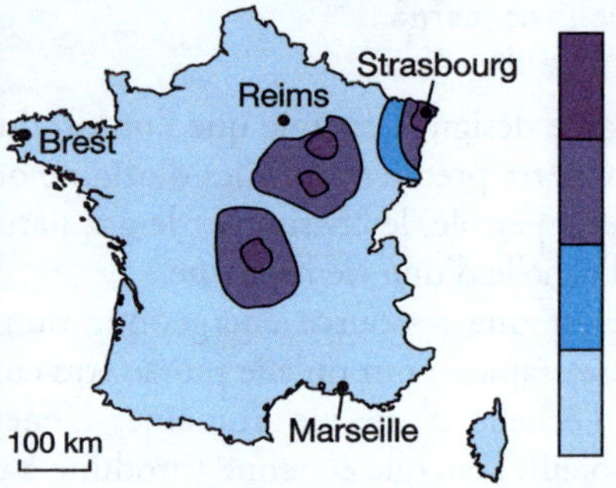

Carte de la répartition du débit moyen d'énergie géothermique issue des profondeurs de la Terre, mesurée en surface de la Terre pour 1 m² (en mW)

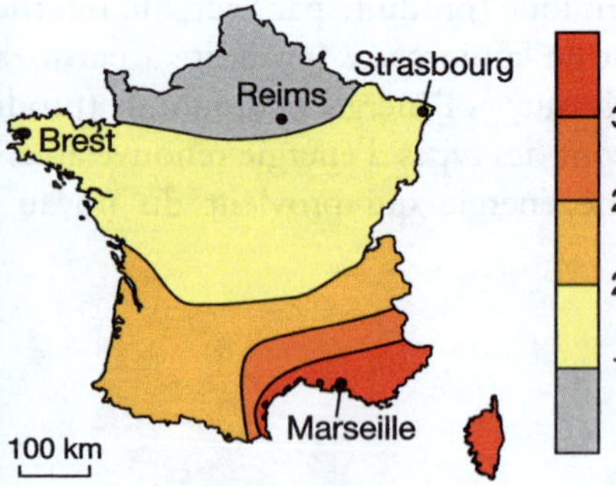

Carte de la moyenne de l'ensoleillement (en heures par année)

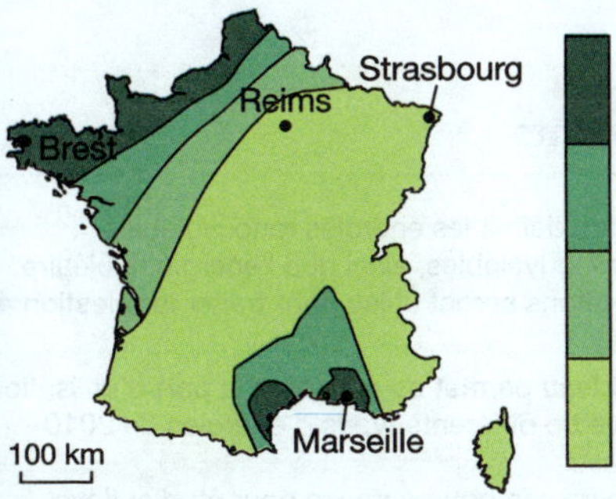

Carte de la vitesse moyenne des vents (en m/s)

DOCUMENT 4 **Les avantages et les inconvénients de trois énergies renouvelables**

Énergies	Géothermique	Solaire	Éolienne
Avantage	Ressource inépuisable à l'échelle d'une vie humaine		
Inconvénients	Une centrale géothermique n'est installée qu'à partir d'un débit d'énergie en surface suffisant (supérieur à 120 mW/m^2)	Certains panneaux solaires ne sont pas rentables si la durée d'ensoleillement ne dépasse pas 1 800 heures de soleil par an	Une éolienne ne produit pas d'électricité si la vitesse du vent est inférieure à 7,5 m/s

▶ **1.** En vous appuyant sur les données du document 2, comparer l'évolution de la part des différents types d'énergie dans l'approvisionnement énergétique entre 2010 et 2035.

▶ **2.** À partir des informations des documents 3 et 4, citer (sans justifier) la ou les énergies renouvelables les plus pertinentes pour les trois villes françaises suivantes : Strasbourg, Brest et Marseille.

▶ **3.** À partir des documents 1 à 4, proposer une solution à l'approvisionnement énergétique de la ville de Reims. Justifier votre réponse.

S'ENTRAÎNER

LES CLÉS DU SUJET

Comprendre les documents

Document 1 • Trois types d'énergie	• Ce texte définit les énergies renouvelables et non renouvelables, ainsi que l'énergie nucléaire. • Ces notions seront utiles pour traiter la question **4**.
Document 2 • Part des types d'énergies dans l'approvisionnement mondial	• Ce tableau permet de connaître la part d'utilisation mondiale de différents types d'énergies de 2010 à 2035. • Compare ces pourcentages pour étudier l'évolution des utilisations des grands types d'énergie et répondre à la question **2**.
Document 3 • Répartition de trois sources d'énergie en France	• Les trois cartes présentent la répartition des ressources géothermiques, éoliennes et solaires de France. • Note le code couleur de chaque type d'énergie afin de savoir où elle est le plus disponible. • Repère les villes à étudier pour les questions **2** et **3**.
Document 4 • Avantages et inconvénients de trois énergies renouvelables	• Le tableau présente les avantages et les inconvénients des énergies renouvelables. • Compare les inconvénients des trois sources afin d'argumenter ta réponse à la question **4**.

Répondre aux questions

▶ **1.** Il faut utiliser les chiffres du document 2 pour mettre en évidence l'évolution des apports des différents types d'énergie.

▶ **2.** Après avoir localisé chaque ville sur les trois cartes, tu peux savoir si le type d'énergie est exploitable à cet endroit (doc. 4) et dire quelle est celle qui est la plus pertinente.

▶ **3.** Pour la ville de Reims, tu dois regarder si une énergie renouvelable peut être utilisée de façon rentable, ou s'il faut recourir à une forme d'énergie non renouvelable.

Proposer une solution à l'approvisionnement énergétique de la ville de Reims

Étape 1. Cherche, dans les cartes du document 3, l'importance des sources d'énergies renouvelables pour la ville de Reims.

Étape 2. Sers-toi des informations du document 3 pour déterminer si les énergies renouvelables peuvent être utilisées à Reims ou non.

Étape 3. À l'aide du document 1, détermine les types d'énergie qui peuvent approvisionner la ville de Reims.

20 CORRIGÉ GUIDÉ

▶ **1.** La proportion d'énergie nucléaire utilisée resterait stable entre 5 % et 6 % de 2010 à 2035. La part d'utilisation des énergies fossiles non renouvelables diminuerait de 81 à 74 %, tandis que celle des énergies renouvelables augmenterait de 13 à 20 %.

On estime donc que l'effort de développement des énergies renouvelables permettra de limiter l'utilisation des énergies fossiles polluantes entre 2010 et 2035.

> **REMARQUE**
> Il ne faut pas restituer tous les chiffres mais mettre en évidence l'évolution prévue au cours du temps.

▶ **2.** Pour la ville de Strasbourg, l'énergie renouvelable la plus pertinente est l'énergie géothermique, car le débit d'énergie est supérieur à 130 mW/m^2.

- À Brest, c'est l'énergie éolienne qui est la plus pertinente, car il y a des vents dont la vitesse est supérieure à 7,5 m/s (suffisante pour faire fonctionner les éoliennes).
- L'énergie solaire et l'énergie éolienne sont toutes deux pertinentes à Marseille, car il y a plus de 3 000 heures d'ensoleillement par an (nécessaires à la rentabilité de panneaux solaires) et des vents dont la vitesse est supérieure à 7,5 m/s.

> **CONSEIL**
> Pour repérer plus facilement les énergies renouvelables pertinentes pour chaque ville, colorie sur chaque carte la zone où les ressources sont suffisantes pour produire de l'énergie.

▶ **3.** D'après les cartes du document 3, la ville de Reims n'est dans aucune des zones où l'utilisation d'une des trois énergies renouvelables est pertinente. Il n'y a pas assez de ressources géothermiques, ni de vent, ni d'ensoleillement.

L'approvisionnement énergétique de la ville de Reims ne peut être basé sur des énergies renouvelables, faute de ressources locales. Dès lors, seule l'utilisation des énergies non renouvelables comme les énergies fossiles et le nucléaire est possible.

Vent et kitesurf

30 min
25 points

INTÉRÊT DU SUJET • Le kitesurf est un sport nautique spectaculaire, mais dangereux. Il est utile de connaître les vents utilisés afin d'éviter les accidents. C'est ce que tu vas étudier avec ce sujet.

ph© EpicStockMedia/stock.adobe.com

Le kitesurf est un sport nautique où le pratiquant est tracté par une voile. Les accidents de kitesurf ont lieu principalement lors du départ de la plage (le sportif peut être projeté contre les rochers par le vent) ou lorsque le vent emporte le sportif vers le large. Donc une bonne connaissance des vents est préconisée pour cette pratique.

DOCUMENT 1

Au cours d'une journée d'été bien ensoleillée, un phénomène apparaît sur une petite zone située proche des plages. On parle de brise de mer ou brise de terre.
Définitions : la **climatologie** étudie des phénomènes météorologiques sur une zone étendue du globe et sur une longue durée (de l'ordre de plusieurs mois) alors que la **météorologie** étudie le temps qu'il fait à court terme (de l'ordre de l'heure à plusieurs journées) et sur une zone limitée (quelques kilomètres).

▶ **1.** À partir du document 1, justifier le fait que les brises de terre et brises de mer ne sont pas des phénomènes climatiques.

DOCUMENT 2 **Relevés de températures en degrés Celsius (°C) au cours d'une journée ensoleillée**

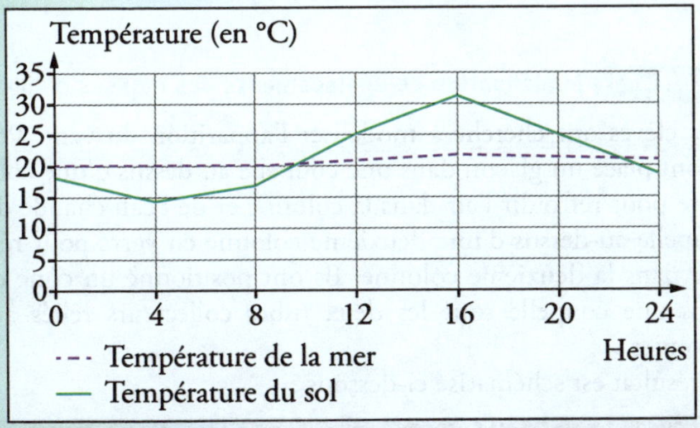

▶ **2.** En utilisant le document 2 :

a) Indiquer quelle est la température du sol à 16 h 00.

b) Comparer l'évolution de la température de la mer et du sol au cours d'une journée d'été.

DOCUMENT 3 **Schémas expliquant l'apparition des phénomènes météorologiques « brise de terre » et « brise de mer »**

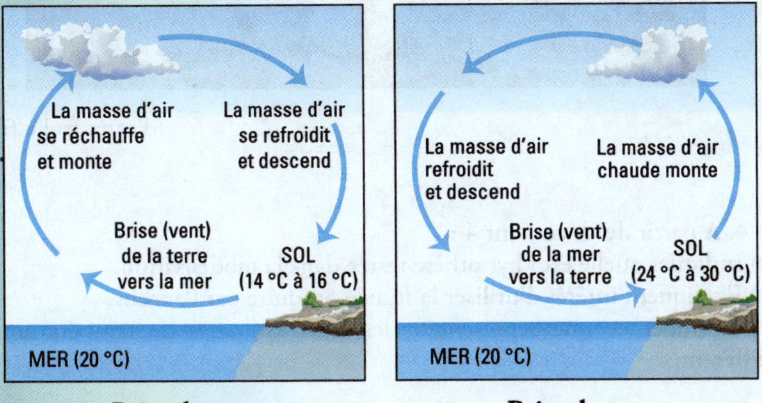

Brise de terre **Brise de mer**

▶ **3.** À partir du document 3 :

a) Identifier le risque encouru par un kitesurfeur selon la brise qui se produit.

b) Déduire des schémas le moment de la journée (matin ou après-midi) où peut se produire une brise de mer.

DOCUMENT 4 **Modélisation de déplacements des masses d'air**

Des élèves ont cherché à modéliser l'apparition du vent. Pour cela, ils ont placé un glaçon dans une coupelle au-dessus d'une colonne en verre pour refroidir l'air dans la colonne et de l'eau chaude dans une coupelle au-dessus d'une deuxième colonne en verre pour réchauffer l'air dans la deuxième colonne. Ils ont positionné un cône d'encens dans une coupelle sous les deux tubes collecteurs reliés aux deux colonnes.

Le résultat est schématisé ci-dessous :

(d'après Jeulin.fr)

▶ **4.** À partir du document 4 :

a) Indiquer quelle est l'hypothèse testée dans la modélisation.

b) Expliquer l'intérêt d'utiliser la fumée produite par l'encens.

c) Indiquer ce que représentent les deux colonnes de températures différentes.

S'ENTRAÎNER

LES CLÉS DU SUJET

Comprendre les documents

Document 1 • Définitions	• Ce texte définit la climatologie et la météorologie et présente les deux types de vents présents sur les plages, la « brise de mer » et la « brise de terre ». • Compare les données sur les deux types de brises aux définitions de climatologie et de météorologie.
Document 2 • Relevés de températures au cours d'une journée ensoleillée	• Ce graphique donne les températures relevées dans la mer et dans l'air, au cours d'une journée ensoleillée. • Distingue bien les évolutions de la température de l'eau et de l'air (une courbe pour chaque) au cours de la journée pour pouvoir les comparer.
Document 3 • Phénomènes météorologiques « brise de mer » et « brise de terre »	• Ces deux schémas expliquent la création des brises de terre et de mer en fonction des températures de la mer et du sol. • Note bien les températures et le sens du vent, symbolisé par le sens des flèches.
Document 4 • Modélisation des déplacements de masse d'air	• Ce document présente le résultat obtenu avec un modèle de déplacement de masse d'air effectué par des élèves. • La photographie aide à comprendre le montage et son intérêt pour modéliser des mouvements de masse d'air en fonction des différences de température.

Répondre aux questions

▶ **1.** Lis bien la définition de la climatologie afin de montrer qu'elle n'étudie pas des phénomènes tels que les brises de terre et de mer.

▶ **2.** Pour la lecture du graphique, il faut distinguer les deux relevés : température de la mer en pointillés et température du sol en trait continu.

▶ **3.** Repère le sens des flèches sur les schémas et n'oublie pas les informations sur le kitesurf données dans l'introduction du sujet.

▶ **4.** Prends le temps de comprendre l'expérience réalisée et en quoi c'est un modèle du déplacement de masses d'air.

21 CORRIGÉ GUIDÉ

▶ **1.** Dans le document 1, au cours d'une journée d'été bien ensoleillée, les brises de mer ou de terre apparaissent sur une petite zone située proche des plages. Il est précisé que la climatologie étudie des phénomènes météorologiques sur une zone étendue du globe et sur une longue durée, ce qui n'est pas le cas des brises de terre et de mer. Elles se rapportent à la météorologie car elles apparaissent sur une zone limitée.

▶ **2. a)** La température au sol à 16 h est de 30 °C.

b) La température de la mer est constante avec une valeur de 20 °C, il n'y a qu'une légère élévation vers 16 h. La température du sol est variable entre 14 et 30 °C au cours de la journée d'été. Elle augmente de 4 h du matin jusqu'à 16 h, puis diminue le soir et la nuit. Elle est inférieure à celle de la mer entre 23 h et 10 h et supérieure entre 10 h et 22 h. La température de la mer est constante, celle du sol varie au cours de la journée.

> **CONSEIL**
> Puisqu'il faut les comparer, il faut décrire les deux variations séparément, puis l'une par rapport à l'autre.

▶ **3. a)** La brise de terre est un vent de la terre vers la mer, elle peut éloigner dangereusement le kitesurfeur de la plage. La brise de mer est un vent de la mer vers la terre, elle peut projeter le kitesurfeur sur les rochers.

b) D'après le schéma du document 3, la brise de terre a lieu lorsque le sol est plus froid que la mer et d'après le graphique 2 la température du sol est inférieure à celle de la mer entre 23 h et 10 h. La brise de terre se produit donc le matin.

La brise de mer a lieu lorsque le sol est plus chaud que la mer et la température du sol est supérieure à celle de la mer entre 10 h et 23 h avec un maximum de différence à 16 h. La brise de mer se produit donc l'après-midi.

▶ **4. a)** Puisque les deux colonnes sont à des températures différentes et qu'ils cherchent à montrer la présence d'un mouvement d'air, les élèves ont testé l'hypothèse que l'apparition du vent est due à une différence de température entre deux milieux.

> **CONSEIL**
> Il est nécessaire de comprendre le montage à l'aide de la photographie et du texte.

b) La fumée produite par l'encens permet de visualiser le mouvement de l'air car il entraîne la fumée. Sinon il n'est pas détectable.

c) Les colonnes représentent les deux milieux de températures différentes, donc le sol et la mer.

Trop de sel dans le sol sénégalais

30 min
25 points

INTÉRÊT DU SUJET • Le sol est une ressource vitale et fragile. Un déséquilibre tel qu'un excès de sel peut entraîner des conséquences désastreuses. L'Homme peut-il y remédier ?

Le sol est notre ressource commune. Il est non renouvelable à l'échelle humaine et il se dégrade sous l'effet du climat et des actions de l'Homme. Le Sénégal connaît un inquiétant problème de dégradation de ses sols due à une salinisation importante.

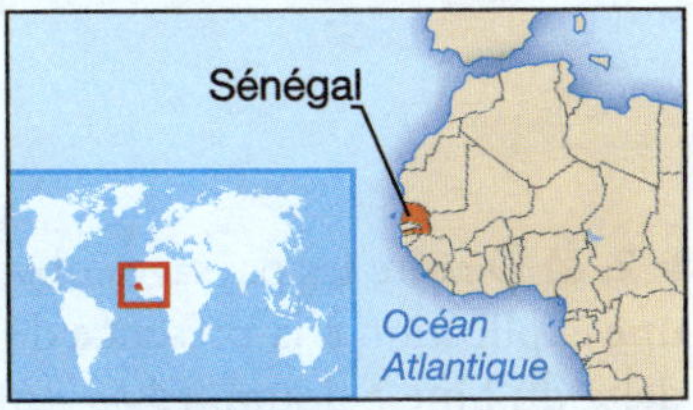

Comment expliquer ce type de dégradation du sol par le sel ?

DOCUMENT 1 **Carte des régions affectées par la salinisation au Sénégal**

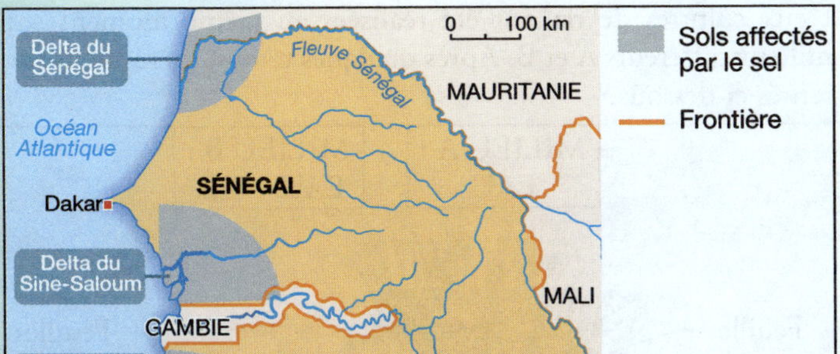

D'après d-maps.com

Les deltas et les estuaires sont des zones où des remontées d'eaux salées marines sur le continent affectent localement les sols.

▶ **1.** En s'appuyant sur les données du document 1, préciser les zones géographiques du Sénégal où sont localisés les sols affectés par le sel. (*3 points*)

DOCUMENT 2 **Des sols différents**

Des observations de sols ont été effectuées à deux endroits différents autour du delta du Sine-Saloum.

ph © Michel Renaudeau/Gamma-Rapho

ph © Bastien Defives/PINK/Saif images

D'après au-senegal.com

▶ **2. a)** Décrire les paysages observés dans le document 2 et proposer une explication à la présence de croûte de sel dans certaines zones du delta du Sine-Saloum. (*4 points*)
b) Proposer une hypothèse pour expliquer la différence de végétation entre le paysage a et le paysage b. (*4 points*)

DOCUMENT 3 **Effet du sel sur les plantes**

Deux cultures de riz ont été réalisées au même moment sur deux milieux différents A et B. Après quelques temps, les résultats sont présentés ci-dessous.

ph © Rice Knowledge Bank (www.knowledgebank.irri.org)

D'après https://agronomie.info/fr/effets-de-la-salinite-sur-les-plantes/

▶ **3.** À l'aide du document 3, comparer les résultats des deux cultures de riz et conclure sur l'effet du sel sur les plantes. (*6 points*)

DOCUMENT 4 Des pistes pour la restauration d'un sol affecté par le sel

Pour permettre la croissance des plantes sur ces sols dégradés, de l'eau douce provenant de la pluie est utilisée afin d'éliminer l'excès de sel.

Tableau : estimation du volume d'eau douce nécessaire pour éliminer le sel sur une surface de 1 m^2.

Pourcentage de réduction de sel	Volume d'eau
50 %	150 L
80 %	300 L
90 %	600 L

Cardin *et al.*, 2007.

Les sols affectés par le sel peuvent être ainsi restaurés grâce à une combinaison d'irrigation (arrosage) et de drainage (évacuation d'eau en excès).

Illustration : schéma du principe de drainage.

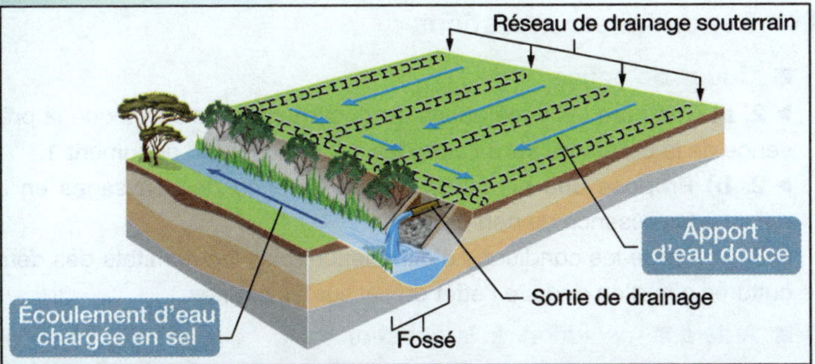

D'après www.omafra.gov.on.ca/french/engineer/facts/10-092.htm

▶ **4.** Exploiter le document 4 afin d'expliquer comment l'Homme peut résoudre le problème soulevé par l'excès de sel dans les sols sénégalais. (*8 points*)

S'ENTRAÎNER

LES CLÉS DU SUJET

Comprendre les documents

Document 1 • Carte des régions affectées par la salinisation	• La carte situe les régions du Sénégal où les sols sont affectés par le sel. • Repère les zones affectées et recherche dans les légendes leur point commun.
Document 2 • Des sols différents	• Des photographies montrent la végétation et le sol à deux endroits autour du delta du Sine-Saloum. • Relie tes observations des photographies aux caractéristiques d'un delta décrites dans le document 1.
Document 3 • Effet du sel sur les plantes	• Les photographies montrent les résultats de la culture de riz sur deux milieux différents : avec et sans sel. • Recherche en quoi ces expériences montrent l'effet du sel sur les plantes.
Document 4 • Des pistes pour la restauration du sol	• Le tableau présente le volume d'eau douce nécessaire pour éliminer différentes quantités de sel dans le sol. Le schéma illustre le principe de drainage utilisé. • Ne confonds pas irrigation et drainage.

Répondre aux questions

Coups de pouce

▶ **2. a)** Compare les végétations du document 2, puis explique la présence de la croûte de sel à l'aide des informations du document 1.

▶ **2. b)** Propose une hypothèse à la différence des paysages en la reliant à la présence ou non de sel.

▶ **3.** Compare les conditions d'expérience, puis les résultats des deux cultures afin d'en déduire l'effet du sel sur les plantes.

Aide à la résolution de la question 4

Expliquer comment l'Homme peut résoudre le problème soulevé par l'excès de sel dans les sols sénégalais

Étape 1. Montrer l'intérêt de l'irrigation.

Étape 2. Montrer l'intérêt du drainage.

Étape 3. Montrer comment la combinaison des deux procédés permet d'éliminer le sel en excès dans les sols sénégalais.

22 CORRIGÉ GUIDÉ

▶ **1.** Les zones où les sols sont affectés par le sel sont en gris sur la carte du Sénégal (document 1). On remarque qu'elles sont localisées au niveau des deltas et des estuaires, donc des embouchures des fleuves.

Il est noté dans le texte associé que ce sont des zones où les eaux salées marines remontent partiellement le fleuve sur le continent et que le sel qu'elles contiennent s'y dépose, affectant localement les sols.

▶ **2. a)** Le paysage a est composé d'arbres, d'arbustes et d'herbes. Dans le paysage b, la végétation semble moins développée et le sol dénudé est recouvert d'une croûte de sel, peut-être due au dépôt de sel apporté par les eaux marines mélangées à celles du fleuve.

b) La différence de végétation semble être liée à la présence ou non de croûte de sel. Sans dépôt de sel, la végétation est développée ; en présence de croûte de sel, la végétation ne se développe pas et le sol est nu. Le sel en excès semble empêcher le développement de la végétation.

▶ **3.** On cultive du riz dans un milieu A ne contenant que de l'eau et dans un milieu B contenant de l'eau et du sel. La comparaison de la croissance du riz sans et avec sel permet de connaître l'effet du sel sur cette plante. On note les résultats de l'expérience :

– milieu A, sans sel : les feuilles du riz se développent et sont vertes ;

– milieu B, avec sel : les feuilles ne se développent pas et jaunissent.

Le sel empêche le développement des feuilles et l'acquisition de leur couleur normale afin de faire la photosynthèse. Les plantes dépérissent.

▶ **4.** Pour résoudre le problème soulevé par l'excès de sel dans les sols sénégalais, il faut enlever le sel. Pour cela, il faut apporter de l'eau douce, qui ne contient pas de sel, par irrigation. D'après le tableau du document 4, les quantités d'eau nécessaires sont importantes : 150 litres d'eau douce pour réduire la concentration de sel de moitié sur une surface de 1 m^2 et 600 litres pour dessaler la même surface de sol à 90 %. Mais cette technique ne fait que diminuer la concentration en sel, qu'il faut ensuite éliminer du sol. C'est le principe du drainage qui consiste à faire circuler de l'eau douce dans le sol où elle se charge en sel, puis évacuer cette eau salée avec un système de fossés et canaux.

Afin d'éliminer le sel en excès des sols affectés, il faut donc apporter de l'eau douce en grande quantité par irrigation (arrosage) et éliminer l'eau chargée en sel par drainage (évacuation de l'eau en excès).

La qualité de l'eau dans l'étang de Thau

30 min
25 points

INTÉRÊT DU SUJET • Le suivi de la qualité des eaux est primordial afin de protéger les écosystèmes, mais aussi la production des coquillages d'élevage tels que les huîtres et moules de l'étang de Thau.

L'étang de Thau s'étend à proximité de Sète. Classé Natura 2000, il constitue un écosystème d'exception et une zone importante de production de coquillages.
Au mois d'août 2018, la malaïgue* a provoqué un taux de mortalité des huîtres de plus de 60 % dans certaines zones de l'étang et des moules de 100 %, ce qui a causé environ 4,7 millions d'euros de pertes.

D'après *Sciences et avenir*, 31/08/2018.

* Malaïgue signifie « mauvaise eau » en langue occitane.

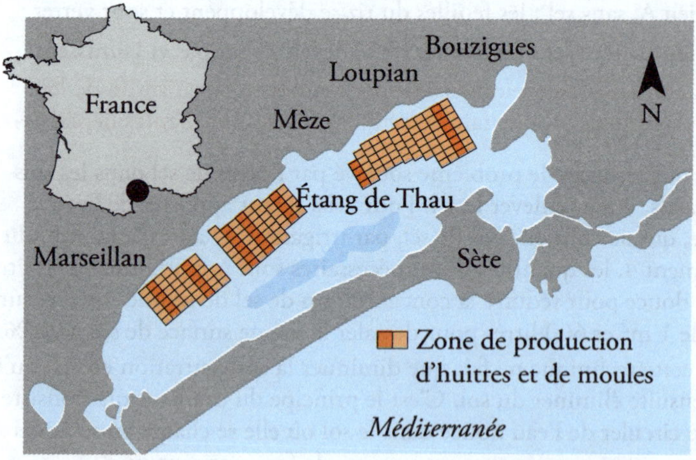

D'après Cepralmar, 2007.

On s'intéresse à l'origine de la mortalité des coquillages dans l'étang de Thau.

DOCUMENT 1 **La malaïgue, un scénario catastrophe pour les producteurs de coquillages**

Dans l'étang, les moules et les huîtres filtrent l'eau pour se nourrir et y prélever le dioxygène nécessaire à leur respiration.
Des algues microscopiques se multiplient sous l'effet de la température élevée et de l'éclairement intense. Lorsque la température de l'eau reste élevée (à partir de 25 °C) sur une dizaine de jours, et que l'eau n'est pas brassée par le vent, les algues meurent massivement. Les bactéries naturellement présentes dans l'eau dégradent ces algues, en consommant du dioxygène.
Par conséquent la quantité de dioxygène dans l'eau finit par diminuer tellement (moins de 2 mg/L d'O_2 dissous) que les coquillages meurent. Ils sont à leur tour décomposés par les bactéries ce qui provoque une nouvelle diminution du taux de dioxygène. Parfois la malaïgue est freinée par un coup de vent qui brasse et ré-oxygène l'eau.

▶ **1.** Les épisodes de malaïgue sont néfastes pour les producteurs de coquillages, ainsi que pour la qualité de vie des riverains de l'étang et pour le tourisme (baignade et activités nautiques).
À l'aide du document 1, proposer, en argumentant, trois contrôles à effectuer régulièrement afin de surveiller la qualité de l'eau pour prévenir l'apparition de la malaïgue. (*8 points*)
On cherche à comprendre expérimentalement les facteurs qui influencent la teneur en dioxygène de l'eau d'un étang.

DOCUMENT 2 **Les dispositifs expérimentaux**

a. Le dispositif EXAO (expérimentation assistée par ordinateur)

Il permet de mesurer la concentration en dioxygène dissous dans l'eau au cours du temps.

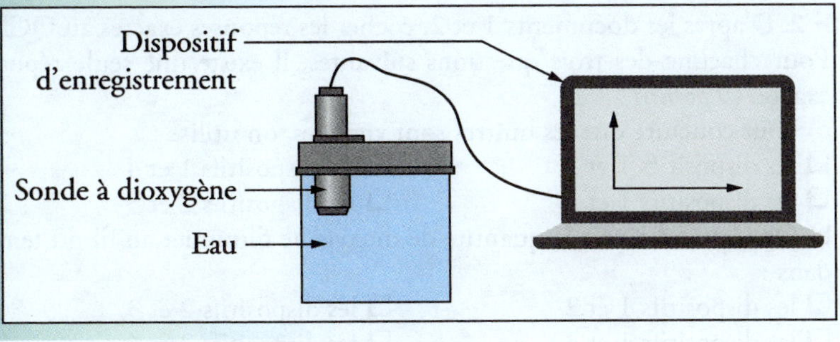

On place dans un récipient fermé hermétiquement de l'eau et un capteur mesurant la concentration en dioxygène. Le capteur est relié à un ordinateur qui construit un graphique de la teneur en dioxygène en fonction du temps. La sonde à dioxygène mesure le dioxygène présent dans le liquide.
La température est constante au cours des expériences.

b. Quatre dispositifs expérimentaux

Ils permettent de mettre en évidence l'influence de la présence des huîtres, des bactéries ou de la matière organique sur la quantité de dioxygène dissous dans l'eau.

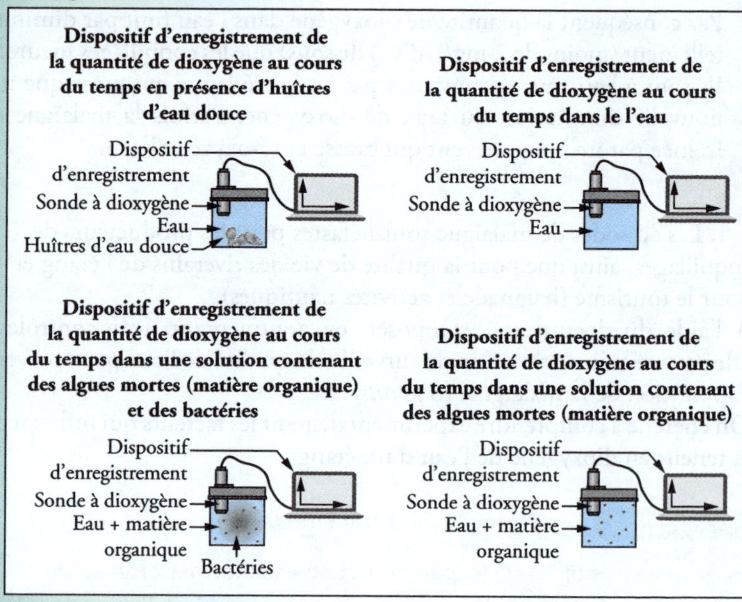

▶ **2.** D'après les documents 1 et 2, cocher les réponses exactes au QCM. Pour chacune des trois questions suivantes, il existe une seule réponse exacte. (*9 points*)

a) Pour conclure que les huîtres sont vivantes, on utilise :

❑ les dispositifs 1 et 2 ❑ les dispositifs 1 et 4
❑ les dispositifs 1 et 3 ❑ les dispositifs 2 et 3

b) On s'attend à voir la quantité de dioxygène diminuer au fil du temps dans :

❑ les dispositifs 1 et 2 ❑ les dispositifs 2 et 3
❑ les dispositifs 1 et 3 ❑ les dispositifs 2 et 4

c) L'impact des bactéries sur la dégradation des algues sera mise en évidence par la comparaison :

- ❑ des dispositifs 1 et 2
- ❑ des dispositifs 2 et 4
- ❑ des dispositifs 1 et 3
- ❑ des dispositifs 3 et 4

▶ **3.** La malaïgue étant impossible à enrayer une fois déclenchée, des solutions techniques sont envisageables pour éviter la mort des coquillages de l'étang de Thau.
En vous appuyant sur les documents 1 et 2, proposer des actions ou des solutions techniques qui pourraient être mises en œuvre en expliquant à quel niveau du scénario catastrophe elles s'exercent. (*8 points*)

LES CLÉS DU SUJET

Comprendre les documents

Introduction	Une carte et un texte présentent l'étang de Thau et le phénomène de malaïgue qui l'a touché en 2018.
Document 1 • La malaïgue, un scénario catastrophe	• Ce texte explique l'impact de la malaïgue sur les huîtres et les moules élevées dans l'étang. • Repère le rôle de chaque élément dans le phénomène touchant les coquillages : augmentation de la température, brassage de l'eau par le vent, quantité de dioxygène, bactéries.
Document 2 • Les dispositifs expérimentaux	• Un schéma présente le dispositif EXAO, ainsi que les montages expérimentaux utilisés pour suivre la quantité de dioxygène dissous en fonction de la présence d'huîtres, de bactéries ou de matière organique. • Regarde quels paramètres sont présents dans chaque expérience. Rappelle-toi que la comparaison de deux expériences où seul un paramètre varie permet de montrer le rôle de ce paramètre.

Répondre aux questions

▶ **1.** Repère dans le texte trois éléments associés à l'apparition de la malaïgue, puis explique quels contrôles sont possibles pour les suivre et prévenir l'apparition de la malaïgue.

▶ **2.** Dans un premier temps, repère quel facteur est testé dans chaque expérience. Certaines informations sur la consommation du dioxygène sont données dans le document 1.

▶ **3.** Recherche dans le texte du document 1 des solutions pour éviter la mort des coquillages en cas de malaïgue déclarée. N'oublie pas d'utiliser les informations tirées de l'analyse de la teneur en dioxygène de l'eau du document 2.

23 CORRIGÉ GUIDÉ

▶ **1.** La température élevée (à partir de 25 °C) et l'absence de vent pendant une dizaine de jours est la cause de la mort des algues. Les bactéries consomment alors le dioxygène de l'eau pour les dégrader. Le manque de dioxygène entraîne la mort des coquillages, dégradés à leur tour par les bactéries, ce qui accentue la diminution du taux de dioxygène.

Il faut donc effectuer, en période de chaleur, des contrôles sur la qualité de l'eau. On peut donc suivre la température de l'eau afin de savoir si elle dépasse les 25 °C, la quantité de bactéries présentes dans l'eau afin de savoir si elle augmente, ou bien la quantité de dioxygène présent dans l'eau afin de savoir si elle diminue ou si elle est suffisante pour la survie des coquillages.

▶ **2. a)** Pour conclure que les huîtres sont vivantes, on utilise les dispositifs 1 et 2. La comparaison du dispositif sans (2) et avec les huîtres (1) permet de mettre en évidence leur consommation de dioxygène si elles sont vivantes.

b) On s'attend à voir la quantité de dioxygène diminuer au fil du temps dans les dispositifs 1 et 3.

D'après le texte du document 1, les bactéries et les huîtres consomment du dioxygène.

c) L'impact des bactéries sur la dégradation des algues sera mis en évidence par la comparaison des dispositifs 3 et 4.

La comparaison du dispositif sans (4) et avec les bactéries (3) permet de mettre en évidence que leur présence est nécessaire à la dégradation de la matière organique produite par les algues mortes.

▶ **3.** La malaïgue ne peut être enrayée, mais il existe des solutions afin d'empêcher la mort des coquillages élevés dans l'étang.

D'après le texte, la malaïgue se déclenche en cascade, mais la mortalité des coquillages est causée par la dégradation des algues mortes par les bactéries qui fait baisser la quantité de dioxygène dans l'eau à moins de 2 mg/L d'O_2 dissous. Il est précisé que le vent brasse l'eau et la réoxygène.

CONSEIL
Les informations sont à la fois dans le texte du document 1 et dans les expériences qui permettent de suivre la quantité de dioxygène dans l'eau, il faut les mettre en relation.

Comme on ne peut enlever ni les bactéries, ni les coquillages de l'eau, si le phénomène a débuté, que les algues sont mortes, il faut réoxygéner l'eau en la brassant mécaniquement, afin d'empêcher la mort des coquillages.

Le document 2 présente la technique de mesure du dioxygène dans l'eau qu'il est nécessaire de faire chaque jour pour savoir si le dioxygène va manquer. Si la valeur atteint les 2 mg/L d'O_2 dissous, il faut réoxygéner l'eau en la brassant mécaniquement.

Il faut donc suivre la teneur en dioxygène de l'eau grâce à des analyses continues dès l'élévation de la température et brasser l'eau en cas de valeur trop faible en dessous de 2 mg/L d'O_2 dissous pour empêcher le manque de dioxygène, responsable de la mort des coquillages.

24 Amérique du Nord • Juin 2017

Le syndrome de Klinefelter

30 min
25 points

INTÉRÊT DU SUJET • Une anomalie chromosomique peut avoir des conséquences importantes. Si elle ne peut être guérie, certains traitements permettent de diminuer les symptômes et améliorer la vie des personnes atteintes.

DOCUMENT 1 **Le syndrome de Klinefelter**

Le syndrome de Klinefelter est une anomalie chromosomique caractérisée par un caryotype comprenant 47 chromosomes, dont trois chromosomes sexuels XXY.
Ce syndrome affecte en particulier le développement physique d'individus de sexe masculin. Les individus atteints ont généralement des petits testicules qui ne produisent pas autant de testostérone que la normale […]
La testostérone est l'hormone qui est impliquée dans le développement sexuel masculin avant la naissance. Pendant la puberté, elle intervient également en moyenne entre 10 et 18 ans chez les garçons. Le manque de testostérone chez les individus atteints va conduire à une puberté tardive et anormale. Chez eux, le développement des seins, la réduction des poils du visage et du corps seront associés à une incapacité à avoir des enfants (infertilité).

D'après www.nlm.nih.gov/ U.S. National Library of Medicine

▶ **1.** Cocher pour chaque case la proposition exacte.

a) Le syndrome de Klinefelter :
- ❑ trouve son origine dans une infection bactérienne.
- ❑ est dû à la présence d'un chromosome sexuel supplémentaire.
- ❑ est dû à l'absence totale de testicule.

b) La puberté :
- ❑ est anormale chez le garçon atteint du syndrome de Klinefelter.
- ❑ intervient avant 6 ans chez l'enfant atteint du syndrome de Klinefelter.
- ❑ ne s'accompagne pas de modification physique.

c) Un manque de testostérone peut conduire à :
❑ un développement des poils chez une fille.
❑ l'apparition de seins chez le garçon.
❑ une puberté avant l'âge de 5 ans.

DOCUMENT 2 **Évolution du taux de testostérone dans le sang en fonction de l'âge chez le garçon et l'adolescent (entre 5 et 18 ans)**

Âge (en années)	Taux moyen de testostérone plasmatique en ng*/dL Individu non atteint du syndrome de Klinefelter	Taux moyen de testostérone plasmatique en ng*/dL Individu atteint du syndrome de Klinefelter
5 ans	Traces	Traces
10 ans	Traces	Traces
12 ans	10	3
13 ans	120	3
18 ans	520	4

acces.ens-lyon.fr et *International journal of endocrinology : clinical presentation of Klinefelter's syndrome*

* ng : nanogramme (10^{-9} gramme).

▶ **2.** En vous appuyant sur des données chiffrées extraites du document 2, comparez l'évolution du taux de testostérone dans le sang, chez un individu atteint du syndrome de Klinefelter et chez un individu non atteint, au cours de la puberté.

DOCUMENT 3 **Un traitement pour compenser le manque de testostérone**

Il n'existe pas de traitement qui guérisse complètement les manifestations de ce syndrome. […]
Dans la plupart des cas, le traitement consiste en une hormonothérapie[1] à base de testostérone qui devrait, de l'avis de certains médecins, être entreprise dès la puberté. […] Ce traitement administré régulièrement contribue au développement des caractéristiques masculines

secondaires (pilosité, voix grave, développement de la musculature) et peut éviter le développement des seins. […]

D'après klinefelter.valentin-apac.org
lu et validé par le Dr Nicole Morichon-Delvallez
(hôpital Necker), article écrit le 22 janvier 2007.

1. Hormonothérapie : traitement par injection d'hormones.

▶ **3.** Des parents consultent un médecin spécialiste pour leur fils atteint du syndrome de Klinefelter. Le médecin prescrit le traitement décrit dans le document 3.
Préciser les éléments qui ont permis d'élaborer le diagnostic et justifier le traitement prescrit par le médecin.
Un texte construit est attendu. Il devra s'appuyer sur des arguments tirés des trois documents.

LES CLÉS DU SUJET

Comprendre les documents

Document 1 • Le syndrome de Klinefelter

- Ce texte présente les symptômes et les causes du syndrome de Klinefelter.
- Souligne ou surligne les caractéristiques d'un garçon atteint du syndrome de Klinefelter.

Document 2 • Évolution du taux de testostérone en fonction de l'âge

- Ce tableau compare les taux de testostérone d'un garçon sain et d'un garçon atteint du syndrome de Klinefelter, de 5 à 18 ans.
- Entoure les différences entre les deux cas, pour mettre en évidence la particularité des personnes malades par rapport aux personnes non atteintes.

Document 3 • Un traitement pour compenser le manque de testostérone

- Ce texte présente le traitement hormonal permettant de minimiser les symptômes de la maladie.
- Recherche dans le texte le traitement injecté et ses effets. Montre ensuite son intérêt pour minimiser les symptômes de la maladie.

Répondre aux questions

▶ **1.** Toutes les réponses sont dans le document 1. Ne te précipite pas : fais attention aux négations et aux relations de cause à effet.

▶ **2.** Tu dois donner des valeurs prises dans le document 2, les mettre en parallèle pour comparer l'évolution du taux de testostérone chez l'individu atteint et non atteint par la maladie.

▶ **3.** La question est double : tu dois donner les éléments qui ont permis de poser le diagnostic de la maladie, puis justifier le traitement par injection de testostérone proposé dans le document 3. Construis une argumentation à partir des trois documents proposés.

Préciser les éléments à l'origine du diagnostic du médecin et justifier le traitement hormonal prescrit

Étape 1. Relève dans les documents 1 et 2 les éléments qui permettent de diagnostiquer un syndrome de Klinefelter. Ces éléments peuvent être d'ordre chromosomique, hormonal ou physique.

Étape 2. Cite les examens utiles que le médecin doit prescrire afin de poser le diagnostic.

Étape 3. Justifie l'intérêt du traitement à la testostérone pour diminuer les symptômes du jeune garçon.

24 CORRIGÉ GUIDÉ

▶ **1. a)** Le syndrome de Klinefelter est dû à la présence d'un chromosome sexuel supplémentaire.

b) La puberté est anormale chez le garçon atteint du syndrome de Klinefelter.

c) Un manque de testostérone peut conduire à l'apparition de seins chez le garçon.

CONSEIL
Il est parfois plus facile de trouver la bonne réponse en enlevant les propositions fausses.

▶ **2.** Avant la puberté, de 5 à 10 ans, il n'y a que des traces de testostérone chez les individus sains ou atteints par le syndrome de Klinefelter.

Ce taux reste très faible chez le malade après la puberté avec un maximum de 4 ng/dL de testostérone à 18 ans.

REMARQUE
Tu dois donner les unités pour les valeurs que tu cites.

Par contre, la quantité de testostérone présente dans le sang de l'individu non atteint augmente fortement passant de 10 à 520 ng/dL en 6 ans.

Chez l'individu non atteint, la puberté s'accompagne d'une forte production de testostérone, ce qui n'a pas lieu chez le malade.

▶ **3.** Des parents consultent un spécialiste pour leur fils afin de savoir s'il est atteint du syndrome de Klinefelter et de lui trouver un traitement approprié.

Le médecin diagnostique un porteur du syndrome de Klinefelter si :

– le caryotype est anormal avec trois chromosomes sexuels XXY ;

– les testicules sont petits ;

– la puberté est tardive et anormale avec développement des seins et réduction des poils du visage et du corps, les caractères sexuels secondaires masculins sont peu développés ;

– la production de testostérone est faible à partir de la puberté ;

– il est infertile.

CONSEIL
Les éléments de diagnostic sont les symptômes liés à la maladie, tu les trouveras dans les documents 1 et 2. Le traitement est dans le document 3.

Il peut donc faire un caryotype et un dosage de la testostérone dans le sang de l'enfant. L'anomalie du taux de testostérone est visible dès 12 ans, car l'enfant atteint a 4 fois moins de testostérone que celui qui ne l'est pas.

Le médecin prescrit un traitement basé sur des injections régulières de testostérone dès la puberté afin de compenser la faible production de cette hormone par les testicules du malade. Les caractères sexuels secondaires masculins (pilosité, mue de la voix, développement de la musculature) vont pouvoir se développer, car c'est la testostérone qui en est responsable. De plus le développement des seins n'aura pas lieu.

Si le diagnostic est posé dès le début de la puberté, le garçon pourra être traité par hormonothérapie. Il aura une apparence masculine, cependant il ne pourra pas avoir d'enfants.

UV et mutations

30 min
25 points

INTÉRÊT DU SUJET • L'exposition au soleil peut-être très dangereuse pour la santé, mais il existe des moyens de protection simples vis-à-vis des UV solaires nocifs.

Deux amies s'installent sur la plage de la baie des Citrons à Nouméa. Léa sort son tube de crème solaire alors qu'Élodie n'en met pas en affirmant que : « Le soleil, c'est bon pour la santé ! ».

DOCUMENT 1 **Deux causes possibles de l'apparition d'un mutant**

Lors de la mitose (multiplication cellulaire), le génotype est copié. Cette copie peut comporter des erreurs appelées mutations. Une mutation peut aussi avoir lieu par l'action de facteurs de l'environnement sur l'ADN, ce sont les agents mutagènes comme les rayons ultra-violets (UV) du soleil par exemple.

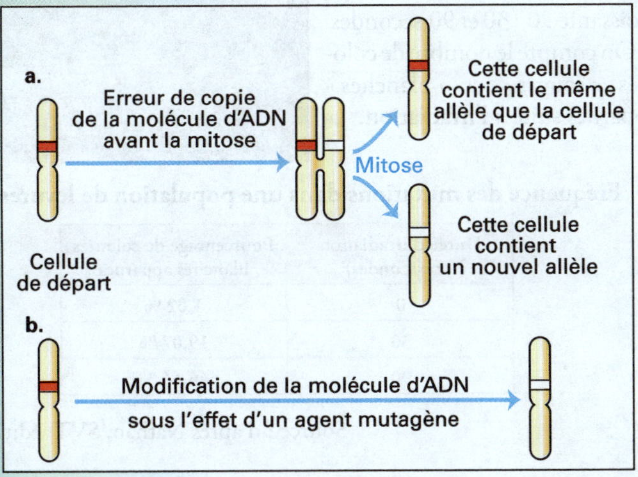

Source : d'après Hachette, SVT, édition 2017

▶ **1.** Pour chacune des définitions suivantes, cocher la bonne réponse.

a) L'ensemble des gènes donc des allèles d'un individu correspond :

❑ au génotype ❑ au caryotype ❑ au phénotype

b) Un fragment d'ADN responsable de la réalisation d'un caractère est :

❑ un antigène ❑ un gène ❑ un chromosome

c) La modification de l'information génétique portée par un gène est :

❑ une fécondation ❑ une mitose ❑ une mutation

▶ **2.** D'après le document 1, indiquer les deux causes possibles de l'apparition d'une mutation.

DOCUMENT 2 **Une expérience à l'origine de nouveaux caractères chez la levure**

Les levures sont des champignons unicellulaires formant des colonies. Le phénotype « couleur » de la levure est déterminé par un gène qui existe sous deux allèles « rouge » et « blanc ».

- On met en culture, sur un milieu nutritif, des cellules d'une souche de levure de phénotype « couleur rouge ».
- Les cellules sont soumises à une irradiation (comme les rayons UV du soleil) de durée croissante : 0 ; 30 et 90 secondes.
- On compte le nombre de colonies « rouges » et « blanches » apparues suite à l'irradiation.

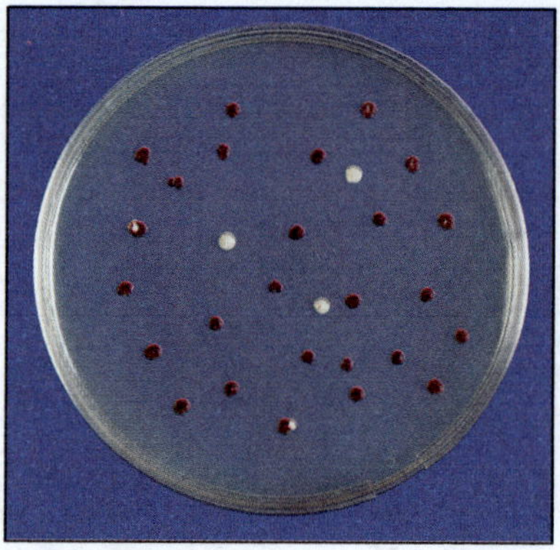

ph© Frédéric Hanoteau/Archives Hatier

Fréquence des mutations dans une population de levures

Durée d'irradiation (en secondes)	Pourcentage de colonies blanches apparues
0	1,02 %
30	19,07 %
90	46,44 %

Source : d'après Nathan, SVT, édition 2017

▶ **3.** À partir des informations du document 2, indiquer comment évolue le pourcentage de colonies « blanches » en fonction de l'irradiation. Proposer une explication à cette évolution.

S'ENTRAÎNER

DOCUMENT 3 **Le soleil, une source d'UV**

Nouvelle-Calédonie : ultraviolets ultratoxiques

C'est un sujet peu abordé en Calédonie : les dégâts du soleil. Une insouciance qui peut rapidement conduire à un mélanome*. C'est surtout vrai ici. Par sa position géographique, le Caillou est particulièrement exposé au rayonnement UV. « Il faut se mettre de la crème solaire dès le matin et tous les jours ! martèle le Dr Guillaume, dermatologue. C'est presque une obligation en Calédonie », que l'on s'expose à la plage ou pas.

– Index UV

[…] Cette valeur estime la toxicité du soleil sur une échelle de 0 (risque minimal) à 11+ (risque très élevé). Même en hiver on franchit ce seuil. Alors qu'en métropole il oscille de 1 à 9, en Calédonie, il crève le plafond et peut atteindre 18 en été. Au vu de ces indices, on comprend mieux pourquoi il faut se protéger.

Source : extrait de *La Dépêche de Tahiti* du 09/01/2015

* Mélanome : cancer de la peau qui se développe suite à plusieurs mutations de différents gènes des cellules de l'épiderme (couche superficielle de la peau).

DOCUMENT 4 **Carte des index UV du 22 juillet 2018**

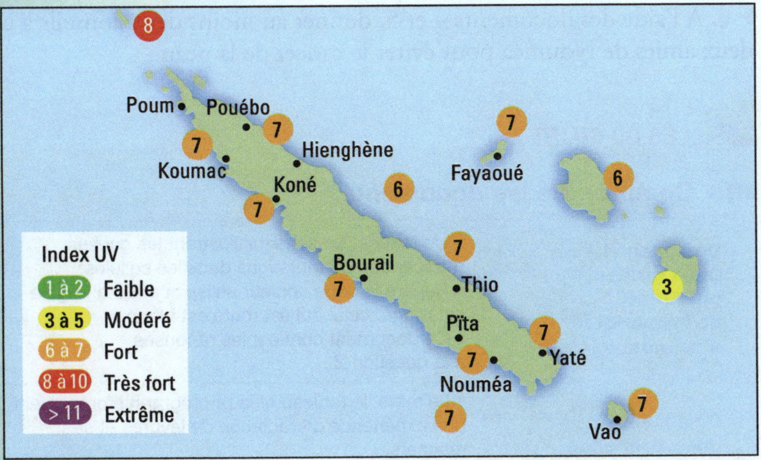

Source : www.meteo.nc

DOCUMENT 5 **La protection contre les coups de soleil**

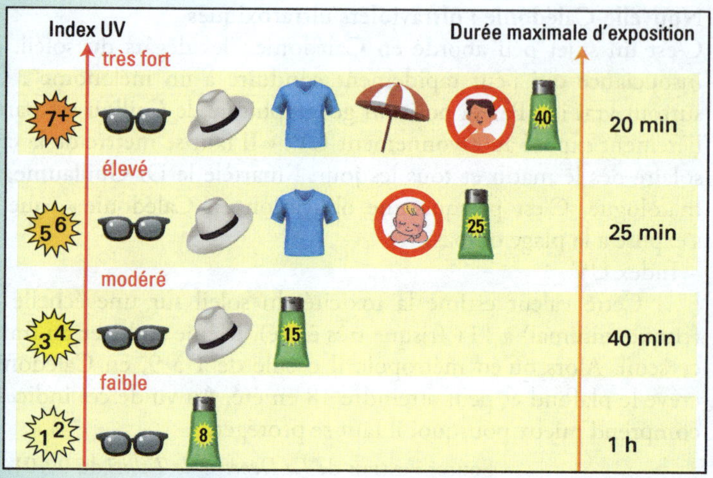

Source : d'après Bordas, SVT 3e, 2012

▶ **4.** À l'aide des documents 3 et 4, expliquer pourquoi en Nouvelle-Calédonie il est indispensable de se protéger du soleil et quel est le risque pour la santé.

▶ **5.** À l'aide des documents 4 et 5, donner au moins deux conseils à ces deux amies de Nouméa pour éviter le cancer de la peau.

LES CLÉS DU SUJET

Comprendre les documents

Document 1 • Deux causes possibles de l'apparition d'un mutant	• Un texte et un schéma illustrent les causes d'apparition de mutations dans les cellules. • Repère le code couleur utilisé : l'allèle d'origine est rouge, celui qui est muté est blanc. • Ce document contient les réponses à la question **2**.
Document 2 • Une expérience à l'origine de nouveaux caractères chez la levure	• Le texte, le tableau et la photographie présentent une expérience d'irradiation de levures et ses résultats. • Note bien que les levures ayant subi les mutations sont devenues blanches. Leur pourcentage d'apparition illustre donc le pourcentage de mutation en fonction de la dose d'UV.

Document 3 • Le soleil, une source d'UV	• Cet extrait d'un journal de Tahiti vise à sensibiliser la population aux risques de l'exposition au soleil. • Relève les informations qui font le lien entre l'apparition d'un cancer (mélanome) et les UV en Nouvelle-Calédonie. • N'oublie pas de lire la note en bas du texte, elle contient des informations essentielles.
Document 4 • Carte des index UV du 22 juillet 2018	• Cette carte donne les index UV en Nouvelle-Calédonie d'un jour pendant le mois de juillet (c'est-à-dire en hiver dans l'hémisphère sud). • Utilise ces index UV de la Nouvelle-Calédonie pour répondre aux questions **4** et **5**.
Document 5 • La protection contre les coups de soleil	• Ce document présente les conseils de protection en fonction de l'indice UV. • Repère d'abord l'index UV de Nouméa pour répondre à la question **5**.

Répondre aux questions

▶ **3.** Dans un premier temps, étudie le principe de l'expérience, puis analyse les résultats. Termine en expliquant l'évolution du nombre de colonies blanches à l'aide du texte précédant l'expérience et de tes connaissances.

▶ **4.** Associe la toxicité des UV (document 3) à leur importance en Nouvelle-Calédonie (document 4), afin de montrer pourquoi il y est indispensable de se protéger du soleil.

▶ **5.** Repère les indices UV sur la carte du document 4 et associe les précautions à prendre pour ces indices.

S'ENTRAÎNER

25 CORRIGÉ GUIDÉ

▶ **1. a)** L'ensemble des gènes donc des allèles d'un individu correspond au génotype.

b) Un fragment d'ADN responsable de la réalisation d'un caractère est un gène.

c) La modification de l'information génétique portée par un gène est une mutation.

▶ **2.** La première cause d'apparition d'une mutation est une erreur de copie de l'ADN avant la mitose, l'allèle est alors différent et transmis à une des cellules filles.

La seconde cause est une modification de l'ADN sous l'action de facteurs de l'environnement dits facteurs mutagènes, comme les ultra-violets, il y a aussi création d'un nouvel allèle.

▶ **3.** • L'expérience consiste à irradier avec des UV des colonies de levures de phénotype « couleur rouge » pendant une durée variable. On évalue alors le pourcentage de colonies « blanches » apparues dans la population.

> **CONSEIL**
> Il faut d'abord décrire les résultats, puis proposer une explication liée aux mutations.

• D'après les résultats, plus l'irradiation est longue, plus le pourcentage de levures blanches augmente. Cependant un petit nombre de levures (1,02 %) peuvent devenir blanches même sans UV.

• D'après le texte, la couleur des levures est due à l'expression d'un gène qui existe sous la forme de deux allèles : l'allèle « rouge » qui donne la couleur rouge et l'allèle « blanc » qui donne la couleur blanche. On sait qu'un nouvel allèle peut être créé par mutation, l'allèle « rouge » donne alors l'allèle « blanc ».

• L'exposition aux UV augmente la présence d'allèle « blanc » en favorisant les mutations. Les UV sont donc un agent mutagène.

▶ **4.** L'index UV entre 0 et 11+ estime la toxicité du soleil ; plus l'index est élevé, plus il y a d'UV et plus l'exposition au soleil est dangereuse. D'après la carte du document 4, les index UV en juillet en Nouvelle-Calédonie sont entre 6 et 8, qui sont des valeurs élevées.

Dans le texte du document 3, il est ajouté que cet index peut monter jusqu'à 18 en été, ce qui est une valeur extrême. À titre de comparaison, en métropole on ne dépasse pas l'index 9 en été.

L'exposition au soleil peut entraîner des cancers de la peau (mélanomes) dus à une accumulation de mutations dans les cellules de la peau. Ce sont les UV du soleil qui causent ces mutations et provoquent donc les cancers, surtout s'ils sont très présents.

Comme en Nouvelle-Calédonie les UV sont très présents même en hiver, le risque de cancer est très élevé et il est impératif de se protéger du soleil.

▶ **5.** D'après le tableau du document 5, pour se protéger d'un rayonnement UV très fort (index UV égal ou supérieur à 7) et donc du cancer de la peau, il faut : mettre des lunettes de soleil, un chapeau, de la crème solaire protection 40 et des vêtements ; se mettre sous un parasol ; ne pas être au soleil plus de 20 minutes ; au mieux ne pas s'exposer, si on est un enfant.

L'implant contraceptif

30 min
25 points

INTÉRÊT DU SUJET • L'implant hormonal est une technique peu onéreuse qui permet une contraception efficace pendant trois ans après sa mise en place.

Un jeune couple ne souhaite pas d'enfant dans l'immédiat. Il consulte un médecin qui leur présente les différentes méthodes contraceptives. Le couple fait le choix d'utiliser l'implant contraceptif qui agit sur les quantités d'hormones sexuelles de la femme.

DOCUMENT 1 **Une communication hormonale entre le cerveau et les ovaires**

Différentes hormones entraînent des modifications au sein du système reproducteur féminin en vue d'une éventuelle fécondation. Des glandes situées à la base du cerveau fabriquent puis libèrent des hormones cérébrales qui vont agir sur les ovaires.
Ces derniers vont alors produire des hormones ovariennes qui provoqueront l'ovulation (émission d'un ovule par l'ovaire).

Source : www.passeportsante.net

▶ **1.** À partir du document 1, compléter le schéma ci-contre, montrant comment la communication entre le cerveau et les ovaires permet le contrôle de l'ovulation. (*6 points*)

Titre : ....

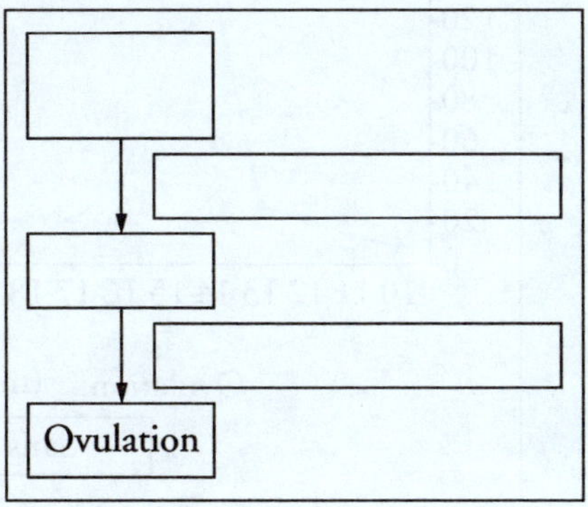

DOCUMENT 2 **L'implant contraceptif**

L'implant contraceptif se présente sous la forme d'un bâtonnet souple de 4 cm de longueur et 2 mm de diamètre. Inséré au niveau du bras, il libère de manière continue pendant trois ans une hormone de synthèse (hormone fabriquée en laboratoire).

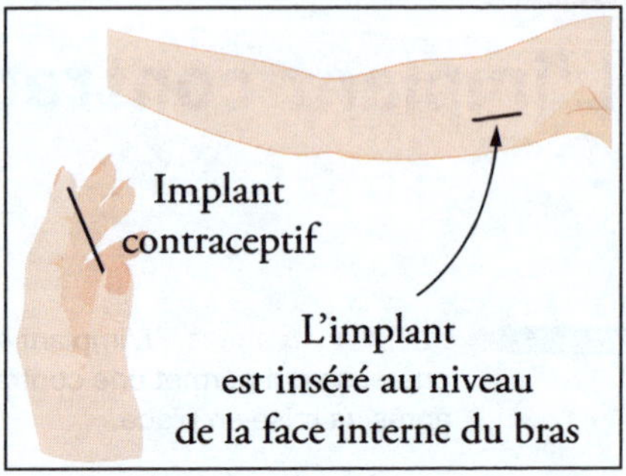

D'après : agence-prd.ansm.sante.fr et www.choisirsacontraception.fr

▶ **2. a)** À l'aide de vos connaissances, rappeler ce qu'est la contraception. (*3 points*)

b) À l'aide de vos connaissances, citer 3 moyens de contraception. (*3 points*)

DOCUMENT 3 **Le mode d'action de l'implant contraceptif**

La LH est une des hormones produites par le cerveau. On a étudié les concentrations sanguines de cette hormone cérébrale chez des femmes avec et sans implant contraceptif. Les résultats sont présentés ci-dessous.

a. Évolution de la concentration sanguine d'une hormone cérébrale au cours d'un cycle sans implant contraceptif

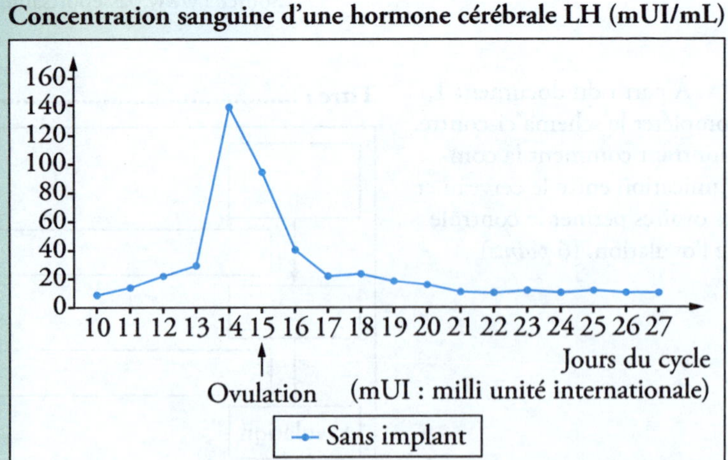

b. Évolution de la concentration sanguine d'une hormone cérébrale au cours d'un cycle avec implant contraceptif

Concentration sanguine d'une hormone cérébrale LH (mUI/mL)

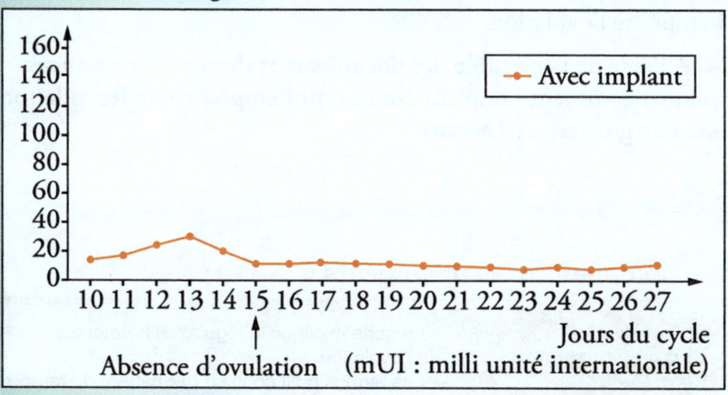

Source : Alvarez F, Brache V, Tejada AS, *et al.* Abnormal endocrine profile among women with confirmed or presumed ovulation during long-term Norplant use. *Contraception* 33:111, 1986.

Remarque : on appelle pic d'hormone une augmentation importante rapide et brève de la concentration hormonale.

▶ **3.** Cocher la bonne réponse pour chaque proposition. (*4 points*)

a) Le graphique du document 3a représente l'évolution de la concentration sanguine :

❑ d'une hormone cérébrale au cours d'un cycle, avec un implant contraceptif.

❑ d'une hormone ovarienne au cours d'un cycle, avec un implant contraceptif.

❑ d'une hormone cérébrale au cours d'un cycle, sans implant contraceptif.

❑ d'une hormone ovarienne au cours d'un cycle, sans implant contraceptif.

b) D'après le document 3a, le pic de concentration des hormones cérébrales a lieu le :

❑ 10e jour du cycle. ❑ 14e jour du cycle. ❑ 20e jour du cycle.

c) D'après les documents 3a et 3b, on peut conclure que :

❑ l'ovulation a lieu juste avant un pic de l'hormone LH.

❑ l'implant contraceptif permet un pic de l'hormone LH au 14e jour du cycle.

❑ il n'y a pas d'ovulation s'il n'y a pas de pic de l'hormone LH juste avant.

S'ENTRAÎNER

d) D'après les documents 3a et 3b, la présence d'un implant :
❑ favorise l'ovulation.
❑ n'a pas d'effet sur l'ovulation.
❑ empêche l'ovulation.

▶ **4.** À l'aide de l'ensemble des documents et de vos connaissances, expliquer comment l'implant contraceptif empêche une fécondation, et donc une grossesse. (*9 points*)

LES CLÉS DU SUJET

Comprendre les documents

Document 1 • Une communication hormonale entre le cerveau et les ovaires	• Le texte explique la régulation hormonale de l'ovulation. • Les termes qu'il contient permettent de remplir le schéma de la première question. Attention à ne pas confondre « hormones » et « organes ».
Document 2 • L'implant contraceptif	• Un schéma et un texte exposent le principe de l'implant contraceptif. • Repère dans le texte ce que contient l'implant.
Document 3 • Le mode d'action de l'implant contraceptif	• Ces graphiques illustrent les évolutions comparées de la concentration sanguine en LH chez des femmes au cours d'un cycle sans et avec l'implant. • Repère quelle hormone est suivie. Afin de connaître l'action de l'implant, il faut comparer les données avec et sans celui-ci.

Répondre aux questions

▶ **1.** Repère dans le texte les noms d'organes et d'hormones à replacer dans le schéma.

▶ **2.** Il t'est demandé de faire appel à tes connaissances.

▶ **3.** Repère quel graphe illustre l'action de l'implant, puis compare-le avec celui sans implant.

▶ **4.** Pour organiser ta réponse, suis les étapes du schéma.

Montrer comment l'implant empêche la fécondation, et donc la grossesse

Étape 1. D'après les documents, note l'action de l'implant sur la production d'hormones.

Étape 2. Rappelle, en t'appuyant sur tes connaissances, les mécanismes qui déclenchent l'ovulation.

Étape 3. Déduis alors l'action contraceptive de l'implant en faisant le lien entre LH et ovulation.

26 CORRIGÉ GUIDÉ

▶ **1. Titre :** Schéma de la régulation hormonale de l'ovulation

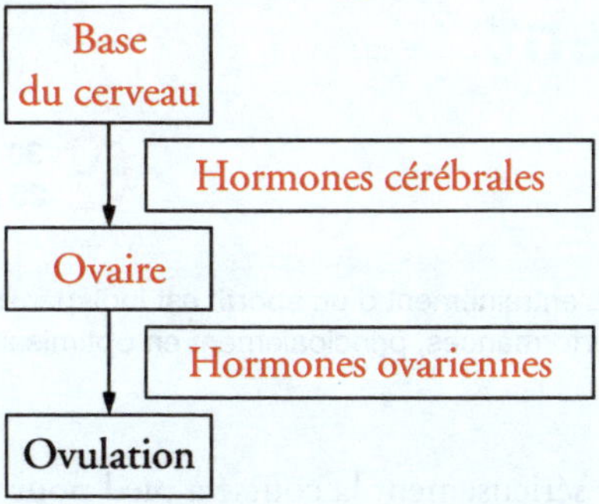

REMARQUE
La difficulté réside dans le fait de ne pas mélanger organes et hormones. Les organes produisent les hormones qui permettent de communiquer entre eux.

▶ **2. a)** La contraception consiste à empêcher la grossesse, en empêchant la fécondation et la formation de l'embryon.

b) Les moyens de contraception sont variés. Ils peuvent empêcher la production de gamètes comme la pilule, empêcher la rencontre des gamètes comme les préservatifs masculins et féminins, le diaphragme, le stérilet, la ligature des trompes, les spermicides.

▶ **3. a)** Le graphique du document 3a représente l'évolution sanguine d'une hormone cérébrale au cours d'un cycle, sans implant contraceptif.

b) D'après le document 3a, le pic de concentration des hormones cérébrales a lieu le 14e jour du cycle.

c) D'après les documents 3a et 3b, on peut conclure qu'il n'y a pas d'ovulation s'il n'y a pas de pic de l'hormone LH avant.

d) D'après les documents 3a et 3b, un implant empêche l'ovulation.

▶ **4.** L'implant contraceptif est un bâtonnet inséré sous la peau qui libère une hormone en continu pendant 3 ans. D'après la comparaison des documents 3a et 3b, on voit que le pic de LH et l'ovulation disparaissent en cas de présence d'implant. On en déduit que l'implant contraceptif empêche le pic de LH au 14e jour et l'ovulation. Ceci est dû à l'hormone cérébrale qu'il diffuse en continu. S'il n'y a pas d'ovulation, il n'y a pas d'ovule libéré et la fécondation par un spermatozoïde est impossible. Aucune cellule œuf ne peut être créé et donc aucun embryon, la grossesse est impossible. L'implant contraceptif en bloquant l'ovulation empêche la fécondation de l'ovule et donc la grossesse.

Activité cardiaque et entraînement

30 min
25 points

INTÉRÊT DU SUJET • L'entraînement d'un sportif est indispensable pour améliorer ses performances, principalement en optimisant son activité cardiaque.

Monsieur X souhaite débuter sérieusement la course à pied pour réaliser une compétition. Pour mettre en place son programme d'entraînement, il s'intéresse aux adaptations de son organisme pendant l'effort physique.

DOCUMENT 1 **Évolution du rythme cardiaque de monsieur X lors de sa course sur tapis roulant**

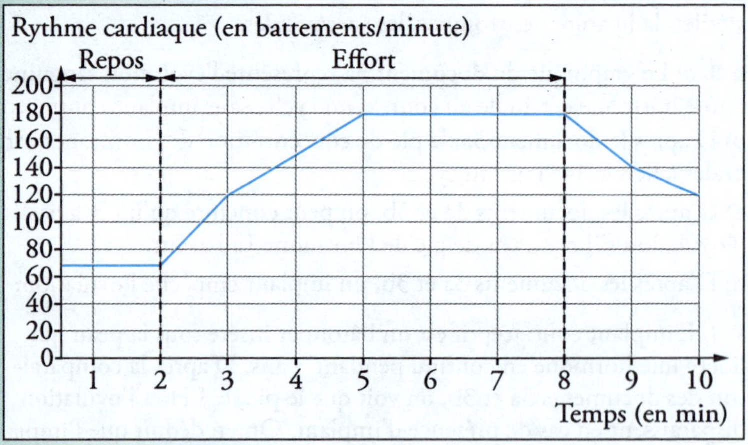

▶ **1.** Monsieur X s'entraîne sur son tapis de course et mesure son rythme cardiaque à l'aide de capteurs.
Indiquer les rythmes cardiaques de monsieur X au repos et après 3 minutes d'effort (ce qui équivaut au temps 5 minutes sur le graphique du document 1).

DOCUMENT 2 **Évolution du rythme cardiaque de monsieur X en fonction de la vitesse de la course**

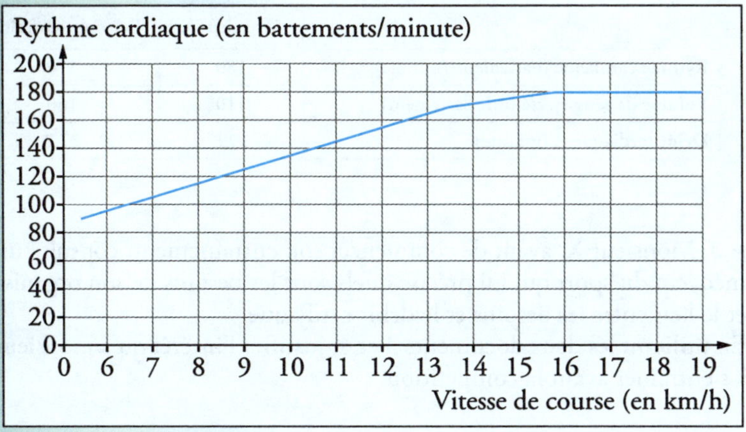

▶ **2.** Lors de son entraînement sur tapis roulant, monsieur X augmente progressivement sa vitesse de course. Il surveille toujours son rythme cardiaque.

En utilisant le document 2, montrer que le rythme cardiaque atteint un maximum qui n'est pas dépassé même si la vitesse de course augmente encore.

DOCUMENT 3 **Les besoins lors d'un effort musculaire**

Les muscles ont besoin de dioxygène et de glucose (sucre), qui leur sont apportés par le sang, pour leur fonctionnement. Les besoins augmentent avec l'intensité de l'effort.

DOCUMENT 4 **Le débit cardiaque lors d'une course à une vitesse de 16 km/h sur tapis roulant**

Le débit cardiaque représente le volume de sang éjecté par le cœur en une minute. Plus le débit cardiaque est élevé plus l'apport de sang au muscle est important.

Pour calculer le débit cardiaque de monsieur X, le médecin mesure la fréquence cardiaque et calcule le volume de sang propulsé à chaque battement de son cœur.

Le médecin compare ces mesures à celles d'une personne entraînée pour expliquer à monsieur X l'intérêt de l'entraînement.

Tableau de trois caractéristiques médicales chez deux individus après quelques minutes de course sur tapis roulant à 16 km/h

	Monsieur X	Personne entraînée
Rythme cardiaque (battements/minute)	180	170
Volume de sang éjecté (mL/battement)	110	160
Débit cardiaque (L/minute)	19,8	27,2

▶ **3.** Monsieur X, avant de commencer son entraînement, consulte un médecin du sport qui lui précise quels sont les besoins de son organisme et le lien entre les besoins et le débit cardiaque.
En utilisant les deux documents 3 et 4, justifier l'intérêt qu'a monsieur X à s'entraîner avant la compétition.

LES CLÉS DU SUJET

Comprendre les documents

Document 1 • Évolution du rythme cardiaque de Monsieur X lors d'une course	• Le graphique donne les valeurs du rythme cardiaque de Monsieur X avant, pendant et après sa course sur un tapis roulant. • Note bien qu'il y a 2 minutes d'enregistrement au repos, avant le début de la course.
Document 2 • Évolution de son rythme cardiaque en fonction de la vitesse	• Le graphique présente le rythme cardiaque de Monsieur X en fonction de sa vitesse de course de 0 à 19 km/h. • Note bien que c'est la vitesse de course qui est en abscisse, et non le temps de course.
Document 3 • Les besoins lors de l'effort musculaire	• Le texte rappelle les besoins des cellules musculaires. • Relie les besoins des cellules à l'augmentation du rythme cardiaque lors de l'effort.
Document 4 • Le débit cardiaque lors d'une course à 16 km/h	• Le texte définit le débit cardiaque et explique son calcul. Le tableau associé compare les variables cardiaques de Monsieur X et d'une personne entraînée courant à 16 km/h. • Compare les deux colonnes du tableau afin de mettre en évidence l'intérêt de l'entraînement pour augmenter les performances de Monsieur X.

Répondre aux questions

▶ **1.** Repère les axes sur le graphique et délimite bien les phases de repos et de course.

▶ **2.** Délimite deux parties de la courbe, permettant de voir si le rythme cardiaque varie ou non en fonction de l'effort. Utilise des valeurs chiffrées lues dans le graphique pour justifier ta réponse.

▶ **3.** Explique pourquoi un entraînement serait intéressant pour Monsieur X grâce à la synthèse des informations des documents sur les besoins des cellules musculaires (document 3) et les capacités cardiaques comparées à celles d'un individu entraîné (document 4).

27 CORRIGÉ GUIDÉ

▶ **1.** Le graphique représente le rythme cardiaque de monsieur X au cours de sa course sur un tapis. Dans un premier temps, il suffit de lire le rythme cardiaque entre 0 et 2 minutes, car c'est la phase de repos. Le rythme cardiaque de monsieur X au repos est de 70 battements par minute.

Ensuite on recherche la valeur au bout de 3 minutes de course. Le rythme cardiaque de monsieur X a une valeur de 180 battements par minute au bout de 3 minutes de course.

> **ATTENTION !**
> Il est demandé le rythme après 3 minutes d'effort et donc au bout de 5 minutes d'enregistrement.

▶ **2.** D'après le graphique, lorsque la vitesse de course varie de 6 à 16 km/h, le rythme cardiaque de monsieur X augmente de 90 à 180 battements par minute. Par contre, s'il court plus vite, son rythme cardiaque n'augmente plus, il a atteint sa valeur maximale. Monsieur X a un rythme cardiaque maximal de 180 battements par minute.

> **CONSEIL**
> Il faut rechercher un rythme cardiaque maximal.

▶ **3.** Les cellules musculaires ont besoin de glucose et de dioxygène apportés par le sang pour produire de l'énergie nécessaire à leur contraction. Lors de l'effort, ce besoin est supérieur, le sang doit donc leur en apporter plus.

> **CONSEIL**
> Il faut relier l'activité des cellules musculaires, leurs besoins et la circulation sanguine.

Chez l'individu entraîné, le débit cardiaque est 50 % plus élevé (27,2 au lieu de 19,8 L/min) que celui de monsieur X, son sang circule plus vite et permet un meilleur apport en glucose et O_2 aux cellules musculaires. Cette augmentation est due principalement à l'augmentation de 50 % du volume de sang éjecté par battement cardiaque (160 au lieu de 110 mL/battement), car les rythmes cardiaques sont peu différents (170 au lieu de 180 battements/minute).

Avec de l'entraînement, le sang de monsieur X circulera plus rapidement, ses cellules musculaires seront mieux alimentées et pourront plus se contracter, il pourra donc améliorer ses performances en course.

28 Amérique du Nord • Juin 2018

L'audition

30 min
25 points

INTÉRÊT DU SUJET • L'oreille est un organe fragile, la perte d'audition est très souvent due à une exposition trop importante au bruit.

S'ENTRAÎNER

Monsieur X, âgé de 60 ans, consulte le médecin du travail pour réaliser un bilan de son audition.

DOCUMENT 1 **Tests d'audition réalisés chez un individu témoin et chez monsieur X**

Le médecin réalise un audiogramme qui permet de mesurer une éventuelle perte d'audition. On mesure les pertes d'audition en décibels (dB) en fonction de la fréquence des sons, des sons graves (basses fréquences) aux sons aigus (hautes fréquences). Le résultat est présenté sur le graphique ci-dessous. Si la perte d'audition est inférieure à 20 dB, l'audition est considérée comme normale.

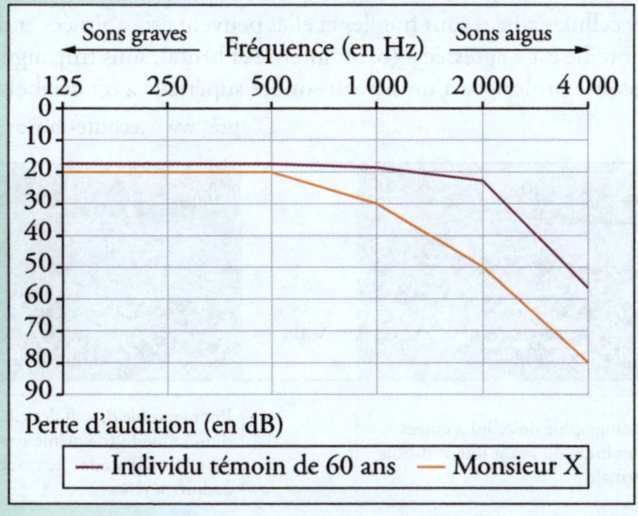

Graphique construit à partir des sources : www.cochlea.eu ; crdp.ac-amiens.fr ; www.uvmt.org ; campus.cerimes.fr

▶ **1.** À partir du document 1, cocher la bonne réponse :

a) Le graphique du document 1 représente :
- ❑ la perte d'audition en fonction du sexe de l'individu
- ❑ la perte d'audition en fonction de la fréquence des sons
- ❑ une mesure du volume sonore

b) Pour une fréquence de 1 000 Hz, un individu témoin de 60 ans a :
- ❑ une perte d'audition égale à environ 20 dB
- ❑ une perte d'audition égale à environ 5 dB
- ❑ une perte d'audition égale à environ 40 dB

c) À 60 ans, la perte d'audition chez un individu témoin est :
- ❑ plus importante pour les sons aigus que pour les sons graves
- ❑ plus importante pour les sons graves que pour les sons aigus
- ❑ constante quelle que soit la fréquence des sons

DOCUMENT 2 La perception du son

Monsieur X cherche des explications à ses troubles auditifs et se renseigne sur le fonctionnement de l'oreille.

Dans l'oreille interne, de nombreuses cellules ciliées interviennent dans la perception du son. Ces cellules ciliées transforment les vibrations sonores en signal électrique (message nerveux) transmis par le nerf auditif jusqu'au cerveau, ce qui nous permet d'entendre le son.

Ces cellules ciliées sont fragiles et elles peuvent être abîmées et détruites si l'oreille est « agressée » (bruit intense et brutal, sons trop aigus, durée d'écoute prolongée à un niveau sonore supérieur à 85 décibels (dB)).

D'après www.ecoute-ton-oreille.com

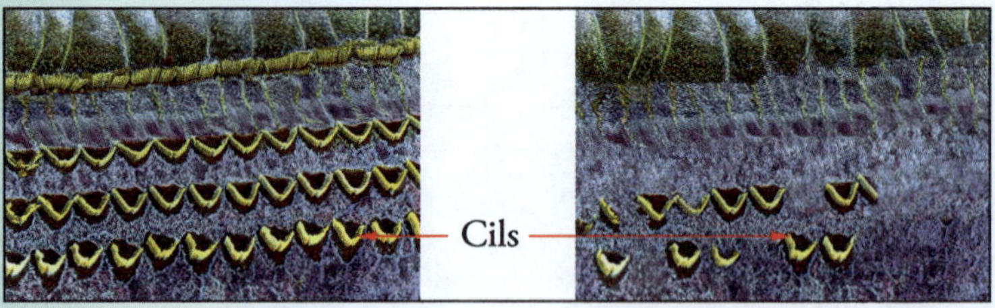

Ph © DEA / BSIP

Photographie de cellules ciliées d'un individu ayant une audition normale	Photographie de cellules ciliées d'un individu (de même type que monsieur X) atteint de troubles auditifs sévères

D'après cochlea.eu

▶ **2.** Comparer la perte d'audition de monsieur X avec celle d'un individu témoin de même âge, pour des fréquences de 125 à 500 Hz, puis pour des fréquences de 500 à 4 000 Hz. Quelques valeurs numériques sont attendues pour la réponse.

DOCUMENT 3 Différents niveaux sonores et leurs effets

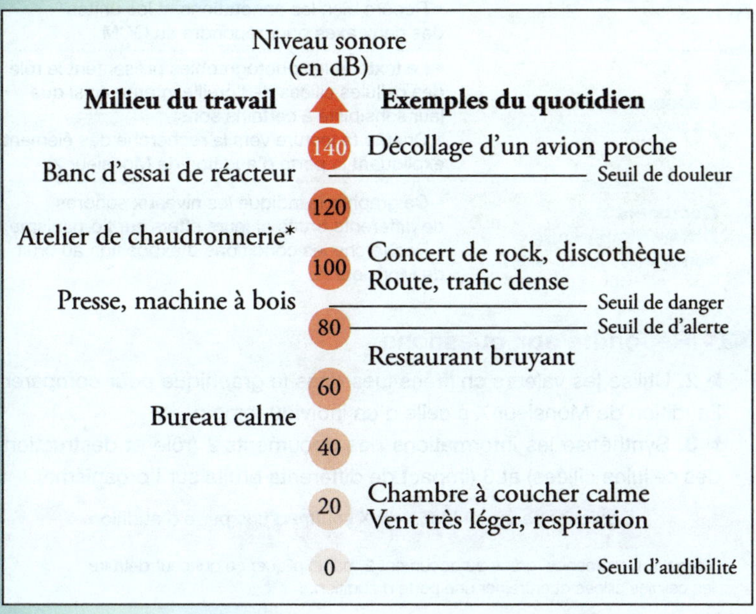

Source : INRS, ED 962

Les traumatismes sonores en milieu professionnel sont encore fréquents, surtout lorsque le port de casque anti-bruit n'a pas toujours été respecté. Les surdités professionnelles s'observent en milieu industriel bruyant. Pour un bruit dont l'intensité est supérieure à 85 dB, l'oreille est en danger. La dangerosité va dépendre aussi de la durée d'exposition.

* Chaudronnerie : industrie travaillant le métal.

▶ **3.** Utiliser les informations des documents 2 et 3 pour expliquer pourquoi monsieur X, travaillant dans une chaudronnerie sans avoir toujours porté son casque anti-bruit, a aujourd'hui une perte d'audition.

LES CLÉS DU SUJET

Comprendre les documents

Document 1 • Tests d'audition	• Cet audiogramme permet de connaître la perte d'audition d'individus en fonction de la fréquence des sons écoutés. • Repère bien les annotations et les unités des deux axes pour répondre au QCM.
Document 2 • La perception du son	• Le texte et les photographies présentent le rôle des cellules ciliées de l'oreille interne ainsi que leur sensibilité à certains sons. • Oriente ta lecture vers la recherche des éléments expliquant la perte d'audition de Monsieur X.
Document 3 • Différents niveaux sonores et leurs effets	• Ce graphique indique les niveaux sonores de différents bruits et leurs effets sur l'organisme. • Recherche les conditions d'exposition au bruit de Monsieur X.

Répondre aux questions

▶ **2.** Utilise les valeurs chiffrées lues dans le graphique pour comparer l'audition de Monsieur X à celle d'un individu témoin.

▶ **3.** Synthétise les informations des documents 2 (rôle et destruction des cellules ciliées) et 3 (impact de différents bruits sur l'organisme).

Expliquer pourquoi Monsieur X souffre d'une perte d'audition

Étape 1. Commence, grâce au document 2, par expliquer ce qui peut détruire les cellules ciliées et entraîner une perte d'audition.

Étape 2. Rappelle les conditions de travail de Monsieur X et ses risques d'exposition au bruit à l'aide du document 3.

Étape 3. Déduis-en l'origine de la perte d'audition de Monsieur X.

28 CORRIGÉ GUIDÉ

▶ **1. a)** Le graphique du document 1 représente la perte d'audition en fonction de la fréquence des sons.

b) Pour une fréquence de 1 000 Hz, un individu témoin de 60 ans a une perte d'audition égale à environ 20 dB.

c) À 60 ans, la perte d'audition chez un individu témoin est plus importante pour les sons aigus que pour les sons graves.

▶ **2.** Pour les sons graves avec une fréquence de 125 à 500 Hz, les deux courbes sont similaires, monsieur X et le témoin du même âge ont des pertes d'audition de l'ordre de 20 dB.
De 500 Hz à 2 000 Hz, monsieur X a une perte importante jusqu'à 50 dB alors que celle du témoin ne varie pas nettement.

> **CONSEIL**
> Compare séparément les pertes d'audition de 125 à 500 Hz, puis pour des fréquences de 500 à 4 000 Hz.

Pour les sons aigus de 2 000 à 4 000 Hz, la perte d'audition de monsieur X atteint 80 dB et celle du témoin seulement 55 dB.

Monsieur X a une perte importante et anormale de l'audition des sons aigus, son audition pour les sons graves est normale pour son âge.

▶ **3.** Monsieur X, travaillant dans une chaudronnerie sans avoir toujours porté son casque anti-bruit, a aujourd'hui une perte d'audition des sons aigus.
D'après le document 2, les cellules ciliées présentes dans l'oreille interne permettent la création de messages nerveux auditifs lorsqu'elles sont stimulées par des vibrations sonores. Ces cellules nerveuses sont très sensibles et peuvent être détruites par un bruit intense et brutal, des sons trop aigus, ou une durée d'écoute prolongée à un niveau sonore supérieur à 85 dB.

> **CONSEIL**
> Note que monsieur X travaille dans une chaudronnerie afin de lire une information importante dans le document 3.

Une destruction des cellules ciliées sensibles aux sons aigus chez monsieur X peut expliquer sa perte d'audition.

Il est noté dans l'énoncé que monsieur X travaille dans une chaudronnerie et d'après le document 3, il y règne un bruit d'un niveau sonore de 100 dB ce qui est supérieur aux 85 dB pouvant entraîner une destruction des cellules ciliées.

Sans protection, telle qu'un casque anti-bruit, il a donc été exposé longuement à un niveau sonore trop important qui a détruit une partie de ses cellules ciliées.

Monsieur X souffre d'une surdité professionnelle. Il a été exposé à un niveau sonore trop élevé et prolongé dans son métier sans se protéger avec un casque anti-bruit, ses cellules ciliées ont été détruites et ne peuvent créer de message nerveux ce qui explique sa perte d'audition actuelle importante pour les sons aigus.

Stérilité et PMA

30 min
25 points

INTÉRÊT DU SUJET • Les connaissances sur la reproduction humaine permettent d'identifier les causes de stérilité d'un couple et de leur proposer des techniques de procréation médicalement assistée afin d'avoir des enfants.

Mme X ne prend plus de moyen de contraception depuis deux ans mais ne parvient pas à avoir d'enfant. Elle décide avec son conjoint de consulter une équipe médicale spécialisée. Les examens montrent que le conjoint de Mme X ne présente pas d'anomalie de fertilité.

DOCUMENT 1 Taux de fertilité féminin en fonction de l'âge

La fertilité désigne la capacité pour un individu à se reproduire et obtenir une descendance viable. On parle d'infertilité en cas de difficulté à avoir un enfant. Ce serait peut-être le cas de Mme X qui a 42 ans.

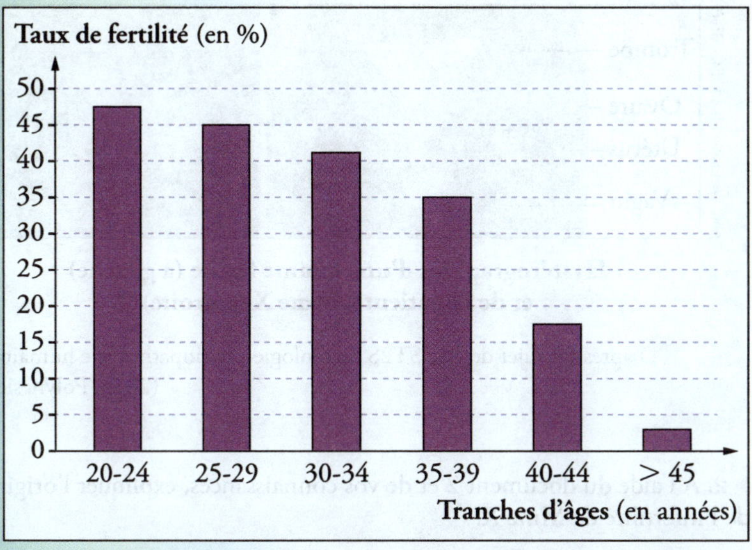

Taux de fertilité féminin en fonction des tranches d'âge

D'après *New England Journal of Medecine*, 2004

S'ENTRAÎNER

▶ **1.** En utilisant des données chiffrées significatives, décrire l'évolution du taux de fertilité féminin en fonction de l'âge et déterminer le taux de fertilité de Mme X.

DOCUMENT 2 **Examen radiographique de l'appareil reproducteur féminin**

L'hystérographie est un examen permettant de visualiser l'utérus et les trompes de Fallope grâce à un produit injecté dans l'utérus via une sonde. Le produit va se diffuser à partir de l'utérus jusqu'aux ovaires, en passant par les trompes.
Lorsque les trompes sont « bouchées », le produit utilisé lors de l'examen n'arrive pas jusqu'aux ovaires. Dans ce cas, les trompes et les ovaires ne sont pas visibles sur l'hystérographie.

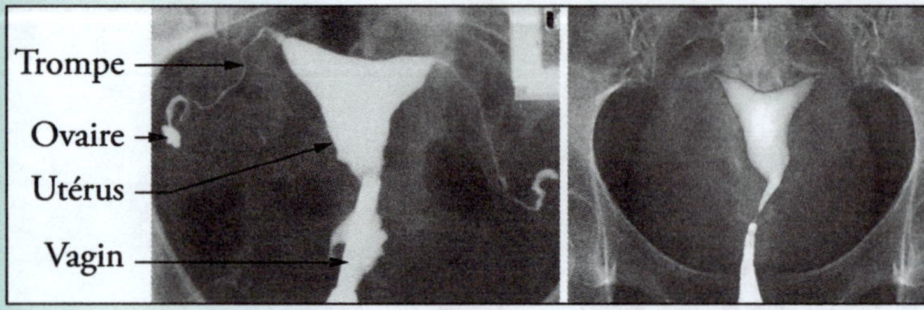

Hystérographies d'une femme fertile (à gauche) et de la patiente, Mme X (à droite)

D'après un sujet de Bac ST2S de biologie-physiopathologie humaine (2014, Polynésie)

▶ **2.** À l'aide du document 2 et de vos connaissances, expliquer l'origine de l'infertilité de Mme X.

DOCUMENT 3 **Définition : qu'est-ce que la PMA ?**

La procréation médicalement assistée (PMA), consiste à manipuler un ovule et/ou un spermatozoïde pour favoriser l'obtention d'une grossesse. Elle permet de résoudre certaines difficultés à concevoir, sans nécessairement traiter la cause de l'infertilité.

L'une des techniques de PMA est **l'insémination artificielle** qui consiste à introduire artificiellement le sperme du conjoint ou d'un donneur au niveau du col de l'utérus ou dans la cavité utérine de la femme pour aboutir à la fécondation d'un ovule.

Une autre technique de PMA est la **fécondation *in vitro*** **(FIV)**, qui consiste à recueillir ovules et spermatozoïdes, puis à procéder à une fécondation artificielle pour ensuite introduire le ou les embryons obtenus dans l'utérus de la femme.

En 2015, en France, 3,1 % des enfants sont nés grâce à une PMA, soit une naissance sur 32 environ. La recherche vise à améliorer les techniques utilisées de manière à augmenter les chances de succès de grossesse.

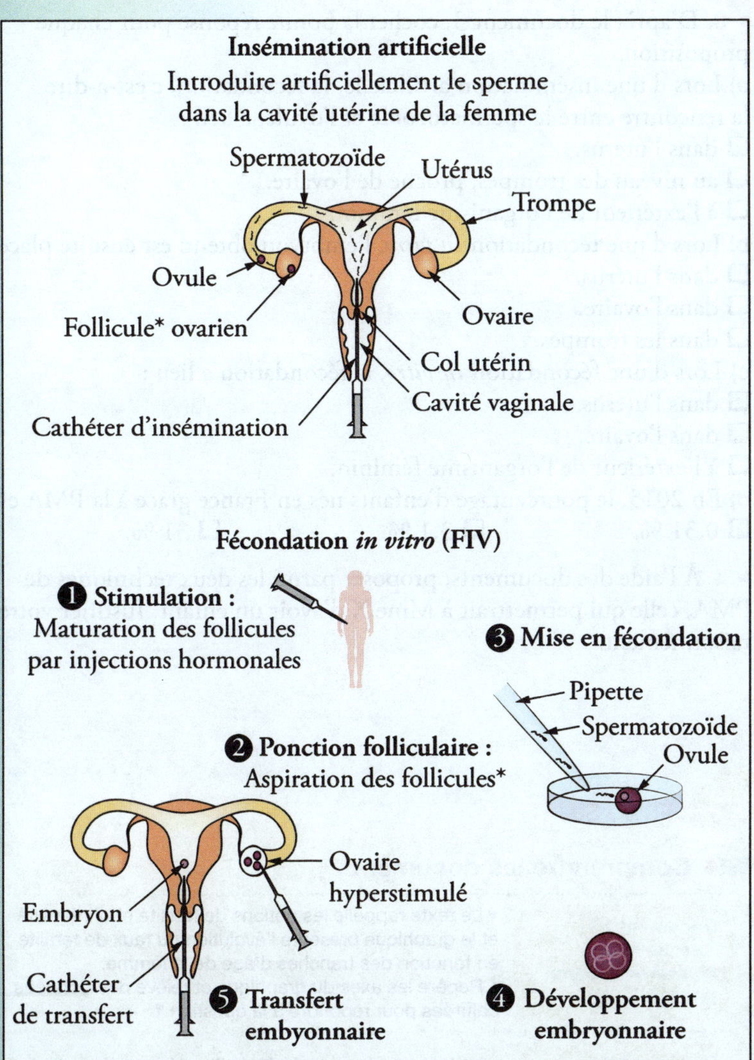

Schéma de deux méthodes de procréation médicalement assistée (PMA)

D'après www.publicsenat.fr

*Follicule : structure contenant l'ovule.

▶ **3.** D'après le document 3, cocher la bonne réponse pour chaque proposition.

a) Lors d'une insémination artificielle, la fécondation, c'est-à-dire la rencontre entre le spermatozoïde et l'ovule, a lieu :
❑ dans l'utérus.
❑ au niveau des trompes, proche de l'ovaire.
❑ à l'extérieur de l'organisme féminin.

b) Lors d'une fécondation *in vitro*, l'embryon obtenu est ensuite placé :
❑ dans l'utérus.
❑ dans l'ovaire.
❑ dans les trompes.

c) Lors d'une fécondation *in vitro*, la fécondation a lieu :
❑ dans l'utérus.
❑ dans l'ovaire.
❑ à l'extérieur de l'organisme féminin.

d) En 2015, le pourcentage d'enfants nés en France grâce à la PMA est :
❑ 0,31 %. ❑ 3,1 %. ❑ 31 %.

▶ **4.** À l'aide des documents, proposer parmi les deux techniques de PMA, celle qui permettrait à Mme X d'avoir un enfant. Justifier votre raisonnement.

LES CLÉS DU SUJET

Comprendre les documents

Document 1 • Taux de fertilité féminin en fonction de l'âge	• Le texte rappelle les notions de fertilité et d'infertilité et le graphique présente l'évolution du taux de fertilité en fonction des tranches d'âge de la femme. • Repère les axes du graphique et relève des données chiffrées pour répondre à la question **1**.
Document 2 • Examen de l'appareil reproducteur féminin	• Le texte explique l'intérêt de l'hystérographie, dont on voit ensuite les images dans le cas d'une femme fertile et dans le cas de Mme X. • Compare les deux hystérographies afin d'identifier l'anomalie que présente Mme X.
Document 3 • La PMA	• Le texte et les schémas décrivent deux techniques de PMA : l'insémination artificielle et la FIV. • Recherche les différences entre les deux techniques afin de répondre à la question **3.**

Répondre aux questions

Coups de pouce

▶ **1.** Dans le graphique, repère des valeurs significatives montrant la façon dont la fertilité féminine évolue avec l'âge. Celui de Mme X est donné dans le texte.

▶ **2.** Compare l'hystérographie de Mme X à celle d'une femme fertile afin de mettre en évidence son anomalie puis, à l'aide de tes connaissances, déduis-en la raison de son infertilité.

▶ **3.** Les informations nécessaires à la résolution du QCM sont présentes dans le texte du document 3. Elles sont aussi illustrées dans le schéma des deux méthodes, qui t'aidera à mieux visualiser les différentes étapes et leurs localisations.

Aide à la résolution de la question 4

Proposer la technique de PMA qui aiderait Mme X à avoir un enfant

Étape 1. Montre l'intérêt de l'insémination artificielle.

Étape 2. Montre l'intérêt de la fécondation *in vitro*.

Étape 3. Reprends le cas de Mme X et justifie l'utilisation de l'une de ces deux méthodes pour l'aider à avoir un enfant.

S'ENTRAÎNER

29 CORRIGÉ GUIDÉ

▶ **1.** • D'après le graphique présentant le taux de fertilité féminin en fonction des tranches d'âges, il est d'environ 47 % entre 20 et 24 ans et diminue lentement pour atteindre 35 % entre 35 et 39 ans. Le taux de fertilité chute ensuite brutalement à partir de 40 ans : il est d'environ 17 % entre 40 et 44 ans et à près de 2 % au-delà de 45 ans.

• Le taux de fertilité diminue au cours de la vie de la femme avec une brusque chute à partir de 40 ans et une fertilité presque nulle après 45 ans.

• Mme X est âgée de 42 ans, elle se situe dans la tranche d'âge 40-44 ans ; elle a donc un taux de fertilité d'environ 17 %.

▶ **2.** • L'hystérographie permet de visualiser l'utérus, les trompes de Fallope et leur jonction avec les ovaires. On injecte un produit opaque aux rayons X et visible en blanc sur les clichés radiologiques.

• On peut alors déterminer le trajet du produit et s'il atteint normalement les ovaires ou non. Lorsque le produit n'est pas visible au niveau des trompes et des ovaires, cela signifie que les trompes sont bouchées.

• La comparaison de l'hystérographie de Mme X à celle d'une femme fertile montre que les ovaires et les trompes n'apparaissent pas sur le cliché de Mme X. Le produit ne diffuse donc pas normalement, elle a sans doute les deux trompes bouchées.

• Les trompes permettent aux spermatozoïdes de remonter jusqu'à l'ovule et c'est dans leur tiers supérieur qu'a lieu la fécondation. Comme Mme X a les trompes bouchées, il ne peut y avoir fécondation. C'est probablement la cause de son infertilité.

▶ **3. a)** Lors d'une insémination artificielle, la fécondation (rencontre entre le spermatozoïde et l'ovule) a lieu au niveau des trompes, proche de l'ovaire.

b) Lors d'une fécondation *in vitro*, l'embryon obtenu est ensuite placé dans l'utérus.

c) Lors d'une fécondation *in vitro*, la fécondation a lieu à l'extérieur de l'organisme féminin.

d) En 2015, le pourcentage d'enfants nés en France grâce à la PMA est 3,1 %.

▶ **4.** • Les trompes bouchées de Mme X la rendent infertile, nous cherchons à savoir quelle technique de PMA – insémination artificielle ou FIV – serait la plus adaptée pour qu'elle puisse avoir un enfant.

• La technique d'insémination artificielle permet de faciliter le trajet des spermatozoïdes en déposant le sperme dans l'utérus, soit au-delà du principal obstacle qui est le col de l'utérus. Les spermatozoïdes effectuent ensuite la fécondation dans l'une des trompes.

• La fécondation *in vitro* consiste à recueillir des ovules et des spermatozoïdes chez le couple et à procéder à une fécondation artificielle en dehors du corps de la femme (dans une boîte de Petri) pour ensuite introduire le ou les embryons obtenus dans son utérus afin de permettre la grossesse.

• L'infertilité de Mme X est due à l'obstruction de ses trompes (= ses trompes bouchées), c'est donc la rencontre de l'ovule et des spermatozoïdes qui est impossible car les spermatozoïdes ne peuvent pas remonter jusqu'à l'ovule pour le féconder. La technique à utiliser doit permettre la fécondation sans cet accès naturel des spermatozoïdes à l'ovule.

• L'insémination artificielle, qui consiste à déposer les spermatozoïdes dans l'utérus, ne permet pas de surmonter ce problème puisque les spermatozoïdes ne pourront toujours pas accéder à l'ovule.

• En revanche, la FIV, en permettant la rencontre de l'ovule et des spermatozoïdes *in vitro*, répond au problème.

• La technique de PMA qui aiderait Mme X à avoir un enfant est donc la fécondation *in vitro* suivie de l'implantation des embryons *in utero* (= dans l'utérus) car elle permet la fécondation même si les trompes sont bouchées.

INFO +
Dans le cas de Mme X, âgée de 42 ans, la stimulation ovarienne qui fait partie du protocole de la FIV permet de pallier la faible production d'ovules liée à son âge, ce qui augmente aussi ses chances d'avoir un enfant.

Les micro-organismes

30 min
25 points

INTÉRÊT DU SUJET • Des micro-organismes variés peuplent notre environnement et même notre organisme. Certains sont pathogènes et provoquent des maladies, d'autres sont bénéfiques, comme ceux qui constituent le microbiote.

DOCUMENT 1 Les trois types de micro-organismes existant dans l'environnement

Virus du chikungunya	*Escherichia coli*	*Saccharomyces cerevisiae*
Virus transmis à l'humain par des moustiques du genre *Aedes*. Il provoque de violentes fièvres, des douleurs articulaires, des vomissements, des diarrhées et des maux de tête.	Bactérie qui vit à la surface de la peau, au niveau des follicules des cheveux et de la muqueuse de l'intestin. Elle est présente naturellement sur l'épiderme, mais peut provoquer des diarrhées et des infections urinaires si elle franchit la barrière intestinale.	Cette levure est un champignon très répandu dans la nature qui sert à la fabrication du pain, de la bière et du vin. Contrairement à d'autres champignons, celui-ci n'est pas pathogène.
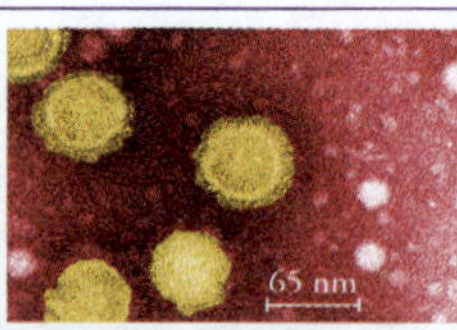 ph © Science Photo Library / O. Schwartz, M. Sourisseau, MC. Prevost, Institut Pasteur	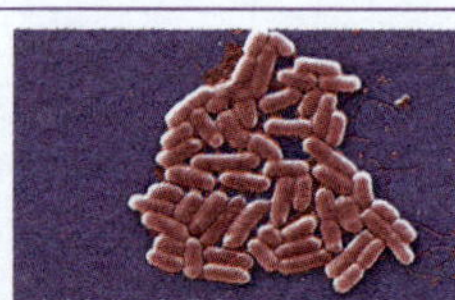 ph © Janice Haney Carr / CDC	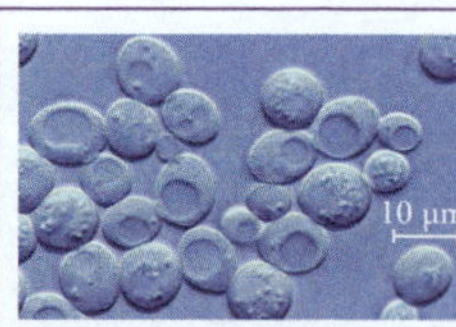 ph © Hervé Conge / ISM

D'après www.wikipédia.org

▶ **1.** À l'aide du document 1, construire un tableau en comparant les trois micro-organismes présentés. Le tableau indiquera le nom, le type de micro-organismes, et précisera s'ils sont pathogènes (= qui provoque une maladie).

Les scientifiques ont découvert que notre microbiote intestinal (= ensemble des micro-organismes présents dans notre intestin) renferme plus de 2 kg de bactéries, et pourtant nous ne sommes pas malades !

DOCUMENT 2 **Schéma bilan « Le microbiote intestinal et la santé »**

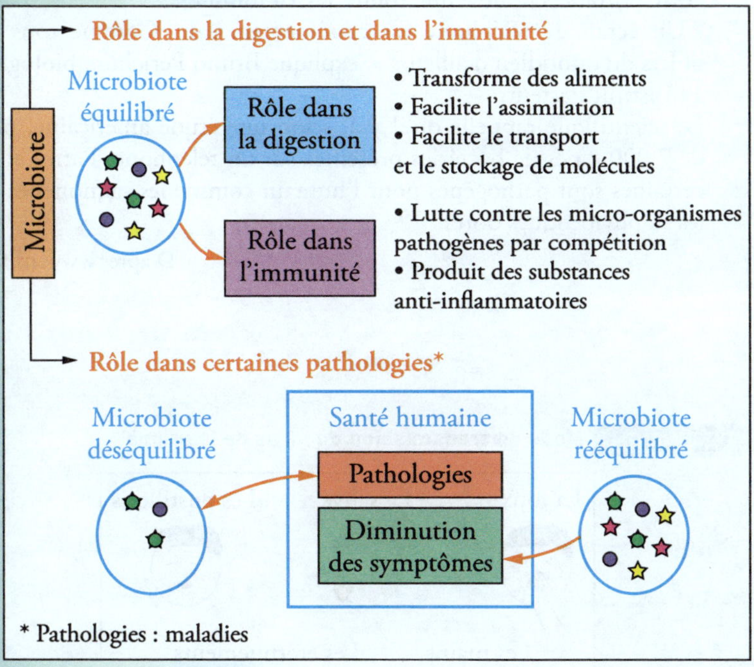

D'après www.svtice-hatier.fr

▶ **2.** À l'aide du document 2, citer les trois rôles d'un microbiote et expliquer le rôle de chacun.

Le 5 mai 2015, à l'occasion de la Journée mondiale de l'hygiène des mains, une grande entreprise de restauration française a lancé une campagne de sensibilisation au lavage des mains, avec pour slogan : « Se laver les mains, c'est prendre soin de soi et des autres. »

DOCUMENT 3 **Interview d'un biologiste de l'Institut Pasteur**

Plus de 7 000 types de bactéries collées au téléphone !

Un téléphone portable contient plus de bactéries qu'une poignée dans un bus ou qu'une cuvette de toilettes. Pourtant, vous touchez votre portable en moyenne toutes les 10 minutes.

« Un écran de téléphone est extrêmement sale. Comme tous les objets du quotidien d'ailleurs », explique Bruno Périchon, biologiste à l'Institut Pasteur.

Le scientifique rappelle qu'il y a, selon une étude américaine, plus de 7 000 types de bactéries présentes sur un téléphone. Parmi elles, certaines sont pathogènes pour l'humain comme les salmonelles ou les staphylocoques dorés.

D'après www.rtbf.be

DOCUMENT 4 **Mode de transmission du virus de la grippe**

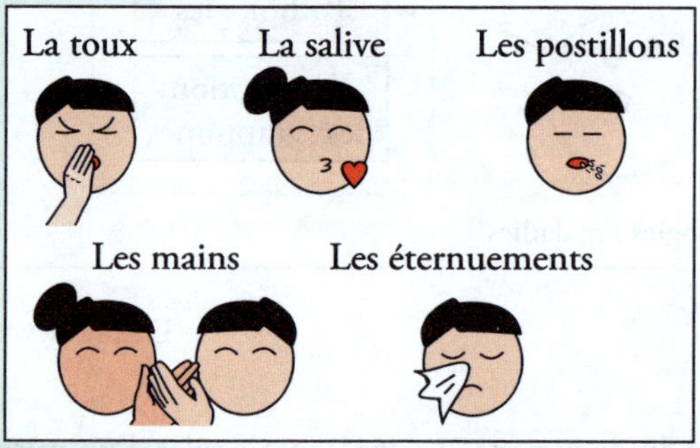

D'après www.lelivrescolaire.fr

▶ **3.** À l'aide des documents 3 et 4, trouver deux arguments pour expliquer le slogan « Se laver les mains, c'est prendre soin de soi et des autres. »

En formation aux premiers secours, les élèves du collège ont appris à reconnaître une plaie simple et les gestes à adopter pour soigner la blessure.

DOCUMENT 5 **Évolution d'une plaie au cours du temps, avec ou sans antiseptique**

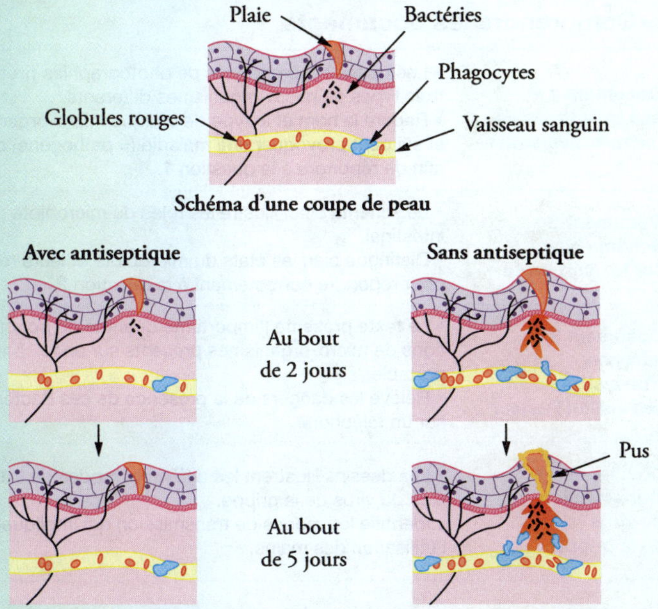

▶ **4.** À l'aide du document 5, citer trois conséquences possibles si on ne désinfecte pas une plaie.

DOCUMENT 6 **Rôle et étapes d'utilisation d'un antiseptique au niveau d'une plaie**

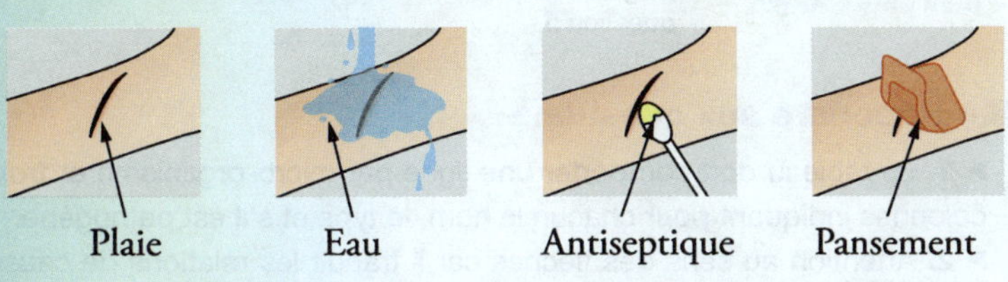

Un antiseptique est un produit qui permet de supprimer ou de limiter le développement des micro-organismes dans une plaie.

D'après wikihow.com

▶ **5.** À l'aide du document 6, citer les bons gestes à adopter pour soigner une plaie.

LES CLÉS DU SUJET

Comprendre les documents

Document 1 • Les trois types de micro-organismes	• Les textes accompagnés de photographies présentent trois types de micro-organismes différents. • Repère le nom et le type de chaque micro-organisme et s'il peut provoquer une maladie (= pathogène) ou non afin de répondre à la question **1**.
Document 2 • Schéma bilan sur le microbiote	• Le schéma bilan illustre les rôles du microbiote intestinal. • Distingue bien les états du microbiote et leurs rôles pour répondre correctement à la question **2**.
Document 3 • Interview d'un biologiste de l'Institut Pasteur	• Le texte présente l'importante quantité de populations de micro-organismes présents sur un téléphone portable. • Relève les dangers de la présence de ces bactéries sur un téléphone.
Document 4 • Transmission du virus de la grippe	• Les dessins illustrent les différents modes de transmission du virus de la grippe. • Identifie les modes de transmission qui impliquent l'utilisation des mains.
Document 5 • Évolution d'une plaie au cours du temps	• Les schémas légendés présentent l'évolution d'une plaie avec ou sans traitement antiseptique. • Pour la question **4**, cherche les différences entre les deux cas.
Document 6 • Rôle et étapes d'utilisation d'un antiseptique	• Les schémas illustrent les étapes à suivre pour désinfecter correctement une plaie à l'aide d'un antiseptique. • Note la chronologie des actions à effectuer afin de soigner une plaie, ceci te permettra de répondre à la question **5**.

Répondre aux questions

▶ **1.** Le tableau doit comporter une ligne par micro-organisme et trois colonnes indiquant pour chacun le nom, le type et s'il est pathogène.

▶ **2.** Attention au sens des flèches car il traduit les relations de cause à effet.

▶ **4.** Compare l'évolution de la plaie avec et sans antiseptique afin de montrer les conséquences d'une absence de traitement désinfectant.

30 CORRIGÉ GUIDÉ

▶ **1.** Tableau de comparaison des trois micro-organismes présentés

Nom du micro-organisme	Type de micro-organisme	Micro-organisme pathogène ou non
Virus du chikungunya	Virus	Oui
Escherichia coli	Bactérie	Oui
Saccharomyces cerevisiae	Levure	Non

▶ **2.** • Le microbiote intestinal renferme plus de deux kilos de bactéries qui nous sont bénéfiques en tenant plusieurs rôles.

• Un rôle dans la digestion :

– en transformant les aliments puis en permettant leur passage dans le sang (assimilation) ;

– en facilitant le transport et le stockage des molécules dans notre corps.

La digestion est ainsi améliorée.

• Un rôle dans l'immunité :

– en étant en compétition dans le tube digestif avec les micro-organismes pathogènes ;

– en produisant des substances anti-inflammatoires.

L'immunité est alors augmentée.

• Le microbiote intestinal a aussi un rôle de diminution des symptômes de certaines pathologies lorsqu'il est équilibré. Son déséquilibre peut entraîner des pathologies mais, inversement, certaines pathologies peuvent entraîner son déséquilibre. Le fait de le rééquilibrer dans ce cas permet de diminuer les symptômes de la maladie.

> **À NOTER**
> La relation entre les bactéries et l'humain est à bénéfices réciproques, chacun en tire des avantages, on parle de symbiose.

▶ **3.** • Le document 3 indique que de nombreuses bactéries sont présentes sur un téléphone portable et le document 4 illustre les modes de transmission du virus de la grippe. Bactéries et virus sont potentiellement pathogènes : limiter leur propagation permet de prendre soin de soi et des autres.

• Nous touchons de nombreux objets potentiellement porteurs de micro-organismes pathogènes comme notre portable qui abrite plus de 7 000 types de bactéries et que nous touchons en moyenne toutes les 10 minutes.

• Certains micro-organismes présents sur un portable comme les salmonelles ou les staphylocoques dorés sont pathogènes et peuvent être transférés sur nos mains. Se laver les mains permet d'éliminer ces micro-organismes pathogènes et donc de nous protéger d'une infection.

• D'après le document 4, la transmission des virus entre deux humains peut se faire par les mains. Les laver et éliminer les micro-organismes pathogènes présents permet de protéger les autres quand nous les touchons car il n'y aura plus de transmission.

• « se laver les mains, c'est prendre soin de soi et des autres », car en nous lavant les mains, nous nous protégeons, mais nous protégeons aussi les autres de risques de maladies en éliminant les micro-organismes pathogènes.

▶ **4.** • En comparant les schémas du devenir de la plaie avec et sans traitement antiseptique, on peut montrer l'importance de celui-ci et les conséquences possibles si on ne désinfecte pas une plaie.

• Sans désinfection, il y a :

– tout d'abord multiplication des bactéries car elles ne sont pas supprimées par l'antiseptique ;

– puis migration des phagocytes (cellules immunitaires) du sang vers la plaie, ce qui entraîne un gonflement au niveau de la plaie et l'apparition de pus. Il y a alors mise en œuvre de la réaction immunitaire inflammatoire.

▶ **5.** Les bons gestes à adopter pour soigner une plaie sont, dans l'ordre :

– nettoyer la plaie à l'eau pour enlever une partie des micro-organismes et des saletés potentielles ;

– nettoyer la plaie avec un antiseptique afin de détruire les micro-organismes restants ou limiter leur développement ;

– recouvrir la plaie d'un pansement afin de limiter les contacts avec l'environnement et de potentielles entrées de nouveaux micro-organismes au niveau de la plaie.

Échographie

30 min
25 points

INTÉRÊT DU SUJET • Ce sujet permet de travailler sur l'appropriation d'un cahier des charges et sur l'association de solutions techniques à des fonctions.

L'échographie est une technologie d'imagerie 2D qui permet de visualiser certaines parties du corps humain, non visibles à l'œil nu.
Un constructeur d'échographes souhaite intégrer une transmission des résultats d'une vidéo de l'échographie en haute définition (HD). Afin de garantir une bonne disponibilité de cet appareil, il est nécessaire d'améliorer l'autonomie de la batterie et d'indiquer l'état de sa charge électrique.

DOCUMENT 1 **Principe de fonctionnement d'un échographe portable**

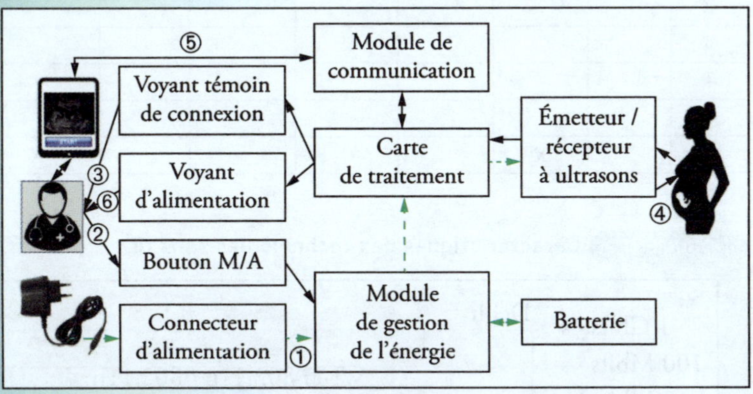

Diagramme simplifié des blocs internes

Lorsque le médecin appuie sur le bouton marche/arrêt (flèche ②), la carte de traitement est alimentée. Un voyant témoin de connexion avec la tablette est allumé (flèche ③).
La consigne de début et de fin d'acquisition des images, ainsi que sa visualisation, se font sur la tablette tactile. La tablette transmet les consignes (flèche ⑤) au module de communication qui les transmet à la carte de traitement.

La carte de traitement alimente l'émetteur à ultrasons en énergie électrique. L'émetteur à ultrasons convertit l'énergie électrique en signal sonore (flèche ④) qui se propage au sein du corps du patient. L'écho du signal sonore est capté par le récepteur qui le convertit en signal électrique transmis à la carte de traitement puis au module de communication. Celui-ci renvoie les résultats du traitement (flèche ⑤) à la tablette pour l'affichage des images.

▶ **1.** À l'aide du document 1 qui décrit le principe de fonctionnement d'un échographe ainsi que les flux (information et énergie) représentés par les flèches, compléter le tableau ci-dessous en mettant, pour chaque flèche numérotée, une croix pour identifier la nature et le type de flux de chaque liaison. *(6 points)*

Lien	**Nature de l'interaction**					**Type de flux**	
Flèche	Signal sonore	Signal lumineux	Courant électrique	Ondes radio (sans fil)	Consigne utilisateur	Flux d'énergie	Flux d'information
①							
②							
③							
④							
⑤							
⑥		X					X

DOCUMENT 2 **Caractéristiques des technologies sans fil**

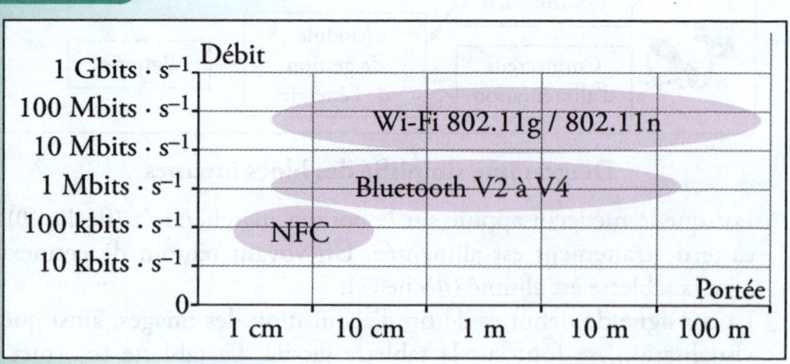

Comparaison de trois normes de connectivité sans fil

Débits nécessaires pour une transmission :
- d'une image d'échographie en 1 s → 128 kbits · s^{-1} (kilobits par seconde) ;
- d'une vidéo d'échographie haute définition → 10 Mbits · s^{-1} (mégabits par seconde).

▶ **2.** Pour une transmission de vidéo en HD, il est nécessaire d'adapter la solution technique pour le module de communication.

À l'aide des données du document 2, choisir la solution technique que le constructeur doit intégrer au nouvel appareil et argumenter la réponse en précisant le ou les critères de choix. *(5 points)*

▶ **3.** Afin de répondre aux exigences du cahier des charges, le constructeur remplace la batterie utilisée de type Ni-Cd par une batterie de type Li-ion.

DOCUMENT 3 **Caractéristiques des batteries**

Critère	Type de batterie			
	Plomb	Ni-Cd	Ni-Mh	Li-ion
Rapport énergie stockée/masse	40 Wh · kg^{-1}	60 Wh · kg^{-1}	85 Wh · kg^{-1}	170 Wh · kg^{-1}
Prix pour 1 Wh	0,15 €	0,60 €	0,65 €	0,70 €
Source de pollution	Élevée	Élevée	Faible	Faible
Durée de vie (ans)	4 à 5	2 à 3	2 à 4	2 à 3

À l'aide du document 3, préciser les exigences qui ont été déterminantes dans le choix du constructeur. Argumenter la réponse. *(6 points)*

▶ **4.** Pour informer l'utilisateur sur l'état de charge de la batterie, le constructeur étudie la possibilité d'intégrer un module d'information et de gestion de la charge au sein de l'appareil.

DOCUMENT 4 **Gestion de la charge de la batterie**

Un module de gestion gère la charge de la batterie et communique les informations suivantes à la carte de traitement :

- charge en cours – état vrai ou faux ;
- batterie déchargée – état vrai ou faux ;
- batterie chargée – état vrai ou faux.

L'information de l'utilisateur est réalisée à l'aide d'une LED tricolore respectant le principe de fonctionnement suivant.

En permanence :

- lorsque la batterie est en charge, la LED clignote en orange (1 s allumée, 1 s éteinte) ;
- lorsque la batterie est en charge et qu'elle a atteint son niveau chargé, la LED s'allume en vert ;
- si la batterie est déchargée, la LED s'éclaire en rouge.

À l'aide du document 4, compléter ci-dessous la modélisation du programme de gestion du voyant d'alimentation de l'appareil d'échographie.

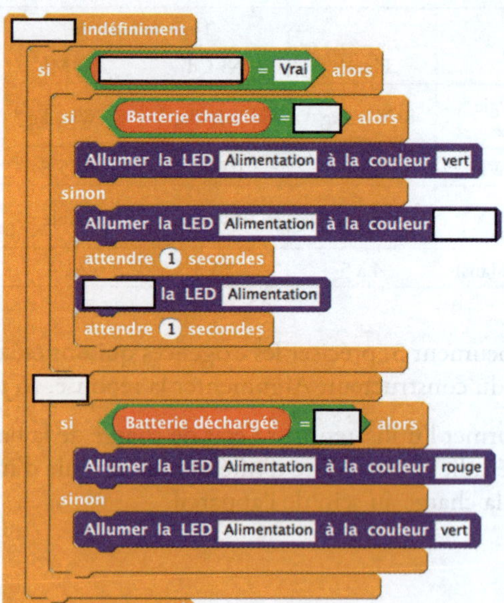

LES CLÉS DU SUJET

Question 1

Comprendre le document 1

• Le document 1 décrit le fonctionnement de l'échographie.

• Observe bien les flèches dans ce document : les flèches vertes sont utilisées pour illustrer les flux d'énergie et les flèches noires pour les flux d'informations.

Répondre à la question

Appuie-toi sur l'exemple donné pour la ligne ⑥ : coche dans le tableau une case par ligne (de ① à ⑤) dans la partie « Nature de l'interaction » et une case par ligne dans la partie « Type de flux ».

Question 2

Comprendre le document 2

Le document 2 est une comparaison, sous forme de graphique, de trois technologies de transmission de l'information.

Répondre à la question

• Indique quelle technologie de transmission utiliser et donne ses avantages par rapport aux deux autres.

• Repère, dans l'introduction de la question **2**, ce que l'on souhaite transmettre. Associe ensuite cette information à celles données dans le graphique, en t'aidant des indications à la fin du document.

Question 3

Comprendre le document 3

Le document 3 est une comparaison, sous forme de tableau, de quatre types de batterie.

Répondre à la question

Identifie tous les avantages des batteries Li-ion par rapport aux batteries Ni-Cd notamment, en comparant les deux colonnes relatives à ces batteries.

Question 4

Comprendre le document 4

Le document 4 est la description de la charge d'une batterie sous forme d'algorithme.

■ **Répondre à la question**

• Le programme est à compléter en traduisant l'algorithme.

• Pour cela, repère des éléments de l'algorithme déjà présents dans le programme. Par exemple, l'information du document 4 « lorsque la batterie est en charge et qu'elle atteint son niveau chargé, la LED s'allume en vert » se traduit, dans l'algorithme par :

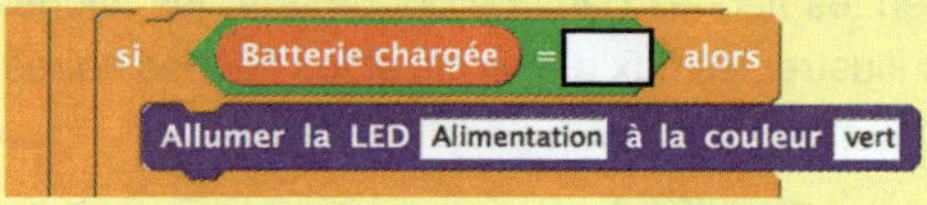

31 CORRIGÉ GUIDÉ

▶ **1.**

Lien	Nature de l'interaction					Type de flux	
Flèche	Signal sonore	Signal lumineux	Courant électrique	Ondes radio (sans fil)	Consigne utilisateur	Flux d'énergie	Flux d'information
①			X			X	
②					X		X
③		X					X
④	X						X
⑤				X			X
⑥		X					X

▶ **2.** Le constructeur d'échographes souhaite intégrer une transmission des résultats d'une vidéo de l'échographie en haute définition. Pour cela, le débit nécessaire pour la transmission est de 10 Mbits · s^{-1}.
Le Wi-Fi est la seule technologie de transmission sans fil, présent sur le document 2, à répondre à cette attente, le débit des technologies Bluetooth et NFC est insuffisant.

De plus, le Wi-Fi a une portée plus importante.

▶ **3.** Afin de garantir une bonne disponibilité de l'échographe, le constructeur veut améliorer l'autonomie de la batterie.

Parmi les quatre types de batterie proposés dans le document 3, la batterie Li-ion est celle qui a le rapport énergie stockée/masse le plus élevé. Donc, à poids égal, elle permettra à l'échographe de fonctionner environ trois fois plus longtemps.

De plus, ce type de batterie est moins polluant que les batteries Ni-Cd précédemment utilisées.

Ces avantages sont obtenus pour un coût à peine plus élevé, celui-ci est donc négligeable quant à l'avantage d'autonomie.

Enfin, la durée de vie des batteries Li-ion est identique à celle des batteries Ni-Cd.

▶ **4.**

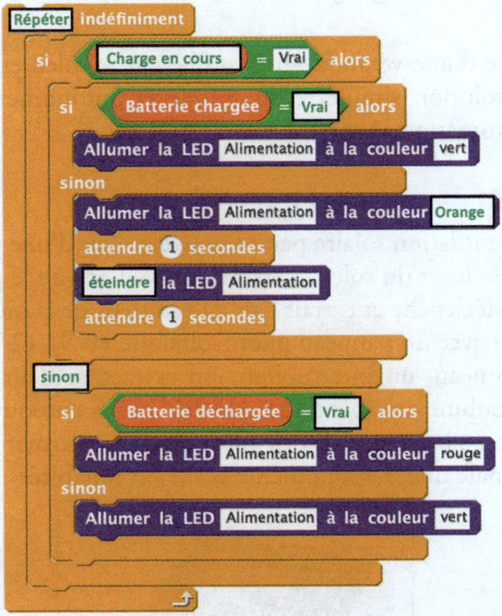

Système de ventilation autonome pour une véranda

30 min
25 points

INTÉRÊT DU SUJET • Ce sujet permet de travailler sur les fonctions d'un objet, le choix de solutions techniques et sur la programmation sous forme d'algorigramme.

Le propriétaire d'une véranda, surchauffée par le soleil en été, souhaite trouver une solution simple, économique et autonome pour ventiler cette pièce automatiquement.

DOCUMENT 1

Ce kit de ventilation solaire peut renouveler l'air d'une pièce en autonomie dès le lever du soleil. Lorsque le soleil éclaire le panneau, l'extracteur se déclenche et extrait l'air à l'extérieur de la pièce.
Il est fourni avec un panneau photovoltaïque 10 W-12 V, un support pour le panneau, un interrupteur, un extracteur d'air 160 m^3/h en 12 V, une bobine de câble électrique de 4 m. Sa consommation est de 0,45 A. Il est silencieux, 100 % autonome et il permet de ventiler de façon optimale une maison, même si elle est inhabitée.

© Sellande

sellande.fr

▶ **1.** Compléter le descriptif du kit puis cocher sa fonction d'usage parmi les trois propositions. (*6 points*)

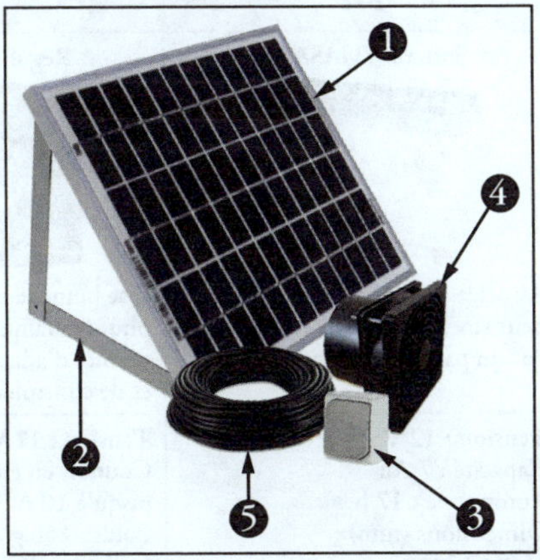

Rep.	Désignation	Fonction
1	....	Alimenter en courant électrique
2	Support	....
3	....	Allumer ou éteindre le système
4	Extracteur 160 m³/h en 12 V	....
5	....	Distribuer le courant électrique

Fonction d'usage :

❑ Le kit de ventilation sert à renouveler l'air de façon autonome.

❑ Le kit de ventilation, quand il est usé, doit être déposé dans une filière de recyclage.

❑ Le kit de ventilation fonctionne grâce à un panneau photovoltaïque.

▶ **2.** On veut ajouter deux fonctions supplémentaires FS1 et FS2 au kit.

DOCUMENT 2 Extrait du cahier des charges du kit de ventilation avec régulation

	Fonction	Critères	Niveaux de performance
FS1	Stocker l'énergie	– Tension – Autonomie – Dimensions (mm)	– 12 volts – 12 h minimum – 140 × 100 × 100 maximum
FS2	Réguler l'alimentation électrique du système	– Tension – Courant d'entrée (panneau) – Courant de sortie (extracteur)	– 12 volts – Supporter au moins 2 A – Supporter au moins 0,5 A

Pour ces deux fonctions, une solution technique a été choisie :

	FS1	FS2
Descriptif	Batterie YUASA 7A 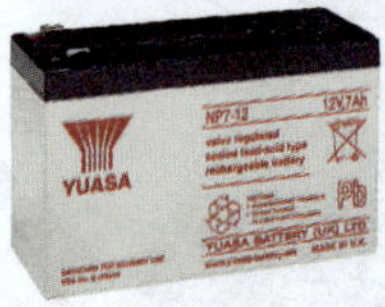 © Yuasa Associée à un régulateur, elle peut stocker l'énergie produite par un panneau photovoltaïque.	Régulateur Solsum 6.6  © Steca Il se branche entre le panneau photovoltaïque et la batterie ; il permet d'adapter la tension fournie et de contrôler le niveau de la charge.
Caractéristiques	Tension : 12 V Capacité : 7 Ah Autonomie : 17 h Dimensions (mm) : 151 × 65 × 98	Tension : 12 V à 24 V Courant en entrée et en sortie : jusqu'à 10 A Poids : 150 g DEL témoin de charge

Toutes les caractéristiques de la batterie et du régulateur répondent-elles aux exigences du cahier des charges ? Justifier la réponse. (*3 points*)

▶ **3.** Dans les endroits chauds, il est conseillé d'avoir une capacité de ventilation du triple du volume de la pièce à ventiler afin de changer d'air plusieurs fois par jour. Sachant que la véranda mesure 3 m en longueur, 5 m de largeur et 2,5 m de hauteur, quel est son volume ? Cocher la bonne réponse et justifier (calcul). (*2 points*)

❑ 11,25 m^3 ❑ 37,5 m^3 ❑ 43,31 m^3

▶ **4.** Sachant que l'extracteur d'air peut extraire 160 m^3/h d'air, est-il capable d'extraire le triple du volume de la véranda ? Cocher la bonne réponse et justifier (calcul). (*2 points*)

❑ Oui ❑ Non

▶ **5.** À l'aide du document 3, compléter la représentation de la chaîne d'information et de la chaîne d'énergie (page XX) avec les termes suivants (*8 points*) :

communiquer ; acquérir ; batterie ; transmettre ; alimenter ; extracteur ; distribuer ; traiter

DOCUMENT 3 **Schéma et principe de fonctionnement**

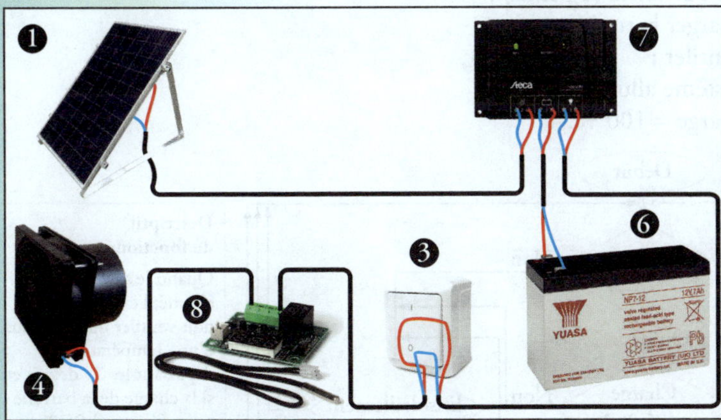

Ph © Solaris ; Yuasa ; Steca ; Popova Olga/ stock.adobe.com ; Ytian ; Sellande

La batterie (6) et le panneau photovoltaïque sont branchés sur le régulateur (7). Celui-ci charge la batterie le jour, jusqu'à sa valeur maximale à partir de laquelle le régulateur coupe la charge.

L'interrupteur (3) et le commutateur de température (8) sont branchés en série entre la sortie du régulateur et l'extracteur (le commutateur de température (8) permet de régler l'allumage en fonction de la température).

Pour que l'extracteur fonctionne, il faut que :

– la batterie soit assez chargée ;
– l'interrupteur soit fermé ;
– la température dépasse la valeur affichée, réglée par l'utilisateur.

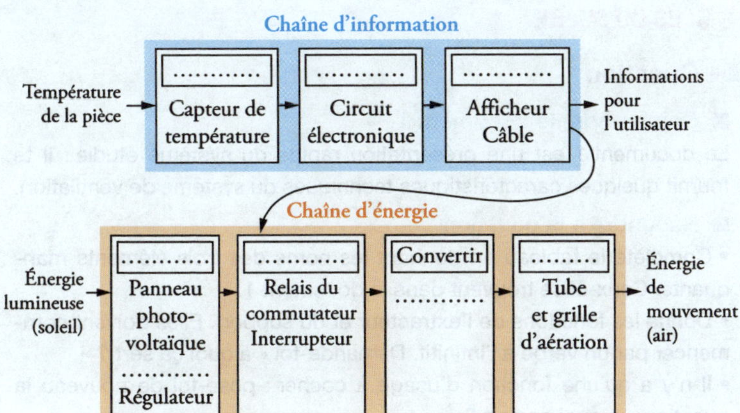

▶ **6.** Compléter l'algorigramme de fonctionnement avec les informations suivantes (*4 points*) :
– charger batterie ;
– ventiler ;
– système allumé ?
– charge = 100 %.

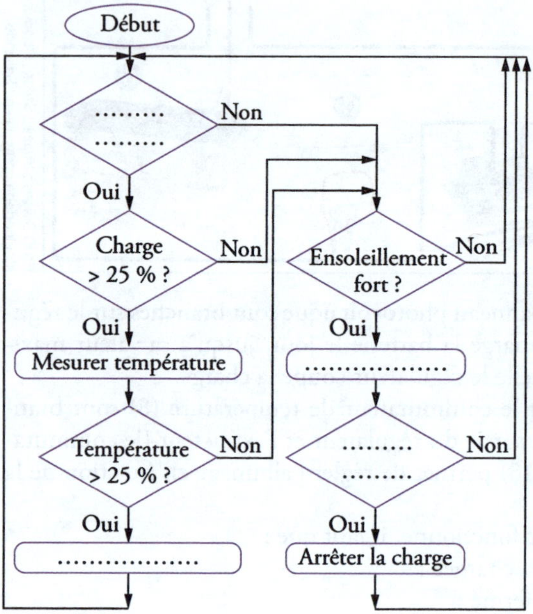

Descriptif du fonctionnement

Quand le système est allumé, l'extracteur ne doit ventiler qu'au-dessus d'une température dépassant les 25 degrés et si la charge de la batterie est supérieure à 25 %.

En dessous de cette température, si l'ensoleillement est fort, le panneau photovoltaïque doit recharger la batterie ; une fois celle-ci chargée, on arrête la charge.

LES CLÉS DU SUJET

Question 1

Comprendre le document 1

Le document 1 est une présentation rapide du système étudié : il te fournit quelques caractéristiques techniques du système de ventilation.

Répondre à la question

• Complète le tableau en donnant les noms des trois éléments manquants. Ceux-ci se trouvent dans le document 1.

• Donne les fonctions de l'extracteur et du support. Elles doivent commencer par un verbe à l'infinitif. Demande-toi « à quoi ça sert ? ».

• Il n'y a qu'une fonction d'usage à cocher : pose-toi de nouveau la question « à quoi ça sert ? ».

Question 2

Comprendre les documents

• Le document 2 correspond au cahier des charges, c'est-à-dire aux exigences, pour deux fonctions du système de ventilation. Ce tableau se lit horizontalement.

• Le tableau suivant correspond aux solutions techniques choisies pour chacune des deux fonctions. Il se lit verticalement.

Répondre à la question

Compare les niveaux de performance attendus pour FS1 et FS2 avec les solutions techniques choisies. Prends le temps de bien comparer ces données avant de dire si elles correspondent ou non aux exigences du cahier des charges. Justifie tes réponses, chiffre à l'appui.

Question 3

Calcule le volume de la véranda à partir des données fournies.

Question 4

Multiplie par 3 le volume de la véranda et compare ton résultat à la capacité d'extraction de l'extracteur d'air.

Question 5

Comprendre le document 3

• Le document 3 est un schéma de fonctionnement accompagné d'une description du principe de fonctionnement. Il te permet de repérer les liens entre les éléments.

• Certains noms d'éléments n'apparaissent ni sur le schéma ni dans le texte, mais sont inscrits dans la consigne. Tu peux essayer de repérer l'image à laquelle chaque élément de la consigne correspond.

Répondre à la question

• Commence par identifier les cases dans lesquelles il faut écrire des noms de composants et celles correspondant aux fonctions.

• Associe les fonctions aux composants en te posant la question « à quoi ce composant sert-il ? ».

• Ne t'attarde pas sur un composant si tu ne trouves pas la réponse : passe au suivant.

Question 6

Comprendre l'algorigramme

Le premier paragraphe du descriptif du fonctionnement correspond à la colonne de gauche de l'algorigramme. Le second paragraphe correspond à la colonne de droite.

Répondre à la question

Surligne les éléments que tu retrouves dans le texte du descriptif et dans l'algorigramme. Cela t'aidera à retrouver la position des informations à placer.

32 CORRIGÉ GUIDÉ

▶ **1.**

Rep.	Désignation	Fonction
1	Panneau photovoltaïque	Alimenter en courant électrique
2	Support	Soutenir le panneau photovoltaïque
3	Interrupteur	Allumer ou éteindre le système
4	Extracteur 160 m^3/h en 12 V	Extraire l'air vers l'extérieur de la pièce
5	Câble électrique	Distribuer le courant électrique

La fonction d'usage est « le kit de ventilation sert à renouveler l'air de façon autonome ».

▶ **2.** La batterie YUASA 7A ne répond pas aux exigences du cahier des charges : elle a une longueur de 151 mm, alors qu'elle ne peut faire que 140 mm pour correspondre au cahier des charges.

Le régulateur Solsum 6.6 répond aux exigences du cahier des charges, il peut fonctionner avec une tension de 12 V et peut supporter 2 A en entrée et 0,5 A en sortie.

▶ **3.** On calcule le volume de la véranda :

volume = $3 \times 5 \times 2{,}5 = 15 \times 2{,}5 = 37{,}5$

Le volume de la véranda est de 37,5 m^3.

▶ **4.** On calcule le triple du volume de la véranda :

volume $\times 3 = 37{,}5 \times 3 = 112{,}5$ m^3

160 m^3 est plus important que 112,5 m^3, donc l'extracteur d'air peut extraire le triple du volume de la véranda.

▶ 5.

CONSEIL
Repère les éléments qui sont liés dans le document 3.

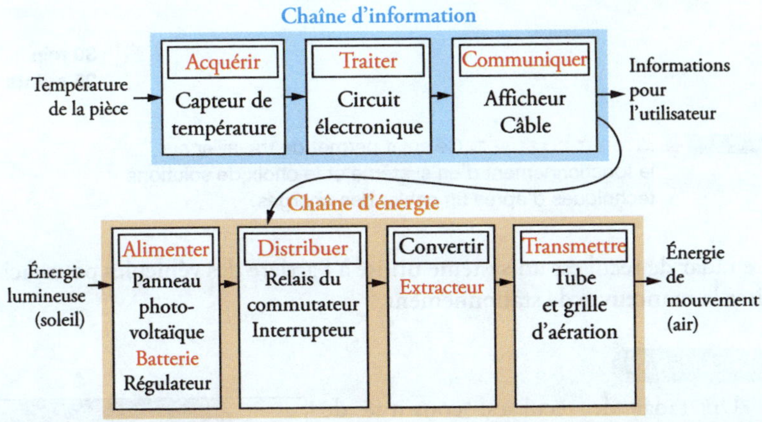

▶ 6.

INFO+
Utilise uniquement les termes donnés dans le sujet.

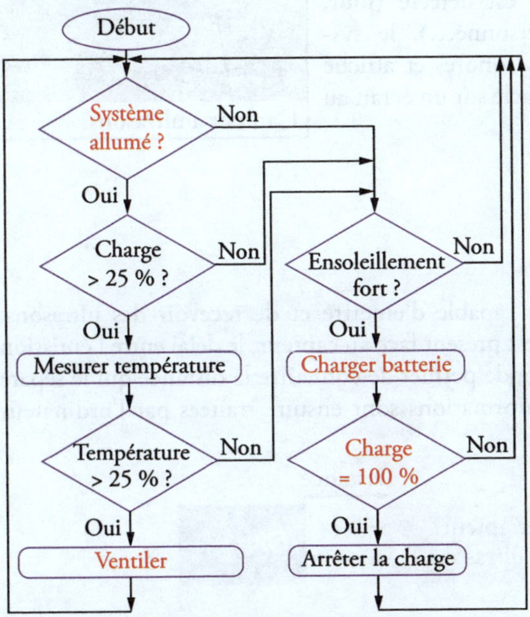

S'ENTRAÎNER

Aide au stationnement

30 min
25 points

INTÉRÊT DU SUJET• Ce sujet permet de travailler sur le fonctionnement d'un système et le choix de solutions techniques d'après un cahier des charges.

Le radar de recul est un système utilisé à l'arrière des véhicules pour faciliter la manœuvre de stationnement.

DOCUMENT 1

Un radar de recul est constitué de quatre capteurs à ultrasons positionnés sur le pare-chocs du véhicule. Lorsqu'un obstacle est détecté (mur, véhicule, arbre, personne…), le système émet des bips sonores et affiche la position de l'obstacle sur un écran au tableau de bord.

Capteur à ultrasons

DOCUMENT 2

Chaque capteur est capable d'émettre et de recevoir des ultrasons. Lorsqu'un obstacle est présent face au capteur, le délai entre l'émission et la réception de l'onde permet de connaître la distance qui le sépare de l'obstacle. Les informations sont ensuite traitées par l'ordinateur de bord.

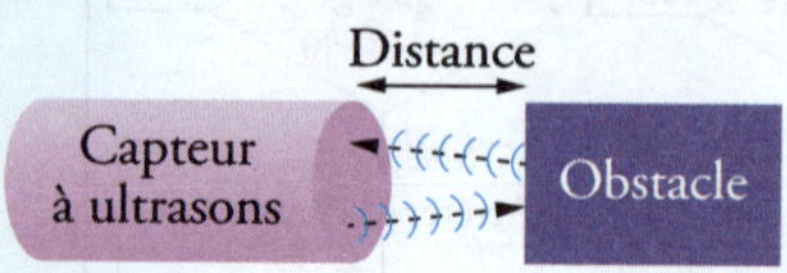

DOCUMENT 3

L'affichage au tableau de bord s'active lorsque la distance avec l'obstacle est inférieure ou égale à 2 m. Des voyants verts apparaissent, puis orange, puis rouges au fur et à mesure que le véhicule se rapproche de l'obstacle. Ils sont accompagnés d'un signal sonore émis par un buzzer dont le rythme s'accélère lorsque la distance diminue.

Affichage du tableau de bord

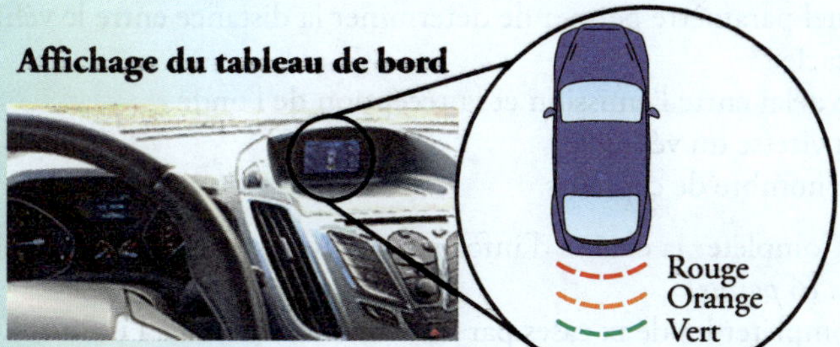

DOCUMENT 4 **Signaux visuels et sonores pour le conducteur**

Distance de l'obstacle (en mètres)	Couleur du voyant	Rythme du signal sonore (en secondes)
À partir de 2 m et jusqu'à 1 m	Voyant vert	Signal toutes les 0,5 s
Inférieure à 1 m et jusqu'à 0,50 m	Voyant orange	Signal toutes les 0,25 s
Inférieure à 0,50 m	Voyant rouge	Signal continu

▶ **1.** Donner la fonction d'usage du radar de recul. (Rédiger la réponse.) (*2 points*)

▶ **2.** Qu'est-ce qu'un capteur ? (Identifier puis cocher la bonne définition). (*2 points*)

❑ Un élément permettant d'avertir par un signal sonore.
❑ Un élément capable de prélever une information.
❑ Un élément pouvant transformer un mouvement.
❑ Un élément permettant d'alimenter en énergie.

S'ENTRAÎNER

▶ **3.** *(3 points)*

a) Compléter les deux affirmations ci-dessous concernant le capteur à ultrasons en utilisant les mots : **court** et **long**.

– Plus la distance est petite, plus le délai émission/réception de l'onde est …

– Plus la distance est grande, plus le délai émission/réception de l'onde est …

b) Quel paramètre permet de déterminer la distance entre le véhicule et l'obstacle ?

❑ Le délai entre l'émission et la réception de l'onde.
❑ La vitesse du véhicule.
❑ Le nombre de capteurs.

▶ **4.** Compléter la chaîne d'information du système d'aide au stationnement. *(6 points)*

a) Compléter les deux cases par une fonction (verbe à l'infinitif).

b) Replacer les solutions techniques sur les pointillés :

Buzzer / Capteur à ultrasons / Écran avec voyants / Ordinateur de bord

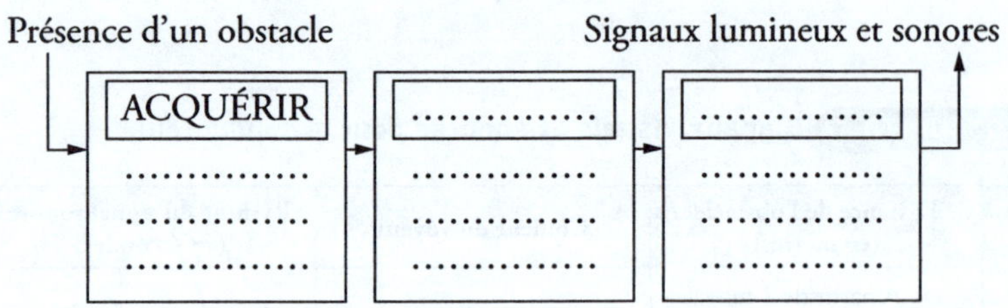

▶ **5.** Pour le bon fonctionnement du système, le capteur à ultrasons doit avoir un temps de réponse inférieur à 500 ms et doit capter un obstacle à partir de 2 m de distance.

DOCUMENT 5 Différents modèles de capteurs à ultrasons

	Capteur à ultrasons Modèle A	Capteur à ultrasons Modèle B	Capteur à ultrasons Modèle C
Détection entre :	8 m et 0,1 m	0,6 m et 0,065 m	2 m et 0,2 m
Temps de réponse	240 ms	64 ms	530 ms
Diamètre	35 mm	65 mm	30 mm

À partir du document 5, choisir le capteur le plus approprié et justifier le choix. (*4 points*)

▶ 6. À partir du document 4 et du document 6, compléter les huit cases blanches de ce programme lié au fonctionnement du radar de recul (les distances sont en mètres). (*8 points*)

DOCUMENT 6 **Système de codage informatique des couleurs**

Les couleurs sont notées « RVB » pour le système de codage informatique.
Code couleur RVB pour le **Vert** : (rouge 0 ; vert 255 ; bleu 0)
Code couleur RVB pour le **Rouge** : (rouge 255 ; vert 0 ; bleu 0)
Code couleur RVB pour le **Orange** : (rouge 255 ; vert 150 ; bleu 20)

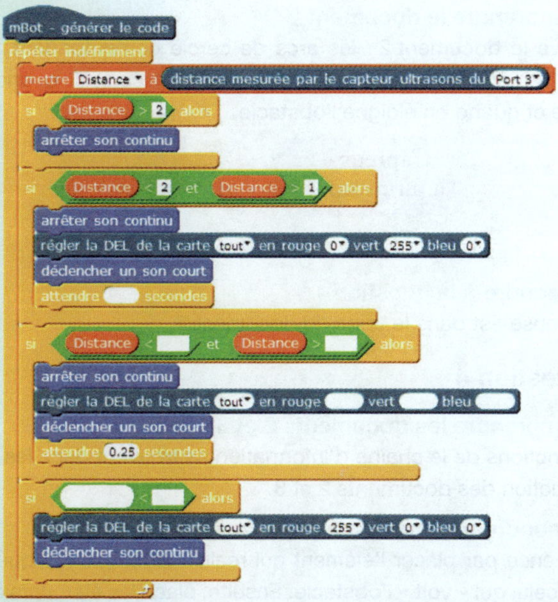

LES CLÉS DU SUJET

Question 1

La réponse à la question se trouve dans le texte introductif. Pose-toi la question « à quoi ça sert ? ».

Question 2

Avant de répondre, demande-toi si c'est bien le capteur qui réalise l'action décrite : est-ce le capteur qui avertit par un signal sonore ? etc.

Question 3

■ Comprendre le document 2

Observe le document 2 : les arcs de cercle correspondent aux ultrasons. Demande-toi comment se comportent ceux-ci quand on rapproche et quand on éloigne l'obstacle.

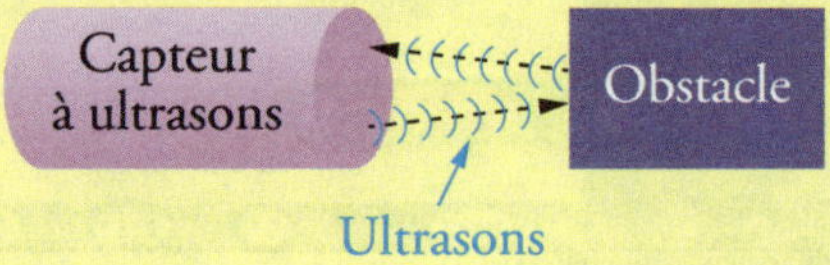

■ Répondre à la question

La réponse est dans le texte du document 2.

Question 4

■ Comprendre les documents 2 et 3

Les fonctions de la chaîne d'information se trouvent dans les textes en introduction des documents 2 et 3.

■ Répondre à la question

Commence par placer l'élément qui réalise la fonction acquérir, c'est-à-dire celui qui « voit » l'obstacle. Ensuite, place les éléments qui créent un signal lumineux ou sonore.

Question 5

■ Comprendre le document 5

Tu dois t'assurer que le capteur choisi respecte les deux contraintes données. Pour cela, il peut faire mieux (détecter plus vite ou plus loin), mais il ne doit pas faire moins bien.

■ Répondre à la question

Justifie ta réponse en mentionnant bien les deux contraintes.

Question 6

Comprendre les documents 4 et 6

• Relève les informations dans le document 4 au sujet des couleurs du voyant et des rythmes du signal sonore, en fonction de la distance de l'obstacle.

• Le document 6 donne le code informatique des trois couleurs du voyant. Tu peux rassembler toutes ces informations dans un tableau au brouillon.

• Dans le programme, repère les blocs qui correspondent aux différentes situations possibles.

Répondre à la question

Tu peux alors compléter les cases blanches du programme.

33 CORRIGÉ GUIDÉ

▶ **1.** La fonction d'usage du radar de recul est de faciliter la manœuvre de stationnement.

▶ **2.** Un capteur est un élément capable de prélever une information.

▶ **3. a)** Plus la distance est petite, plus le délai émission/réception de l'onde est court.

Plus la distance est grande, plus le délai émission/réception de l'onde est long.

b) Le paramètre qui permet de déterminer la distance entre le véhicule et l'obstacle est le délai entre l'émission et la réception de l'onde.

▶ **4.** Voici le schéma complété.

CONSEIL

Repère l'association du capteur avec l'obstacle puis la fonction de l'ordinateur de bord dans le document 2. Ensuite, repère les éléments qui sont associés dans le document 3, ils ont la même fonction.

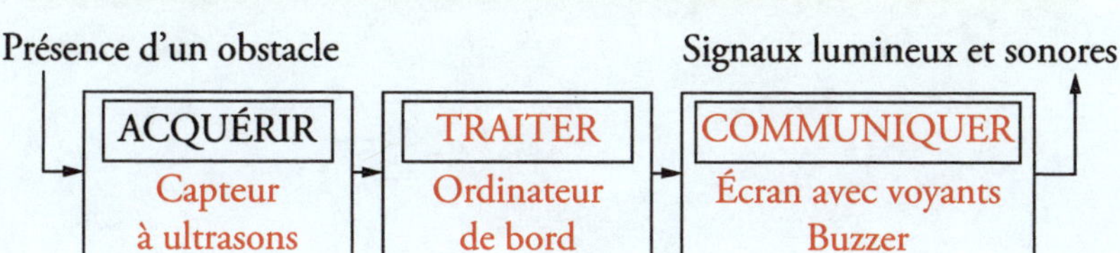

▶ **5.** Les capteurs à ultrasons des modèles A et C peuvent détecter un obstacle à partir de 2 m, même plus loin pour le modèle A.
Le temps de réponse du modèle A est inférieur à 500 ms, contrairement au modèle C.
Donc, il faut utiliser le capteur à ultrasons modèle A.

	Capteur à ultrasons Modèle A	Capteur à ultrasons Modèle B	Capteur à ultrasons Modèle C
Détection entre :	8 m et 0,1 m	0,6 m et 0,065 m	2 m et 0,2 m
Temps de réponse	240 ms	64 ms	530 ms
Diamètre	35 mm	65 mm	30 mm

▶ **6.**

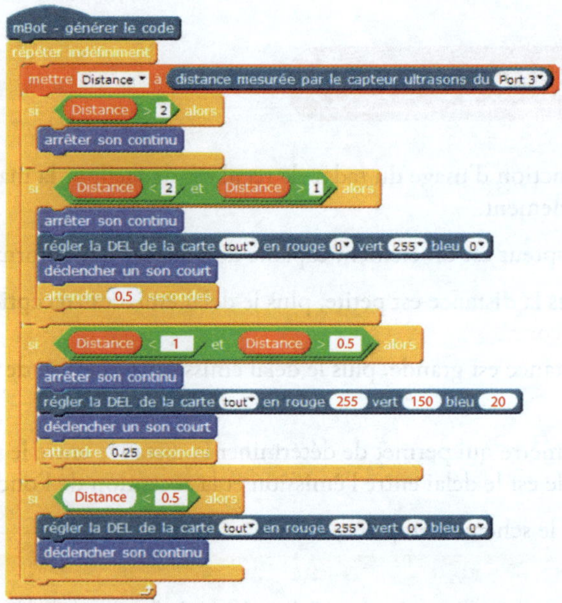

Utilisation d'un drone en agriculture

30 min
25 points

INTÉRÊT DU SUJET • Ce sujet a pour objectif de confirmer que des solutions techniques choisies permettent le bon fonctionnement d'un système.

Développer l'agriculture de précision

Au Mondial des fournisseurs de l'agriculture et de l'élevage, les drones ont une place de choix dans les allées du pôle innovation. Ces petits engins volants vont devenir des alliés précieux pour les agriculteurs qui souhaitent surveiller leurs champs à l'aide de caméras. En effet, pour l'agriculture, le drone permet :

- de repérer et reconnaître les plantes ;
- d'établir avec précision les besoins des plantations (eau, nutriments) ;
- de connaître rapidement les dommages sur une parcelle et leurs causes (gibier, dégât des eaux, sécheresse…).

DOCUMENT 1 Diagramme du contexte environnemental de AR.Drone

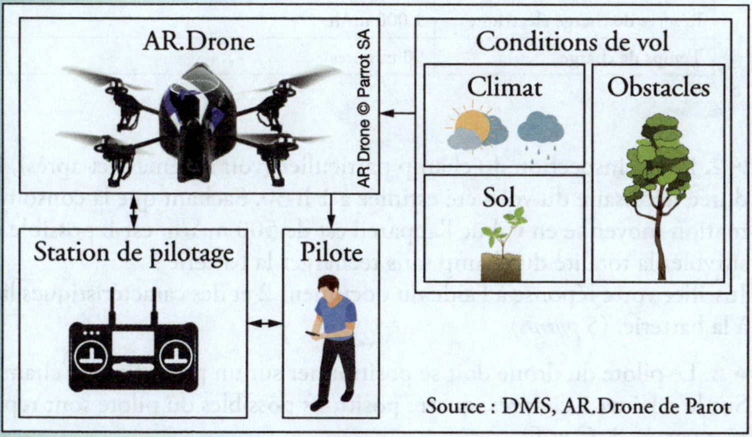

Source : DMS, AR.Drone de Parot

Ces survols rapides, moins chers et moins polluants que ceux d'un avion vont permettre d'améliorer les rendements des parcelles et de les protéger contre les aléas environnementaux. À terme, l'objectif est de pouvoir semer et traiter avec une précision qui permettra d'éviter le gaspillage en eau et en nutriment et également de réduire l'impact environnemental des pesticides.

Source : dronedecole.fr

▶ **1.** Expliquer pourquoi l'emploi des drones est un progrès pour l'agriculture. (*5 points*)

DOCUMENT 2

- **Communication**

Le Réseau Wi-Fi permet la communication sans fil du drone avec la station-sol.

Composant Wi-Fi	Chipset Atheros AR6102
Vitesse des données	1-54 Mbits/s
Distances de fonctionnement	• Jusqu'à 40 m à l'intérieur d'un bâtiment ; • jusqu'à 180 m en extérieur.

- **Batterie Li-Po.**

Batterie embarquée sur l'AR.Drone fournissant l'énergie nécessaire au fonctionnement des moteurs, l'intelligence et les communications avec la station de pilotage.

Type	Lythium polymère
Tension	11,1 V
Réserve de charge électrique	1 000 mAh
Temps de charge	90 minutes

▶ **2.** Pour l'inspection du champ particulier (voir schéma 1 ci-après), la durée nécessaire du vol a été estimée à 1 h 30. Sachant que la consommation moyenne en vol de l'appareil est de 500 mA/h, est-il possible de survoler la totalité du champ sans recharger la batterie ?
Justifier votre réponse à l'aide du document 2 et des caractéristiques liées à la batterie. (*5 points*)

▶ **3.** Le pilote du drone doit se positionner sur un point fixe du champ. Sur le schéma 1 ci-après, quatre positions possibles du pilote sont repérées par A, B, C et D.

Indiquer la (ou les) position(s) du pilote qui permet(tent) de respecter la distance de fonctionnement pour la communication avec le drone. Justifier votre réponse à l'aide du document 2 et des caractéristiques liées au mode de communication entre l'appareil en vol et le pilote. (*6 points*)

Schéma 1 du champ, échelle = 1:4 800

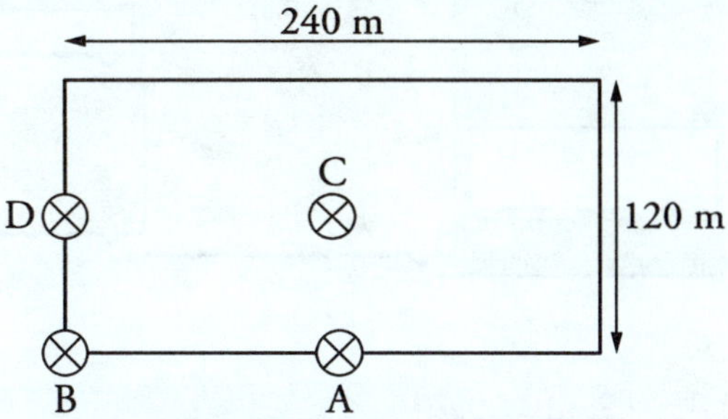

▶ **4.** Compléter les rectangles de la chaîne d'information relative à l'altitude avec les verbes suivants : traiter, acquérir, communiquer. (*3 points*)

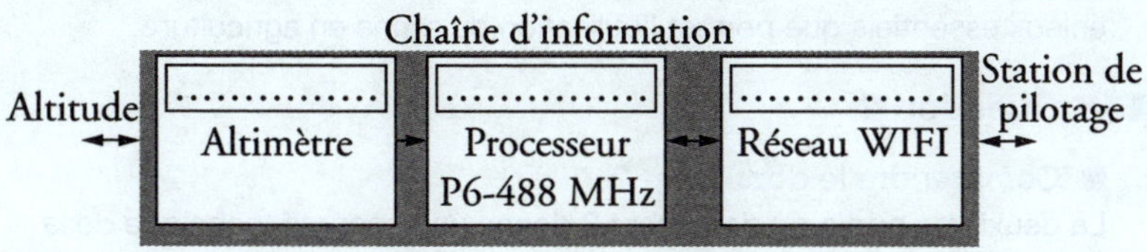

▶ **5.** Pour l'acquisition optimale des données utiles à l'activité agricole, l'altitude de l'appareil doit être comprise entre 15 et 20 mètres.

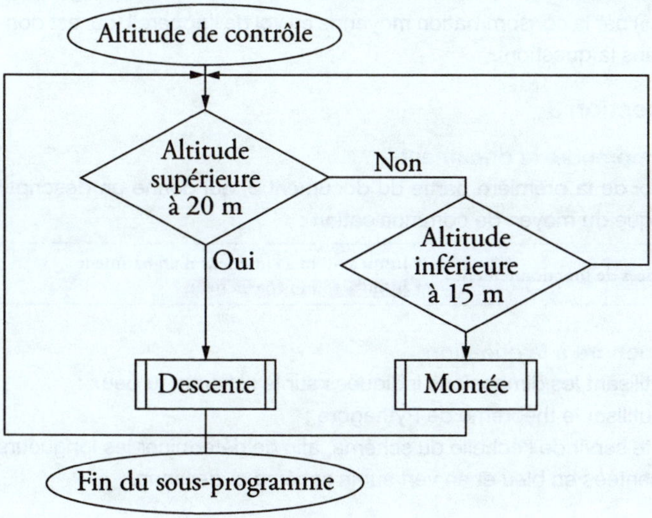

À l'aide de l'algorigramme permettant le contrôle de l'altitude du drone, compléter le sous-programme ci-dessous.

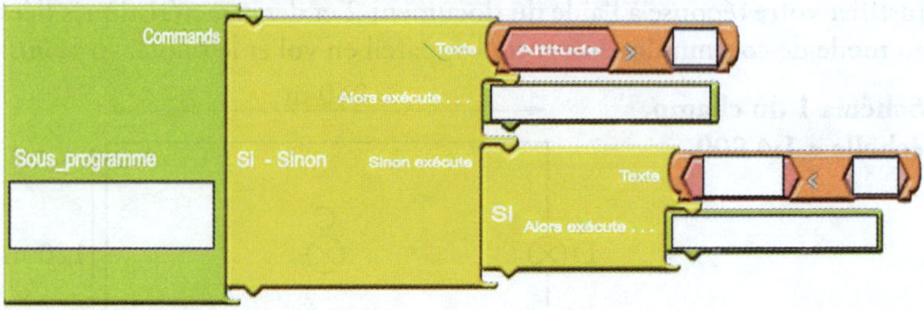

LES CLÉS DU SUJET

Question 1

Pour répondre de façon complète, cherche dans l'introduction les enjeux essentiels que permet l'utilisation du drone en agriculture.

Question 2

Comprendre le document 2

La deuxième partie du document 2 donne un descriptif technique de la batterie du drone.

Répondre à la question

Tu dois diviser la capacité de la batterie (« Réserve de charge électrique ») par la consommation moyenne en vol de l'appareil (qui est donnée dans la question).

Question 3

Comprendre le document 2

Sers-toi de la première partie du document 2, qui donne un descriptif technique du moyen de communication :

Distances de fonctionnement	• Jusqu'à 40 m à l'intérieur d'un bâtiment • Jusqu'à 180 m en extérieur.

Répondre à la question

• En utilisant les dimensions indiquées sur le schéma, tu peux :
– soit utiliser le théorème de Pythagore ;
– soit te servir de l'échelle du schéma, afin de déterminer les longueurs représentées en bleu et en vert sur le schéma ci-dessous.

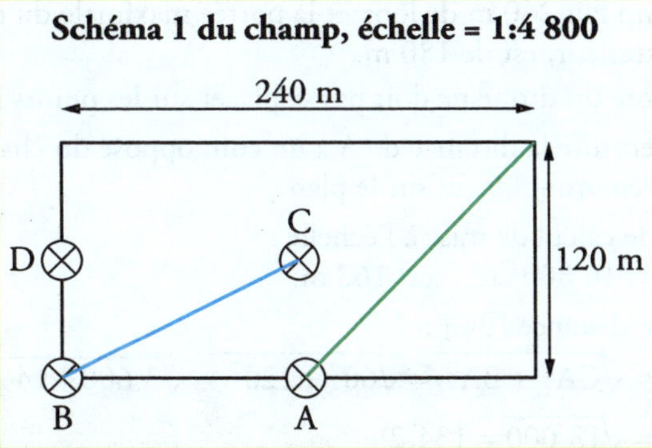

• N'oublie pas de justifier ta réponse.

Question 4

• Pour répondre, tu auras besoin de tes notions de cours relatifs à la chaîne d'information.

• La fonction « communiquer » est abordée dans le document 2 et à la question **3** : relis attentivement ces parties de l'énoncé.

Question 5

Traduis l'algorigramme en utilisant les éléments du programme.

S'ENTRAÎNER

34 CORRIGÉ GUIDÉ

▶ **1.** L'emploi des drones est un progrès pour l'agriculture, car il permet :
- de repérer et reconnaître les plantes ;
- d'établir les besoins des plantations (eau, nutriments) ;
- de connaître les dégâts et leurs causes ;
- d'améliorer le rendement des parcelles.

INFO +
N'hésite pas à utiliser les termes donnés dans les documents.

▶ **2.** La batterie du drone a la capacité de stocker 1 000 mAh.
Or, le drone a besoin de 500 mA pour fonctionner 1 h. Il doit pouvoir voler 2 h sans recharge $\left(\frac{1\,000}{500} = 2\right)$.

Donc le drone peut survoler la totalité du champ sans recharger car cela ne dure que 1 h 30.

▶ **3.** Le champ fait 240 m de long et la portée maximale du réseau Wi-Fi, en extérieur, est de 180 m.

Donc, le pilote du drone ne doit pas se placer sur les points B et D.

On mesure ensuite la distance de A à un coin opposé du champ. Cette distance fait environ 3,5 cm sur le plan.

On effectue le calcul de mise à l'échelle :
$3{,}5 \times 4\ 800 = 16\ 800$ cm , soit 168 m.

On calcule la distance [BC] :

$$BC = \sqrt{CA^2 + BA^2} = \sqrt{60^2 + 120^2} = \sqrt{3\ 600 + 14\ 400}$$
$$= \sqrt{18\ 000} = 134{,}2$$

Donc le pilote du drone peut se placer sur les points A et C (néanmoins, le point C est au milieu du champ, le pilote ne risque-t-il pas de détériorer les cultures ?).

▶ **4.**

▶ **5.**

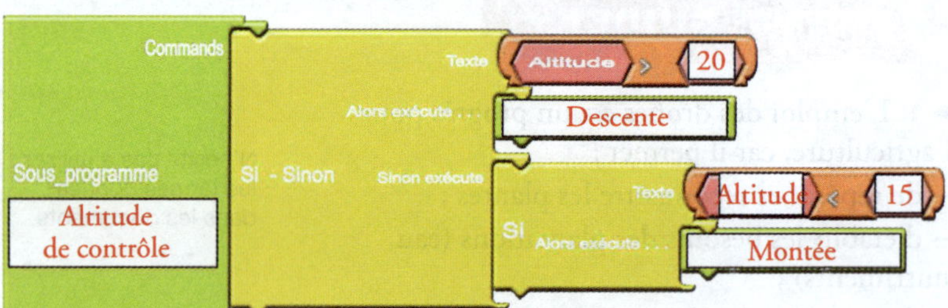

Test d'abrasion de gants de moto

30 min
25 points

INTÉRÊT DU SUJET • Ce sujet permet de travailler sur les notions de capteur et de signal à partir des résultats attendus à une expérience, pour ensuite améliorer le système.

Dans le sport mécanique, il existe une discipline qui regroupe les meilleurs pilotes moto sur une vingtaine de circuits à travers le monde : la « moto GP ». Les machines utilisées peuvent dépasser les 300 km/h !

Les pilotes professionnels sont munis d'un casque et de diverses protections (combinaison, gants, bottes…). Ces équipements doivent respecter une normalisation très stricte.

DOCUMENT 1 Extrait de tableau concernant la norme EN13594 pour les gants

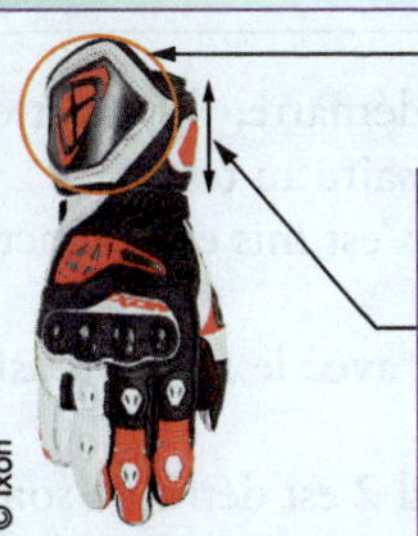

	Niveau 1 (usage pour les particuliers)	Niveau 2 (usage pour la compétition)
Résistance du système de fermeture du gant	⩾ 25 N	⩾ 50 N
Longueur de la manchette	⩾ 15 mm	⩾ 50 mm
Abrasion*	⩾ 4 secondes	⩾ 8 secondes
Résistance des coutures	⩾ 6 N/mm	⩾ 10 N/mm

* Le gant doit protéger la main si, en cas de chute, elle frotte sur la chaussée. Le test d'abrasion permet de mesurer la durée durant laquelle le gant protège la main.

▶ **1.** Des tests d'abrasion pour 4 modèles de gants ont donné les résultats suivants.

Gants 1 : 9,2 s Gants 2 : 7 s Gants 3 : 8 s Gants 4 : 5,3 s

Pour un usage en compétition, quels sont les gants que les pilotes peuvent utiliser ? Justifier votre réponse. (*5 points*)

DOCUMENT 2

La machine qui réalise les tests d'abrasion est schématisée ci-dessous. Un échantillon de matériau qui compose le gant est testé. Cet échantillon frotte sur un tapis en mouvement. La surface de ce tapis est abrasive. Le test consiste à chronométrer la durée nécessaire pour perforer l'échantillon de gant.

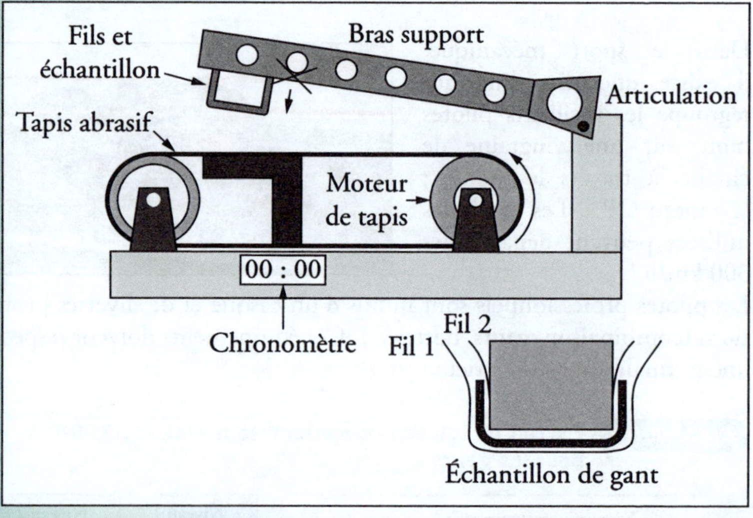

Lorsque le moteur d'entraînement du tapis démarre, il faut attendre 5 secondes pour qu'il atteigne la vitesse nécessaire au test.

Le bras support est alors libéré et l'échantillon est mis en contact avec le tapis.

Le fil 1 est détruit dès qu'il entre en contact avec le tapis abrasif. Le chronomètre est alors déclenché.

Dès que l'échantillon de gant est perforé, le fil 2 est détruit à son tour ce qui stoppe le chronomètre.

▶ **2.** Compléter l'algorigramme ci-dessous. (*8 points*)

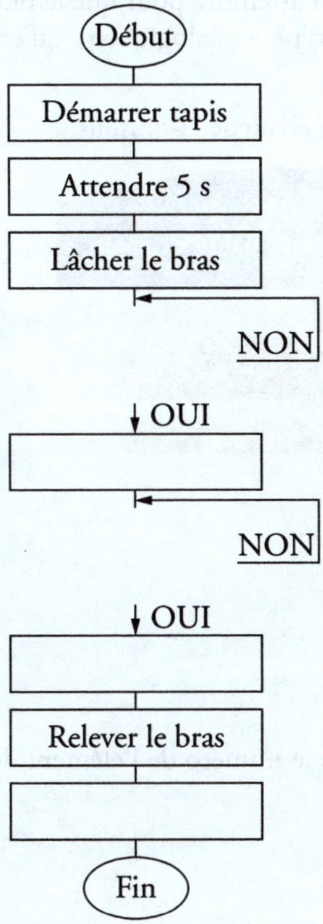

DOCUMENT 3

Le fabricant constate que 5 secondes sont parfois insuffisantes pour que le tapis atteigne la bonne vitesse.
Il souhaite installer un capteur pour améliorer cette machine.

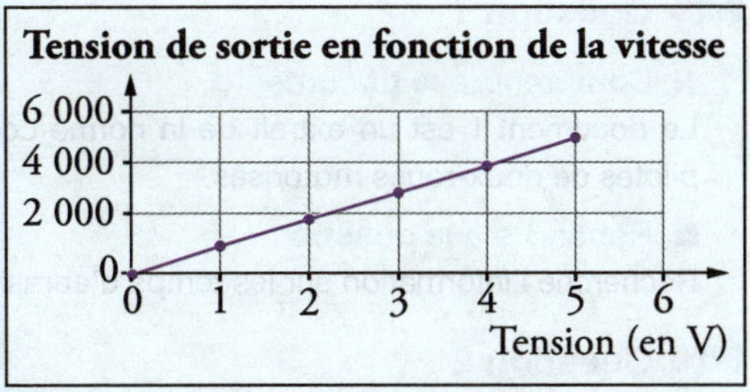

Les caractéristiques du capteur sont indiquées ci-dessous.
Le moteur doit atteindre une vitesse de 3 000 tr/min pour que le test soit valide.

▶ **3. a)** Quelle est la fonction de ce capteur ? Que mesure-t-il ? (*3 points*)
b) Quelle tension faut-il atteindre pour que le bras soit libéré ? (*2 points*)
c) Ce capteur est du type « analogique », qu'est-ce que cela signifie ? (*2 points*)

▶ **4.** Un programme est ébauché ci-dessous.

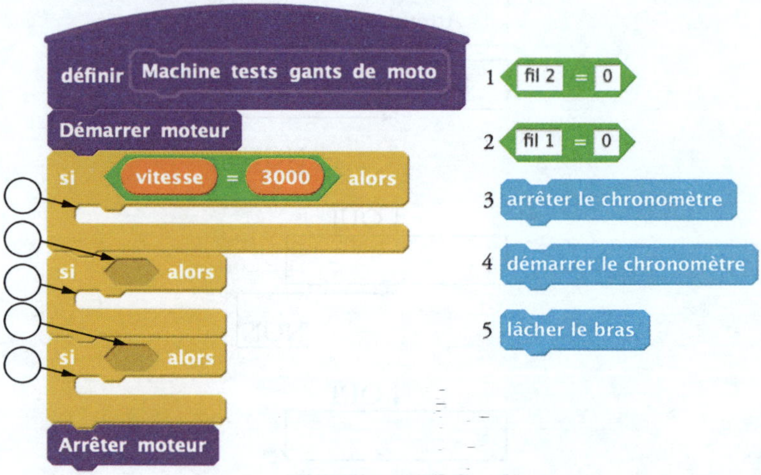

Replacer dans les bulles le numéro de l'élément de programme à sa juste place. (*5 points*)

LES CLÉS DU SUJET

Question 1

Comprendre le document 1

Le document 1 est un extrait de la norme concernant les gants pour pilotes de deux-roues motorisés.

Répondre à la question

Recherche l'information sur les temps d'abrasion dans le tableau.

Question 2

Comprendre le document 2

Il schématise la machine qui teste les gants. Il est accompagné d'une description expliquant son fonctionnement.

Répondre à la question

• Commence par repérer, dans le texte du document, les étapes déjà complétées sur l'algorigramme, en les surlignant avec de couleurs différentes par exemple.

Lorsque le moteur d'entraînement du tapis démarre, il faut attendre 5 secondes pour qu'il atteigne la vitesse nécessaire au test.
Le bras support est alors libéré et l'échantillon est mis en contact avec le tapis.

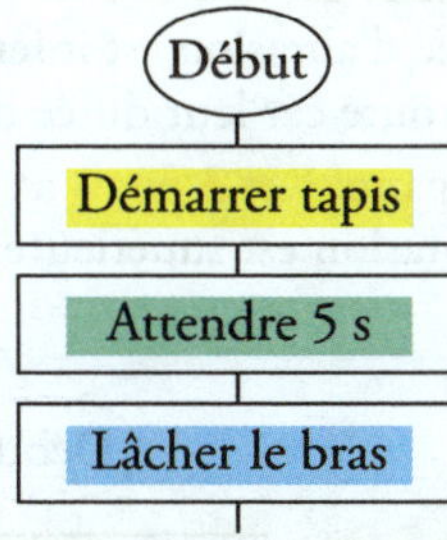

• Applique cette même méthode pour retrouver les éléments manquants de l'algorigramme.

Question 3

Comprendre le document 3

• Ce document décrit l'amélioration de la machine prévue par le fabricant.

• Le graphique représente le signal créé par le capteur, lors de l'acquisition de l'information « Vitesse de rotation du moteur ».

Répondre à la question

Tu auras besoin de te rappeler tes cours sur les capteurs et les signaux.

Question 4

L'algorigramme de la question **2** est d'une grande aide pour compléter le programme scratch de la question **4** : il s'agit du même programme, mais avec la prise en compte de l'utilisation du capteur.

35 CORRIGÉ GUIDÉ

▶ **1.** Les gants 2 et 4 ne peuvent pas être utilisés en compétition car leur durée d'abrasion est inférieure à 8 s. Ils peuvent cependant être utilisés sur route car leur durée d'abrasion est supérieure à 4 s.

Les gants 1 et 3 peuvent être utilisés en compétition, car leur durée d'abrasion est supérieure ou égale à 8 s.

▶ **2.**

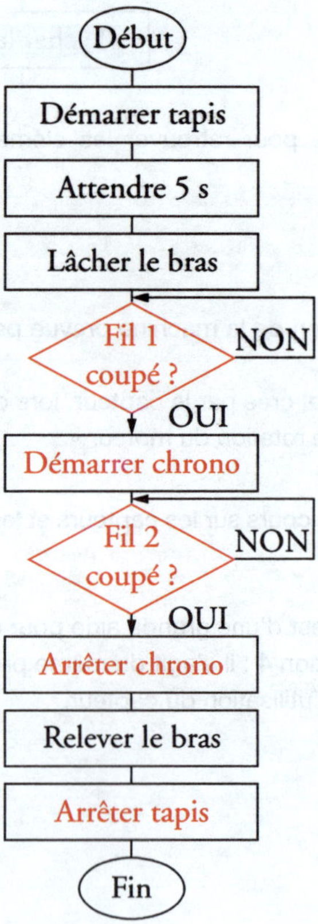

INFO +
N'hésite pas à regarder du côté du programme Scratch pour t'en inspirer.

▶ **3. a)** La fonction de ce capteur est d'acquérir une information : la vitesse de rotation du moteur. Il mesure la vitesse de rotation en la convertissant en un signal électrique.

b) Le bras est libéré quand la vitesse de rotation est de 3 000 tr/min, ce qui correspond à une tension de 3 V sur le graphique.

REMARQUE
Cette question vérifie la compréhension du système et nécessite de connaître les fonctions de la chaîne d'information.

c) Ce capteur est de type analogique : le signal électrique, fonction de la vitesse, peut prendre une infinité de valeurs.

▶ **4.**

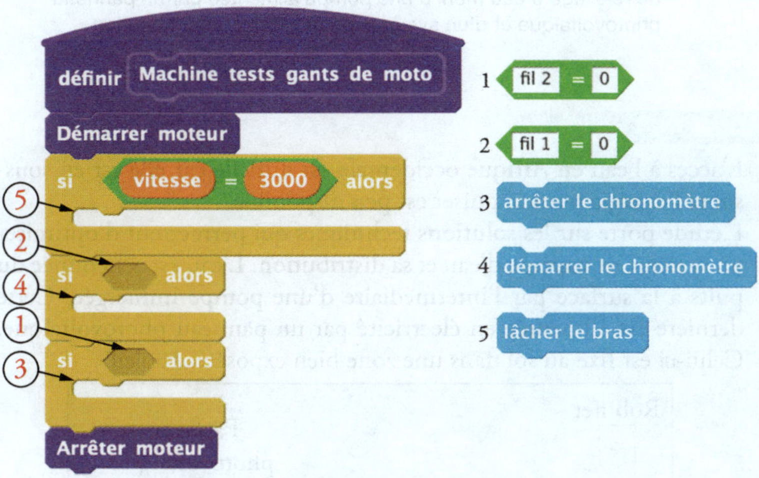

Relevage d'eau et irrigation en zone aride

30 min
25 points

INTÉRÊT DU SUJET • Ce sujet étudie la programmation d'un système de relevage d'eau muni d'une pompe alimentée par un panneau photovoltaïque et d'un système de distribution par irrigation.

DOCUMENT 1

L'accès à l'eau en Afrique occidentale est difficile car elle est en sous-sol et l'énergie pour la puiser est peu disponible.
L'étude porte sur les solutions techniques qui permettent d'optimiser un système de captage d'eau et sa distribution. L'eau est acheminée du puits à la surface par l'intermédiaire d'une pompe immergée. Cette dernière est alimentée en électricité par un panneau photovoltaïque. Celui-ci est fixé au sol dans une zone bien exposée au soleil.

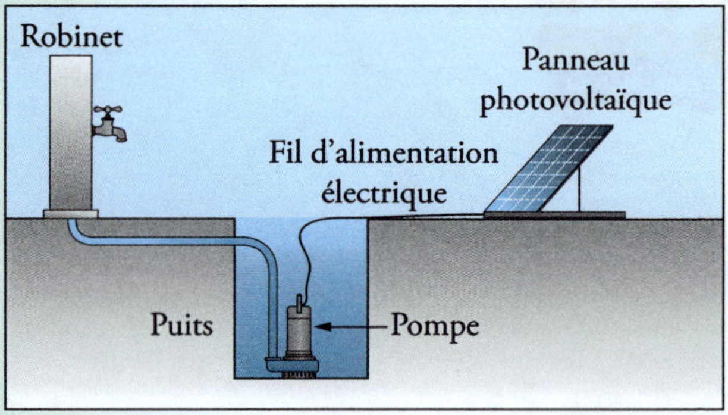

DOCUMENT 2

La quantité d'énergie électrique produite par un panneau photovoltaïque varie essentiellement en fonction de deux paramètres :
– la luminosité ambiante au cours de la journée ;
– l'orientation du panneau par rapport au sol, qui se traduit par l'angle d'inclinaison (figure 2).

Des relevés de production électrique d'une installation de panneaux photovoltaïques située à Abidjan en Côte-d'Ivoire montrent l'influence de ces deux paramètres (figure 1). Cette installation a une surface de panneaux de 15 m^2 orientés plein sud.

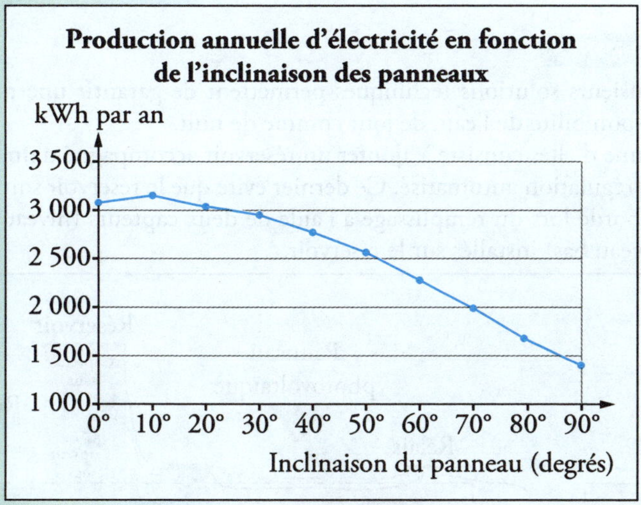

Figure 1

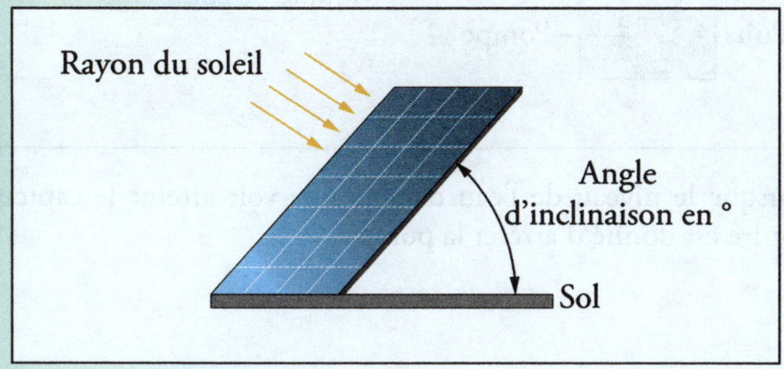

Figure 2

S'ENTRAÎNER

▶ **1.** Afin d'optimiser la production d'énergie électrique du panneau photovoltaïque, déterminer à l'aide du document 2 l'angle d'inclinaison du panneau photovoltaïque permettant de produire une énergie électrique maximale.

▶ **2.** Les ingénieurs agronomes recommandent d'irriguer les cultures lorsque le soleil est couché afin d'éviter une évaporation trop importante de l'eau. Proposer une solution technique à ajouter au système (document 1) qui permet de stocker l'énergie électrique produite pendant la journée afin de faire fonctionner la pompe pendant la nuit.

DOCUMENT 3

Plusieurs solutions techniques permettent de garantir une meilleure disponibilité de l'eau, de jour comme de nuit.
L'une d'elles consiste à ajouter un réservoir accompagné d'un système de régulation automatisé. Ce dernier évite que le réservoir soit vide ou déborde lors du remplissage à l'aide de deux capteurs (niveau haut et niveau bas) installés sur le réservoir.

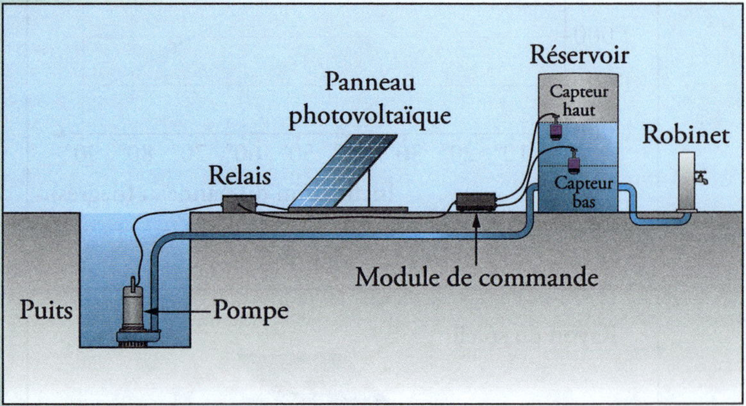

Lorsque le niveau de l'eau dans le réservoir atteint le capteur haut, l'ordre est donné d'arrêter la pompe.

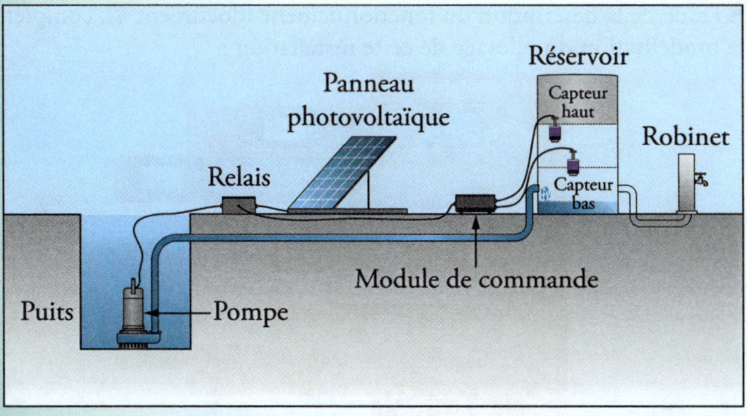

Lorsque le niveau de l'eau atteint le capteur bas, l'ordre est donné de démarrer la pompe pour remplir le réservoir.

▶ **3.** À l'aide des informations (document 3), compléter l'algorithme de régulation du niveau du réservoir avec les indications suivantes :

- capteur haut atteint ;
- capteur bas atteint ;
- désactiver la pompe.

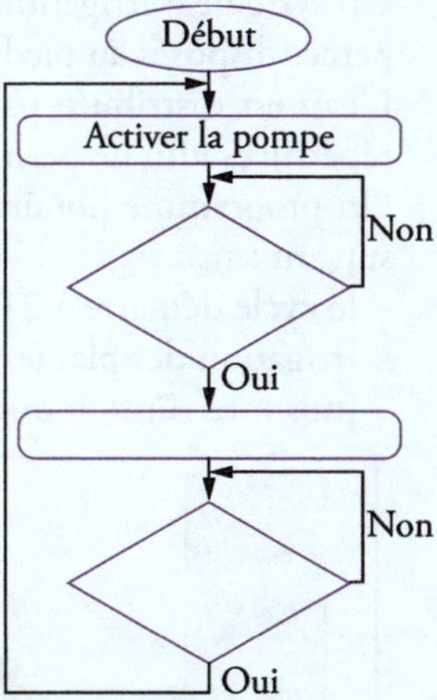

▶ **4.** Pour optimiser la gestion de l'eau d'irrigation, les ingénieurs agronomes préconisent également d'irriguer au plus près des racines des plantes. Une irrigation de nuit en goutte à goutte, fractionnée en petites périodes de temps d'arrosage permet d'économiser l'eau.

À l'aide de la description du fonctionnement (document 4), compléter la modélisation du pilotage de cette installation :

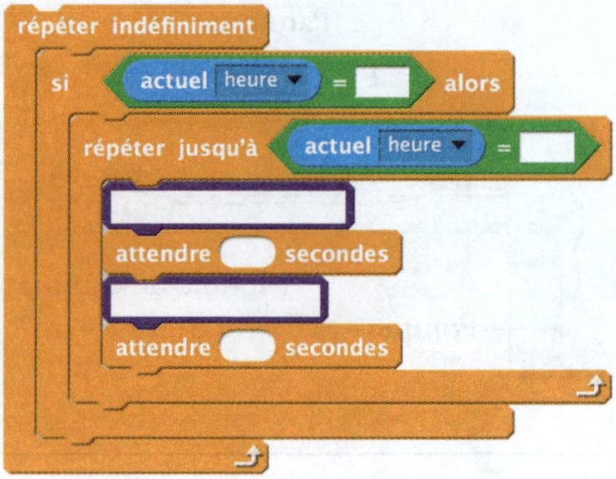

DOCUMENT 4

Un système d'irrigation goutte à goutte est constitué de tuyaux micro-percés disposés au pied des plantes.
L'eau est distribuée par gouttelettes pendant des périodes courtes et répétitives afin de permettre sa meilleure infiltration dans le sol.
Un programme horaire d'irrigation peut être décrit selon le principe suivant :
- le cycle démarre à 21 heures et s'arrête à 23 heures ;
- irrigation des plantes pendant 10 minutes ;
- puis interruption durant 15 minutes.

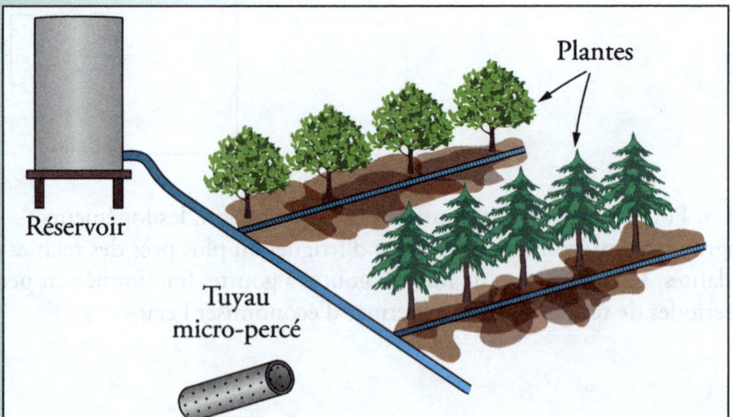

S'ENTRAÎNER

LES CLÉS DU SUJET

Question 1

■ **Comprendre le document 2**

Le graphique du document 2 donne l'efficacité du panneau photovoltaïque en fonction de son inclinaison.

■ **Répondre à la question**

Repère le pic de production annuelle d'électricité.

Question 2

- Propose une solution permettant de stocker de l'énergie électrique.
- Tu peux t'inspirer de la vie de tous les jours.

Question 3

■ **Comprendre le document 3**

Le document 3 explique le fonctionnement du système de relevage d'eau équipé d'un réservoir accompagné d'un système de régulation.

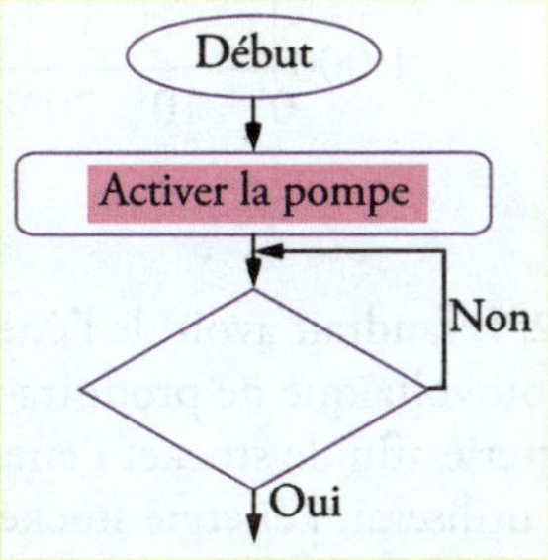

■ **Répondre à la question**

- Commence par repérer l'élément du document 3 qui est prérempli sur l'algorigramme.

Lorsque le niveau de l'eau atteint le capteur bas, l'ordre est donné de démarrer la pompe pour remplir le réservoir.

- Puis repère l'autre action à effecteur sur la pompe, pour compléter la deuxième partie de l'algorigramme.
- Pour remplir la troisième partie, repère dans le document les conditions qui permettent de changer d'action.

Question 4

■ **Comprendre le document 4**

Le document 4 explique le fonctionnement du système d'irrigation.

■ **Répondre à la question**

- Commence par repérer les mots présents à la fois dans le texte du document et dans le programme.
- Fais bien attention : dans le texte, les durées sont en minutes. Ces durées seront à convertir en secondes dans le programme (multiplie les valeurs du texte par 60).

36 CORRIGÉ GUIDÉ

▶ **1.** Le panneau photovoltaïque produit une énergie électrique maximale quand son inclinaison est de 10°.

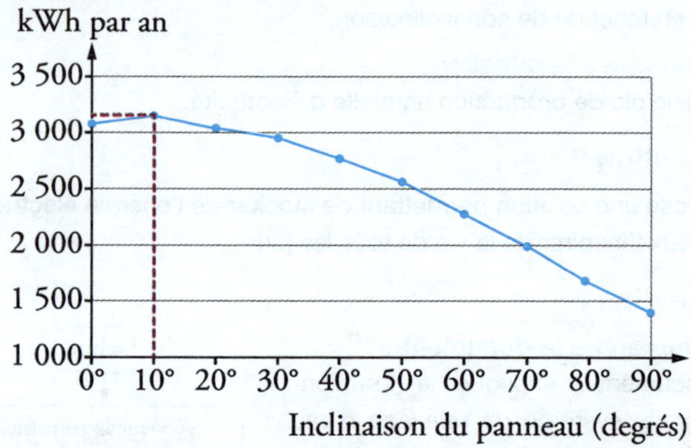

▶ **2.** Il faudrait avoir de l'énergie électrique la nuit. Mais le panneau photovoltaïque ne produira pas d'électricité. On pourrait ajouter une batterie afin de stocker l'énergie électrique pendant la journée. La nuit, on utiliserait l'énergie stockée afin d'alimenter la pompe.

▶ **3.**

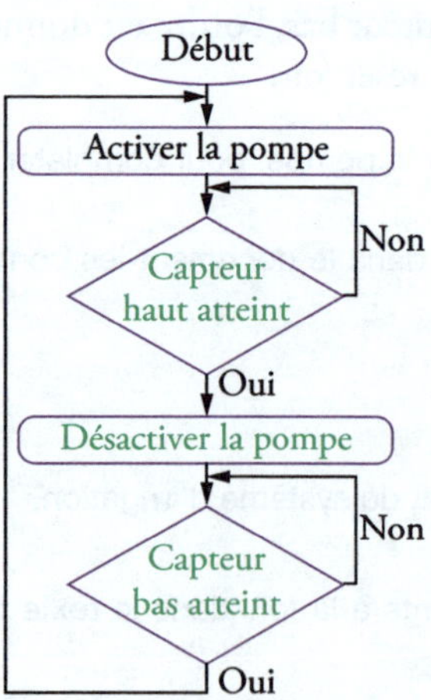

▶ **4.**

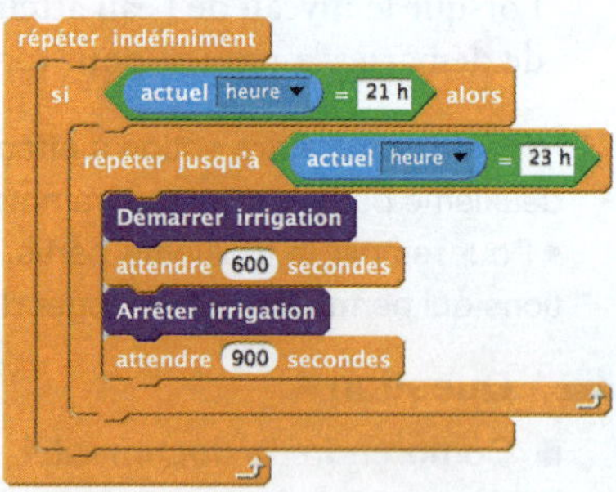

Analyse ADN

30 min
25 points

INTÉRÊT DU SUJET • Ce sujet porte sur l'étude d'un réseau informatique que l'on modifie selon un cahier des charges : on cherche à faire évoluer un système de bioanalyse intégrant une interface homme-machine.

L'analyse de l'acide désoxyribonucléique (ADN) est utilisée dans de nombreuses situations (détection de maladies génétiques, identification de lien de parenté), notamment par la police scientifique lors de recherches de preuves. Les laboratoires en charge de ces analyses sont équipés de systèmes automatisés permettant un traitement d'échantillons en grande quantité.

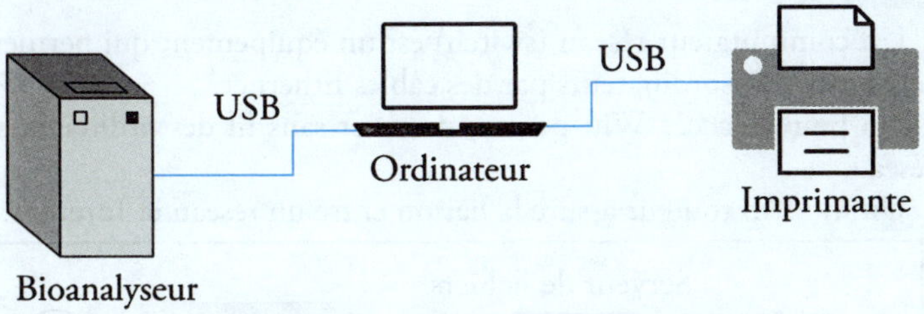

Description du système automatisé existant

Le système est constitué d'un bioanalyseur, d'un ordinateur portable et d'une imprimante autonome. L'ordinateur est connecté *via* un câble *Universal Serial Bus* (USB) à un bioanalyseur qui réalise l'analyse de l'ADN. L'ordinateur pilote l'analyseur et archive les données sur son disque dur. Il est également relié à une imprimante permettant l'impression de certaines données pour le client.
Le constructeur du bioanalyseur souhaite faire évoluer le système pour s'adapter aux nouvelles exigences des utilisateurs dans les laboratoires.

L'étude porte sur les solutions techniques qui répondent aux améliorations souhaitées, notamment la réalisation d'un réseau informatique intégrant tous les éléments de l'analyse et une interface homme-machine.

DOCUMENT 1 Améliorations souhaitées pour le système

Le service marketing a rassemblé les améliorations souhaitées par les utilisateurs :

- Besoin 1 : permettre le pilotage, la visualisation et le suivi de l'avancement de l'analyse depuis n'importe quel emplacement du laboratoire sans rester à côté de l'analyseur.
- Besoin 2 : imprimer les résultats sur l'imprimante connectée au réseau informatique du laboratoire.
- Besoin 3 : garantir la sauvegarde des résultats d'analyse de façon sécurisée sur le réseau.
- Besoin 4 : transmettre de manière sécurisée les résultats des analyses à des clients *via* Internet.

DOCUMENT 2 Composants d'un réseau informatique

- Un commutateur réseau (switch) est un équipement qui permet de relier plusieurs ordinateurs par des câbles Ethernet.
- Un point d'accès Wifi permet de relier sans fil des ordinateurs au réseau.
- Un modem routeur assure la liaison entre un réseau et Internet.

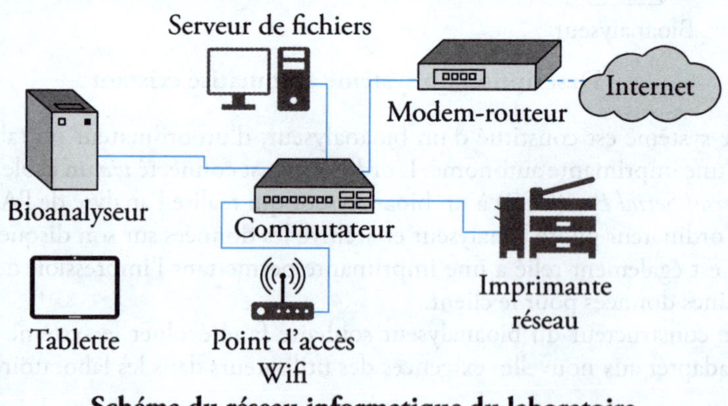

Schéma du réseau informatique du laboratoire

DOCUMENT 3 **Diagramme d'activité de la zone de texte « Affichage état »**

La tablette reçoit des informations provenant du bioanalyseur et les stocke dans une variable nommée « État ». Certaines d'entre elles indiquent l'état de son fonctionnement par 3 caractères distinctifs :
– prêt à fonctionner (caractère = P) ;
– incapable de fonctionner (caractère = E) ;
– en cours d'analyse (caractère = A).
L'écran de la tablette affiche une zone de message qui traduit l'état de fonctionnement du bioanalyseur par un texte évocateur :
– caractère P → Prêt ;
– caractère E → Erreur ;
– caractère A → Analyse.

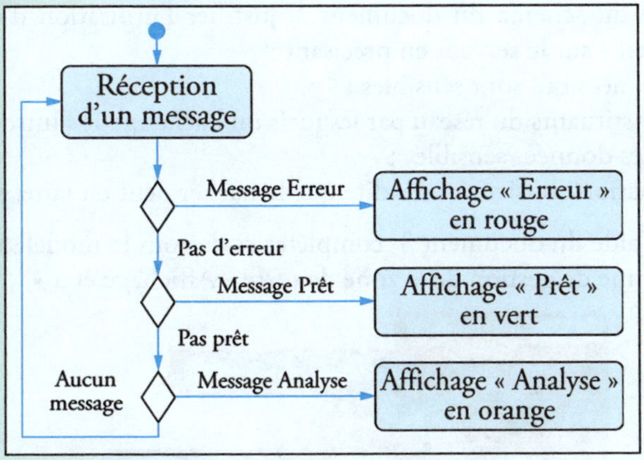

S'ENTRAÎNER

▶ **1.** Afin de répondre aux améliorations souhaitées décrites dans le document 1, sélectionnez dans la liste ci-dessous les solutions techniques à envisager. *(6 points)*
a) Ajouter un modem-routeur au réseau informatique.
b) Ajouter une imprimante réseau au réseau informatique.
c) Acheter une tablette et créer une application de pilotage du bioanalyseur pour tablette.
d) Ajouter un point d'accès Wifi au réseau.
e) Ajouter une carte réseau au bioanalyseur pour le relier au réseau informatique du laboratoire par un câble Ethernet.
f) Ajouter un écran tactile sur le bioanalyseur.
g) Ajouter un serveur de fichier sécurisé sur le réseau.

▶ **2.** Parmi les solutions techniques retenues, le constructeur valide l'intégration d'une tablette numérique pour réaliser l'interface entre utilisateur et l'analyseur. La tablette permet de piloter le bioanalyseur et d'accéder aux résultats d'analyse stockés au sein du serveur de fichiers du réseau informatique.
À l'aide du document 2, représenter sur le schéma du réseau le trajet du flux d'informations entre la tablette et le bioanalyseur lorsque l'utilisateur pilote le démarrage de l'analyse. Le trajet est représenté par un symbole :
)))) si la liaison est réalisée sans fil ;
→→→ si la liaison est réalisée par câble. *(5 points)*

▶ **3.** Le serveur de fichiers contient un logiciel qui protège les données contre le piratage d'un réseau informatique. Ce logiciel est nommé « pare-feu ».
À l'aide du schéma du document 2, justifier l'utilisation d'un logiciel « pare-feu » sur le serveur en précisant :
– les données qui sont sensibles ;
– les constituants du réseau par lesquels un hacker peut s'introduire pour pirater les données sensibles ;
– l'utilisation abusive et interdite que le hacker peut en faire. *(6 points)*

▶ **4.** À l'aide du document 3, compléter ci-dessous la modélisation du programme de gestion de la zone de texte « Affichage état ». *(8 points)*

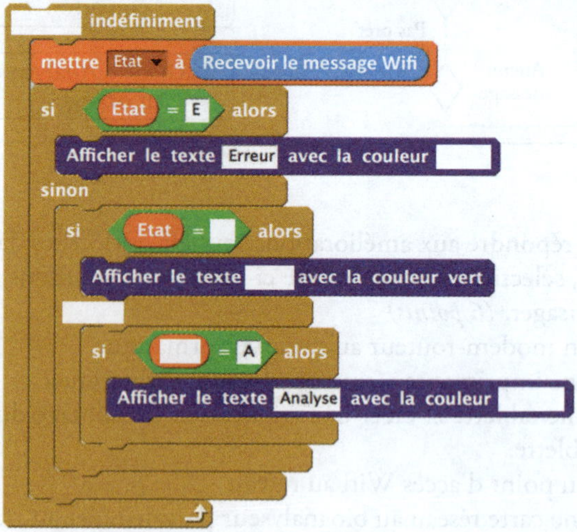

S'ENTRAÎNER

LES CLÉS DU SUJET

Question 1

Comprendre le document 1

Le document 1 est un cahier des charges.

Répondre à la question

• Observe le système automatisé existant et repère bien les contraintes à respecter dans le document 1. Par exemple :

• Besoin 1 : permettre le pilotage, la visualisation et le suivi de l'avancement de l'analyse depuis n'importe quel emplacement du laboratoire sans rester à côté de l'analyseur.
• Besoin 2 : imprimer les résultats sur l'imprimante connectée au réseau informatique du laboratoire.
Continue avec les besoins 3 et 4.

• Tu peux aussi observer le schéma du réseau du document 2.

Question 2

Comprendre le document 2

Le document 2 définit le rôle de quelques composants d'un réseau informatique.

Répondre à la question

Ne tombe pas dans le piège : ce n'est pas parce que deux éléments d'un réseau informatique sont proches que l'information va directement de l'un à l'autre, surtout quand ils sont reliés en réseau

Question 3

Veille à bien traiter les trois points justifiant l'utilisation d'un pare-feu :
– pour les **données sensibles**, tu trouveras des informations dans le « besoin 4 » (document 1) et dans le paragraphe avant la question **2** ;
– pour les **constituants du réseau**, en plus du schéma du réseau de la question **2**, pense aux éléments qui permettent de se connecter au réseau (cela peut être au collège, chez toi ou ailleurs) ;
– **l'utilisation abusive et interdite** du serveur n'est pas à chercher dans les documents, c'est donc à toi d'imaginer ce que le hacker peut faire et expliquer pourquoi il faut l'en empêcher.

Question 4

Comprendre le document 3

Le document 3 est l'algorigramme expliquant le principe de l'affichage de l'état de fonctionnement du bioanalyseur.

■ Répondre à la question

• Tu dois traduire l'algorigramme en Scratch : repère des éléments de l'algorigramme déjà présents dans le programme. Par exemple, ci-dessous, cette partie de l'algorigramme et cette partie du programme correspondent.

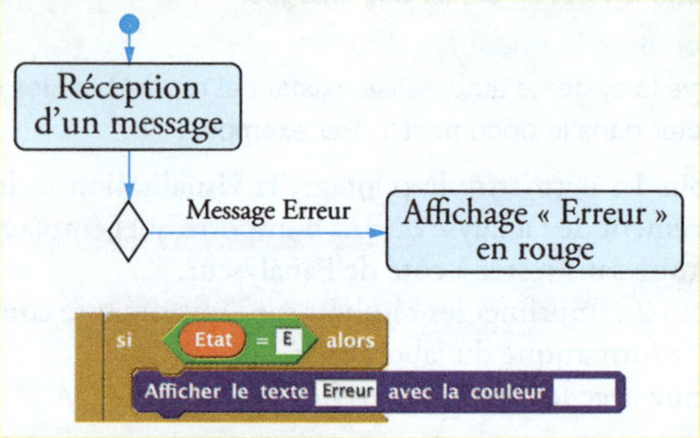

• Ne te trompe pas dans les couleurs !

37 CORRIGÉ GUIDÉ

▶ **1.** Les solutions techniques envisagées sont les suivantes : **a), b), c), d), e)** et **g)**.

▶ **2.**

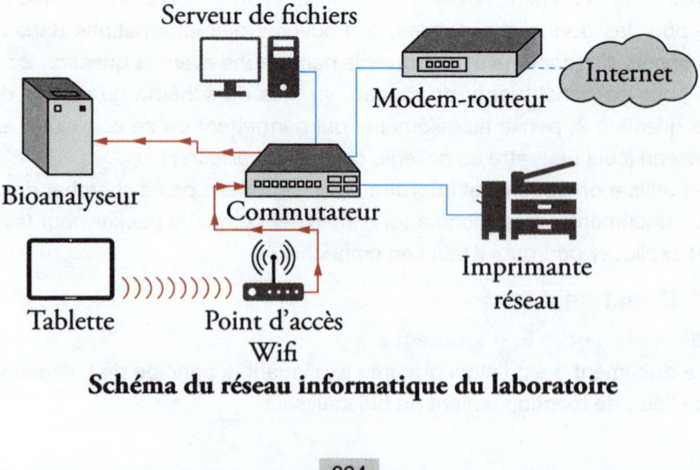

Schéma du réseau informatique du laboratoire

▶ **3.** Le laboratoire analyse l'ADN dans le cadre de recherche de lien de parenté, de détection de maladie ou dans le cadre d'enquêtes policières. Des fuites d'information pourraient porter préjudice à des personnes ou à des enquêtes.

De plus, pour pouvoir contacter les personnes ayant demandé les analyses, leurs coordonnées doivent être stockées sur le serveur de fichiers.

Un hacker peut s'introduire sur le réseau par Internet *via* le modem-routeur ou *via* le point d'accès Wifi. Il accédera alors au serveur de fichier en passant par le commutateur.

Si le hacker accède aux données, il pourrait :

– les diffuser et révéler des liens de parentés ou des maladies rares non divulguées ;

– les modifier afin de rendre une personne coupable ou innocente dans des affaires policières.

Le pare-feu est utilisé pour éviter l'intrusion de personnes non autorisées sur le réseau afin d'éviter les fuites de données sensibles.

▶ **4.**

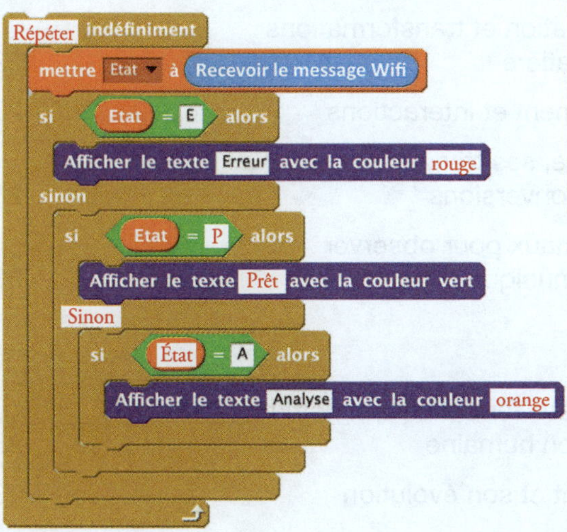

CONSEIL
Repère les trois conditions dans le document 3 et replace les caractères associés aux messages.

Préparer l'épreuve du brevet : le sprint final

L'essentiel du programme en 11 fiches MÉMO

Physique-chimie

FICHE 1 Organisation et transformations de la matière 228

FICHE 2 Mouvement et interactions 230

FICHE 3 L'énergie, ses transferts et ses conversions 231

FICHE 4 Des signaux pour observer et communiquer 233

SVT

FICHE 5 La planète Terre, l'environnement et l'action humaine 234

FICHE 6 Le vivant et son évolution 236

FICHE 7 Le corps humain et la santé 239

Technologie

FICHE 8 Design, innovation et créativité 242

FICHE 9 Les objets techniques, les services et les changements induits dans la société 243

FICHE 10 La modélisation et la simulation des objets et systèmes techniques 244

FICHE 11 Informatique et programmation 247

Trois SUJETS COMPLETS

SUJETS 38 et 39 France métropolitaine, juillet 2022 248

SUJETS 40 et 41 France métropolitaine, septembre 2021 262

SUJETS 42 et 43 France métropolitaine, juin 2021 275

1 Organisation et transformations de la matière

L'univers est l'ensemble de tout ce qui existe, de l'infiniment petit (l'atome) à l'infiniment grand (les galaxies).

A Constitution de la matière

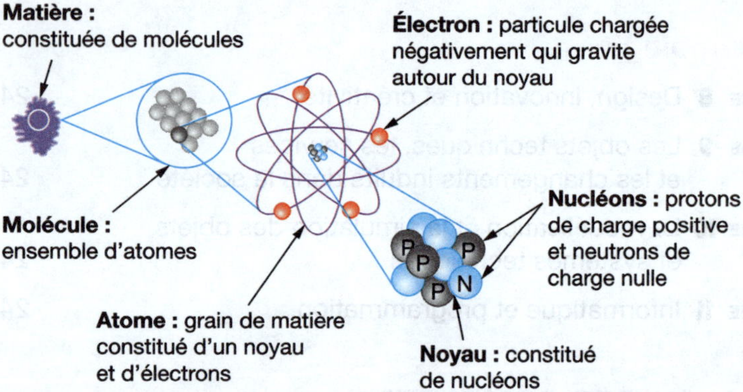

- L'**atome** est **neutre** : il contient autant de particules chargées positivement (protons) que de particules chargées négativement (électrons).
- La **formule chimique** donne le nombre et la nature des atomes qui constituent une molécule. Exemple : H_2 ; CO_2 ; N_2 ; O_2 ; H_2O ; CH_4 ; N_2O.
- **Corps pur (espèce chimique)** : constitué d'une seule sorte de molécules.

B États de la matière, changements d'état

- La matière peut prendre plusieurs états : solide, liquide ou gazeux.
- Un **changement d'état** est une transformation physique : les constituants de la matière restent intacts.
- **Masse volumique** : c'est la masse d'une unité de volume d'un corps.

$$\rho = \frac{m}{V}.$$

Elle caractérise un corps pur.
Unités : g/cm³ ou kg/L ou kg/m³.
Pour l'eau : ρ_{eau} = 1,00 g/cm³ = 1,00 kg/L = 1 000 kg/m³.

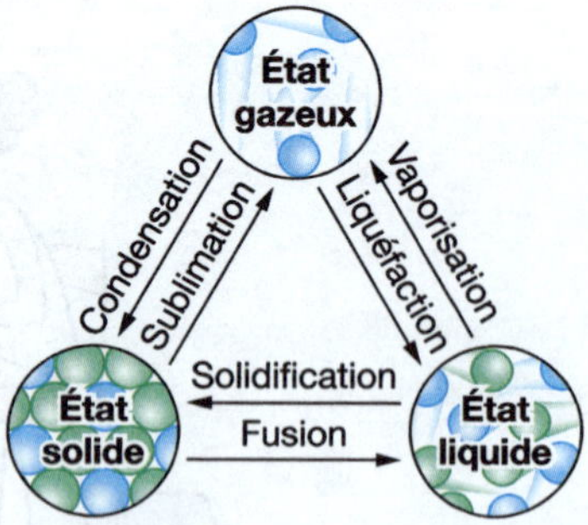

- La matière se dilate lorsque la température augmente. Le volume augmente et la masse volumique ρ diminue.

C Transformations chimiques

● **Transformation chimique** : transformation au cours de laquelle les espèces chimiques qui constituent la matière sont modifiées.

dihydrogène + dioxygène → eau

$2H_2 + O_2 \longrightarrow 2H_2O$

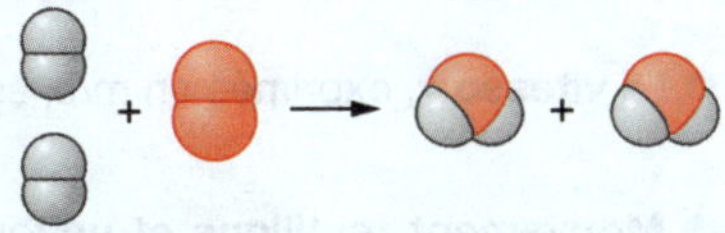

● **Équation d'une transformation** : description d'une réaction chimique par des formules.

● **Ion** : atome ou groupement d'atomes qui porte une charge électrique.

	Cation (ion positif) : atome qui a perdu des électrons	Anion (ion négatif) : atome qui a gagné des électrons
Ion monoatomique	Na^+, Ba^{2+}, H^+, Ag^+, Al^{3+}	Cl^-, O^{2-}
Ion polyatomique	NH_4^+	SO_4^{2-}, NO_3^-, HO^-

● **Test** : réaction chimique qui permet de reconnaître une espèce chimique.

Test	Verser de la soude	Verser de la soude	Verser de la soude	Approcher une allumette
Espèce testée	Ion Cu^{2+}	Ion Fe^{2+}	Ion Zn^{2+}	Gaz H_2
Résultat	Précipité bleu	Précipité vert	Précipité blanc	Détonation

D Propriétés acido-basiques

● **Solution acide** : solution aqueuse où les ions H^+ sont majoritaires.
Exemple : l'acide chlorhydrique ($H^+ + Cl^-$).

● **Solution basique** : solution aqueuse où les ions H^+ sont minoritaires.
Exemple : la soude ($Na^+ + HO^-$).

● **pH** : grandeur sans unité, comprise entre 0 et 14, qui indique l'acidité (si $pH < 7$) ou la basicité (si $pH > 7$) d'une solution aqueuse.

● **Réaction acido-basique** : réaction chimique entre un acide et une base.
Exemple : acide chlorhydrique + soude → eau + ion sodium + ion chlorure

● **Réaction acide-métal** (zinc, fer, aluminium) : action de l'ion hydrogène H^+ d'un acide sur un métal.
Exemple :
acide chlorhydrique + métal (Zn, Fe, Al) → ion métallique (Zn^{2+} ; Fe^{2+} ; Al^{3+}) + dihydrogène (H_2)

2 Mouvement et interactions

Un mouvement est caractérisé par son sens, par sa direction et par sa vitesse *v*.

A Caractériser un mouvement

- La **vitesse *v***, exprimée en m/s, est telle que : $v = \frac{d}{t} = \frac{\text{distance (m)}}{\text{temps (s)}}$.
- **Mouvement rectiligne et uniforme** : mouvement en ligne droite et à vitesse constante (le sens, la direction et la valeur de la vitesse ne varient pas).
- **Mouvement circulaire uniforme** : mouvement dont la trajectoire est un cercle. La valeur et le sens de la vitesse ne varient pas mais sa direction varie.

B Modéliser une force

- Une action est modélisée par une **force *F***, qui a un sens, une direction et une intensité en newtons (N).
- On distingue :

– l'action de contact ◄——► (*exemple* : force de traction) ;
– l'action à distance ◄- - -► (*exemple* : un aimant attirant l'acier).

- Les **diagrammes d'interactions** schématisent un système et les actions qu'il subit de la part d'autres systèmes.

Exemple :

Le joueur frappe le ballon

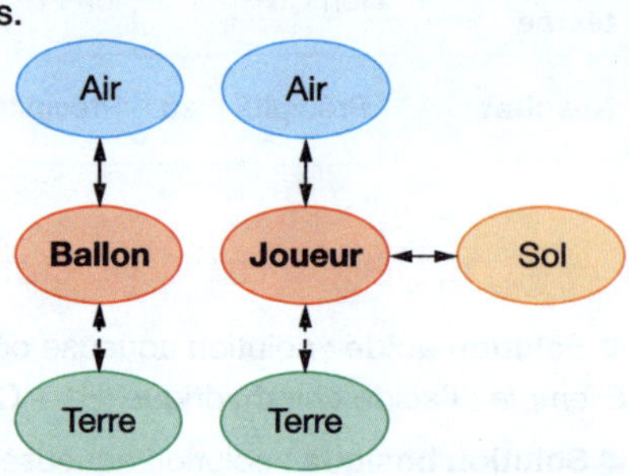

C Distinguer poids et masse

- Tous les objets sur une planète subissent une force de pesanteur attractive de la part de cette planète, le **poids** *P*. C'est une force verticale, orientée vers le centre de la planète. $P = m \times g$.

m est la masse en kg, et *g* la **constante de gravité** en N/kg (sur Terre $g = 9{,}81$ N/kg), le poids *P* est en newtons.

- La **masse** (en kg) est la quantité de matière qui constitue un corps.
- La masse d'un objet reste la même sur une autre planète que la Terre, mais son poids change car *g* change suivant les planètes.

3 L'énergie, ses transferts et ses conversions

L'énergie est la capacité d'un système à produire un mouvement, de la lumière, de l'électricité, de la chaleur, etc.

A Les formes d'énergie

● L'énergie E se mesure en **joules** (J), mais aussi en **wattheures** (Wh) si P est en watts et t en heures (h). 1 Wh = 3 600 J.

Énergie	Définition
Cinétique	Énergie des objets en mouvement. Elle dépend de la vitesse v (m/s) d'un objet et de sa masse m (kg). $E_c = \frac{1}{2} \times m \times v^2$.
Potentielle	Lorsqu'elle dépend de la position de l'objet, de sa masse et de la gravité du lieu, elle s'appelle l'énergie potentielle de pesanteur E_{pp}.
Thermique	Due à l'agitation des molécules et des atomes d'un objet. C'est la manifestation de l'énergie sous forme de chaleur.
Électrique	Énergie liée aux phénomènes électriques.
Chimique	Énergie qui lie les atomes dans les molécules. Elle est libérée lors des réactions chimiques (comme la combustion).
Lumineuse	Énergie transportée par la lumière.

B Sources, transferts et conversions d'énergie

● **Sources d'énergie** : pétrole, gaz naturel et charbon sont les trois sources d'énergie fossile dont les réserves sont limitées, comme les combustibles nucléaires. Le vent, le soleil, l'eau des marées et des cours d'eau constituent les sources d'énergie renouvelables car inépuisables.

● **Diagramme d'énergie** : représente la source, le convertisseur et les différentes formes d'énergies converties par un objet ou système. *Exemple* :

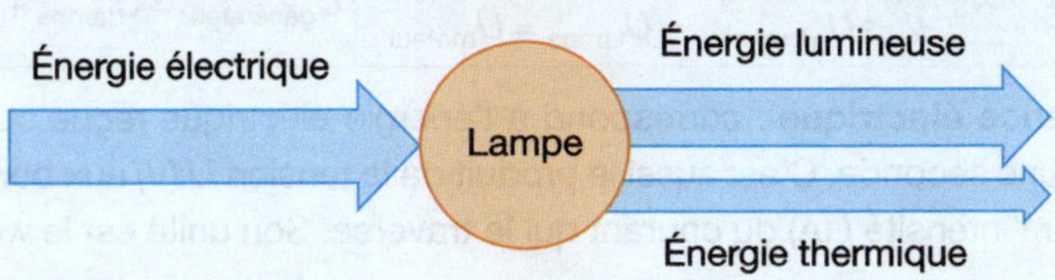

● **Conservation de l'énergie** : l'énergie ne peut ni être créée ni disparaître.

● **Conversion et transfert** : un convertisseur transforme une énergie en une autre forme d'énergie.
Un transfert d'énergie est un échange d'énergie entre deux systèmes.
Exemple : le vent transfère l'énergie cinétique à l'éolienne.

C Les circuits électriques

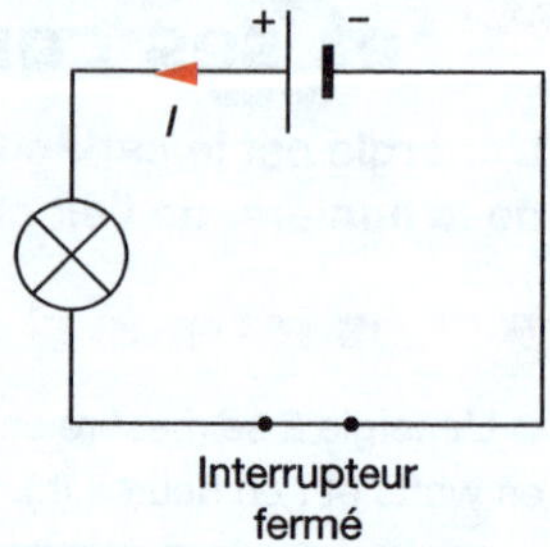

- **Circuit fermé** : un générateur et un récepteur reliés par des fils conducteurs constituant une boucle fermée. (I : sens conventionnel du courant)
- **Dipôles en série** : dipôles placés à la suite les uns des autres et ne constituant qu'une seule boucle.
- **Dipôles en dérivation** : deux dipôles placés dans deux boucles différentes d'un circuit.

D Les lois de l'électricité

Circuit	Dipôles en dérivation 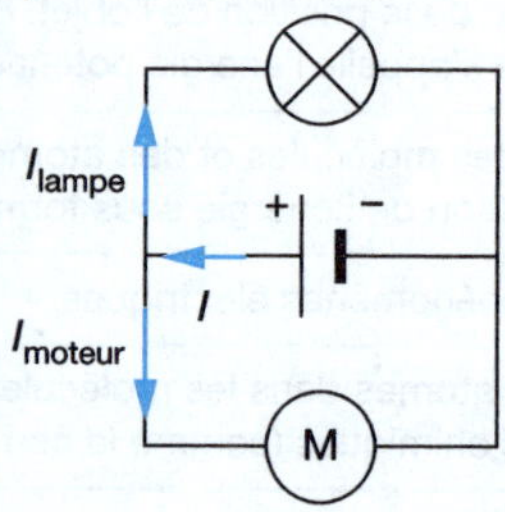	Dipôles en série 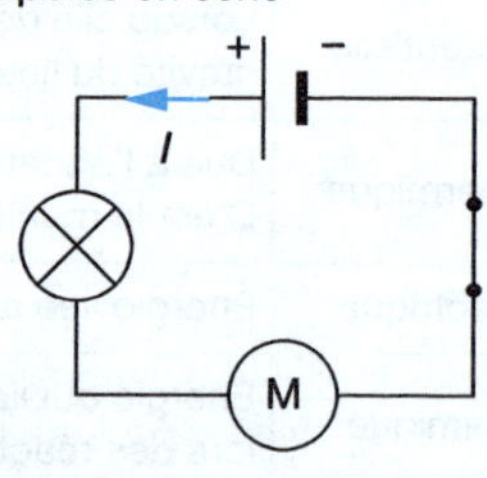
Loi des intensités	L'intensité du courant de la branche principale se partage entre les branches dérivées. $I = I_{lampe} + I_{moteur}$	L'intensité du courant est la même en tout point d'un circuit qui ne comporte que des dipôles en série. $I = I_{lampe} = I_{moteur}$
Loi des tensions	La tension de chaque récepteur est la même que celle du générateur, si tous les dipôles sont en dérivation. $U_{générateur} = U_{lampe} = U_{moteur}$	La tension du générateur est égale à la somme des tensions des dipôles récepteurs en série. $U_{générateur} = U_{lampe} + U_{moteur}$

- **Puissance électrique** : correspond à l'énergie électrique reçue ou donnée pendant une seconde. C'est aussi le produit de la tension U (V) aux bornes d'un dipôle par l'intensité I (A) du courant qui le traverse. Son unité est le watt (W).

$$P = \frac{E}{t} = U \times I$$

E : énergie électrique en joules (J)
t : durée en secondes (s)

- **Loi d'Ohm** : la tension U (V) aux bornes d'une résistance R (Ω) est proportionnelle à l'intensité du courant électrique I (A) qui la traverse.

$$U = R \times I.$$

4 Des signaux pour observer et communiquer

Une onde est la propagation d'une perturbation. Elle transporte de l'énergie sans transport de matière. Le signal est l'information que transporte l'onde.

A Reconnaître un signal lumineux

- **Lumière** : onde lumineuse qui se déplace dans le vide à la vitesse c = 300 000 km/s. Elle peut être visible ou invisible (rayons X). Elle se propage en ligne droite dans l'air, le vide et les milieux transparents.
- **Année-lumière** : distance parcourue par la lumière en 1 an.

Calcul d'une année-lumière (al) en kilomètres :

1 al = $c \times$ T = 300 000 km/s × 1 an

= 300 000 km/s × (365 j × 24 heures × 60 min × 60 s) = $9{,}5 \times 10^{12}$ km.

B Reconnaître un signal sonore

- **Onde sonore** : propagation dans un milieu matériel d'une surpression produite de manière périodique. Le son est un signal sonore.

La vitesse de propagation du son dans l'air est environ v = 340 m/s.

Une onde sonore est causée par la vibration d'une membrane.

- **Fréquence f** : pour un phénomène périodique, c'est le nombre de fois que le phénomène se répète en une seconde. Elle se mesure en hertz (Hz).

$f = \frac{1}{T}$ où T désigne la **période** exprimée en secondes (s).

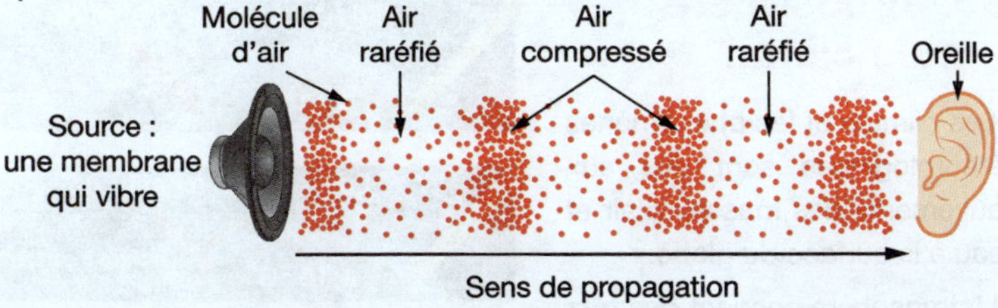

- Une onde sonore est **audible** par l'oreille humaine si 20 Hz < f < 20 kHz.

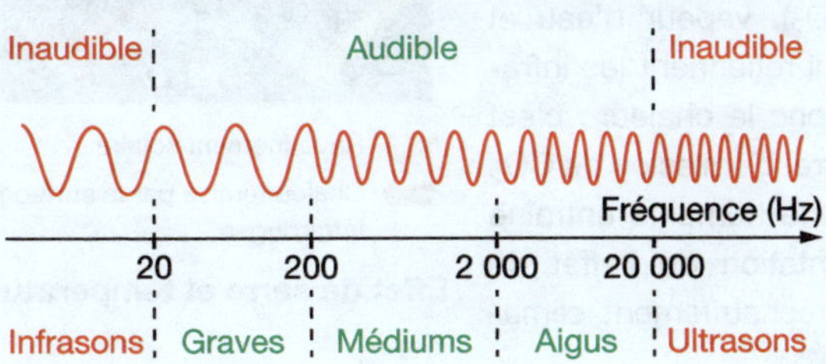

SPRINT FINAL

5 La planète Terre, l'environnement et l'action humaine

A La Terre, planète active

La surface de la Terre est constituée de **plaques lithosphériques** en mouvement grâce à l'énergie interne du globe. Il en découle une activité sismique et volcanique très importante au niveau des frontières des plaques.

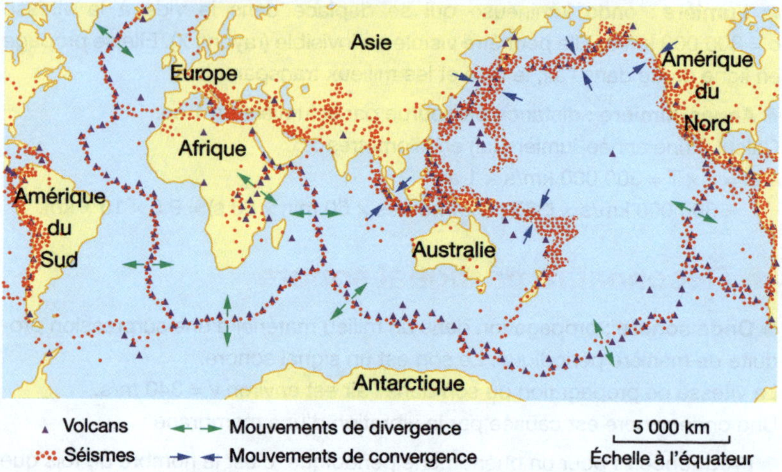

Carte des zones actives du globe

B L'atmosphère et le climat

- Les climats et les phénomènes météorologiques sont dus aux mouvements des masses d'air et d'eau à la surface du globe.
- L'atmosphère contient des **gaz à effet de serre** : dioxyde de carbone (CO_2), vapeur d'eau et méthane, qui retiennent les infrarouges et donc la chaleur ; c'est l'effet de serre. L'émission de CO_2 liée à l'activité humaine entraîne une augmentation de l'effet de serre et le réchauffement climatique.

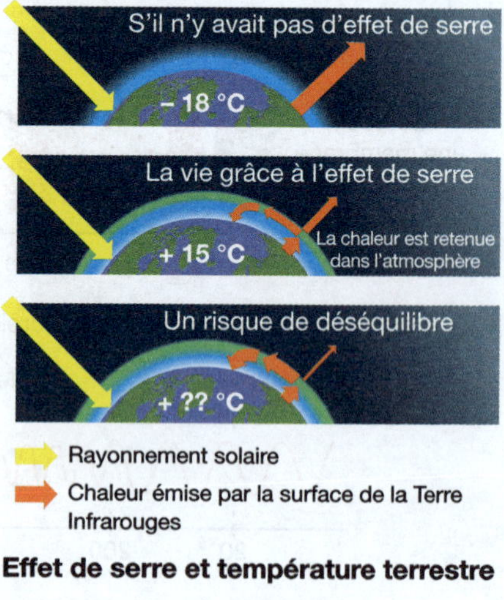

Effet de serre et température terrestre

C L'impact de l'activité humaine sur les écosystèmes et sur la santé

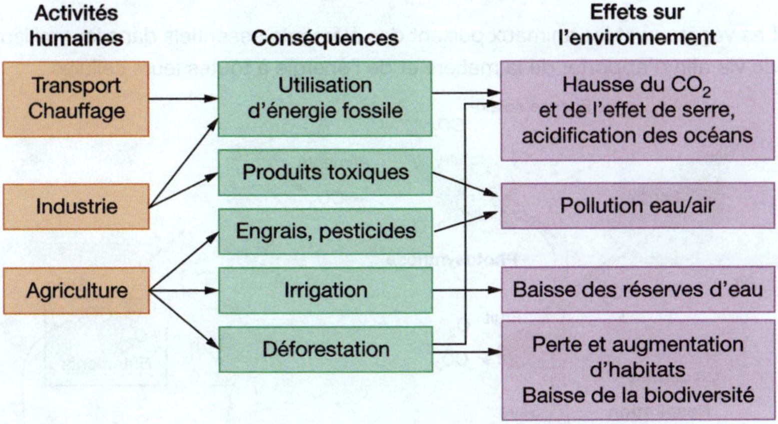

D Adopter des comportements responsables et apporter des solutions pour préserver l'environnement

Problèmes environnementaux	Solutions envisageables
Réchauffement climatique	Utiliser des énergies renouvelables, optimiser l'énergie. Limiter la déforestation et reboiser pour réduire la présence de CO_2.
Pollution de l'eau	Nettoyer les eaux usées dans les stations d'épuration. Réduire l'usage des pesticides et des engrais.
Pollution de l'air	Développer les transports non polluants. Poser des filtres sur les cheminées d'usine et les pots d'échappement.
Baisse de la biodiversité	Protéger les habitats naturels. Réglementer la chasse et la pêche.
Appauvrissement des ressources	Économiser l'eau. Limiter l'expansion urbaine sur les terres agricoles. Trier et recycler les déchets.
Présence de déchets radioactifs toxiques	Gérer les déchets radioactifs dangereux.

6 Le vivant et son évolution

A Les besoins des êtres vivants

Les végétaux et les animaux puisent des éléments essentiels dans leur milieu de vie afin d'apporter de la matière et de l'énergie à toutes leurs cellules.

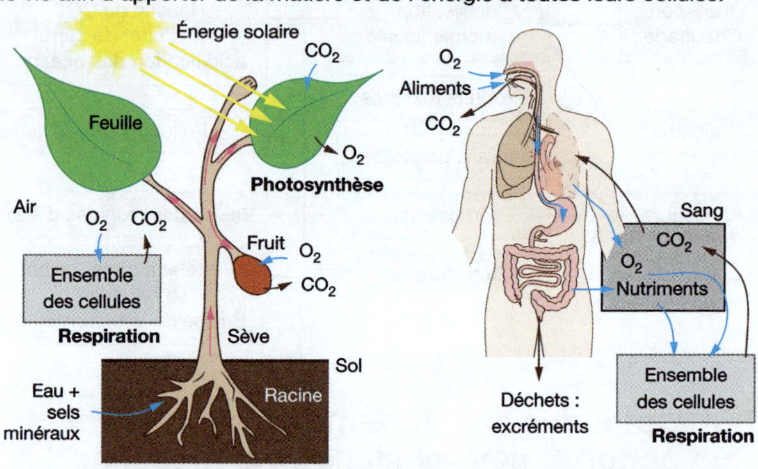

Schémas parallèles d'un végétal chlorophyllien et de l'être humain

B Matériel génétique et caractères de l'espèce

Le matériel génétique est présent sous forme de **chromosomes** dans le noyau de nos cellules. Il détermine les caractères de l'individu et son fonctionnement.

- **Caryotype** : photographie des chromosomes d'une cellule, rangés par taille et par paire.

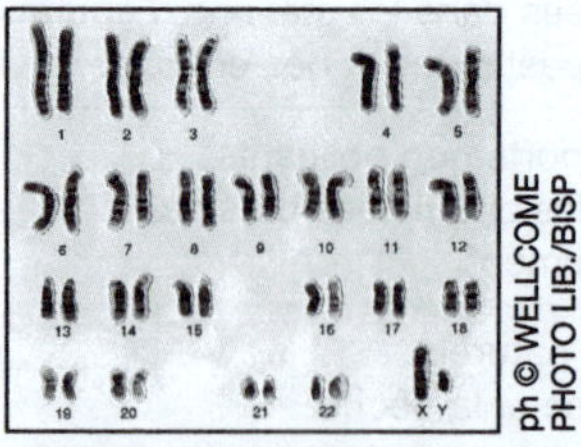

Caryotypes de cellule humaine = 23 paires de chromosomes

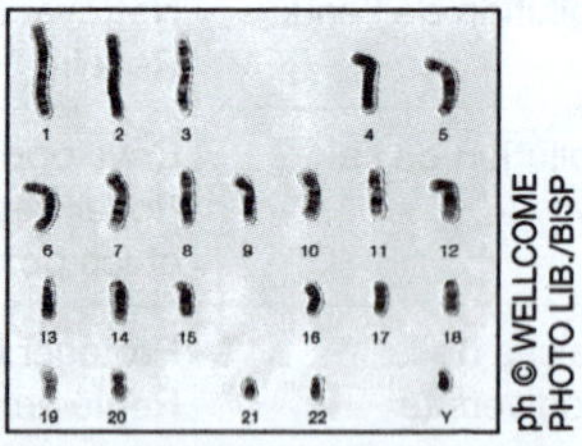

Caryotype de gamète humain = 23 chromosomes

- **Gène** : fragment d'**ADN** et donc de chromosome déterminant un caractère. Avant la division d'une cellule, les gènes sont copiés. En cas d'erreur (**mutation** au hasard), une nouvelle version d'un gène, ou **allèle**, est créée.
- **Espèce** : ensemble d'êtres vivants ayant des caractères communs et capables de se reproduire entre eux. Ils ont les mêmes gènes.

C Reproduction et transmission des caractères

1. Les types de reproduction

● **Reproduction asexuée** : transmission de la totalité du matériel génétique au descendant, identique au parent.

● **Reproduction sexuée** : transmission de la moitié du matériel génétique de chacun des deux parents par le biais des cellules reproductrices ou **gamètes**. Le matériel génétique du descendant provient pour moitié de son père (spermatozoïde) et pour moitié de sa mère (ovule).

23 chromosomes du père + 23 chromosomes de la mère = 46 chromosomes dans la cellule-œuf.

● La reproduction sexuée permet un **brassage génétique** en créant de nouvelles combinaisons d'allèles chez les descendants, ce qui entraîne la diversité dans l'espèce.

2. Le brassage génétique chez l'être humain

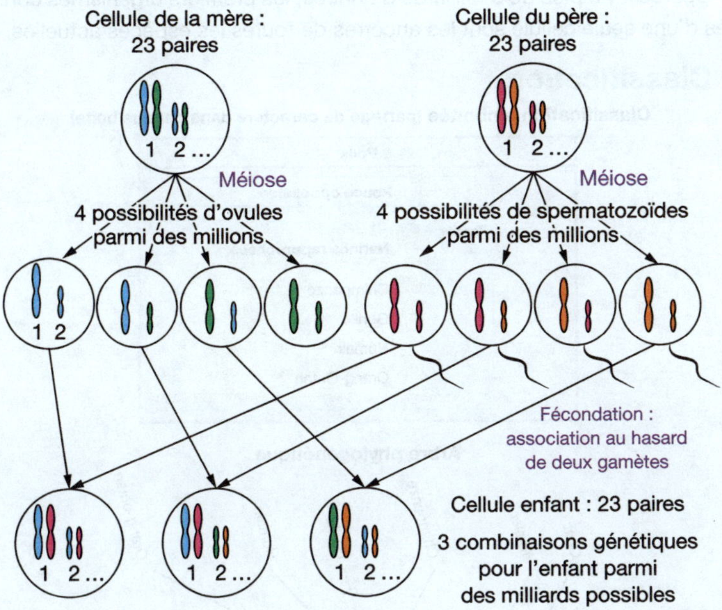

SPRINT FINAL

D Diversité, classification et évolution des êtres vivants

1. Biodiversité et évolution

● La **biodiversité**, ou diversité des êtres vivants, existe entre les espèces mais aussi entre les individus d'une espèce grâce à un matériel génétique différent.

● Le partage de caractères permet la **classification** en groupes des êtres vivants. Au cours du temps, il y a apparition de nouveaux groupes d'êtres vivants grâce à l'acquisition de nouveau matériel génétique.

● Seuls ceux qui sont les mieux adaptés à leur milieu de vie survivent et transmettent leur matériel génétique à leurs descendants. C'est la **sélection naturelle**.

● La diversité génétique et donc la biodiversité changent au cours du temps, c'est le phénomène de l'**évolution**. Elle peut être influencée par des événements tels qu'une éruption volcanique, un réchauffement climatique, l'introduction d'espèces invasives...

● Apparus il y a plus de 3 milliards d'années, les premiers organismes constitués d'une seule cellule sont les ancêtres de toutes les espèces actuelles.

2. Classification

Classification emboîtée (partage de caractère dans chaque boîte)

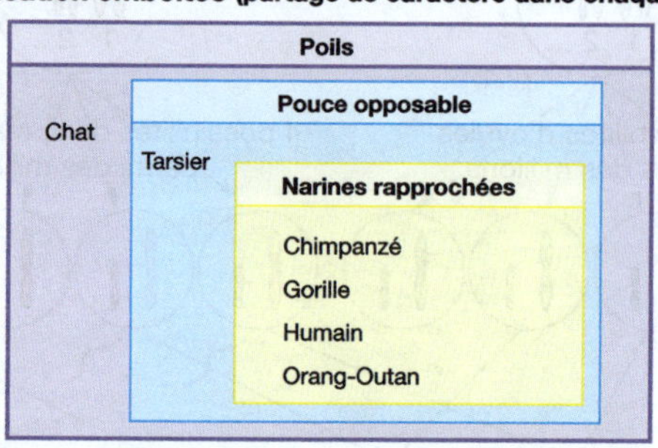

Arbre phylogénétique

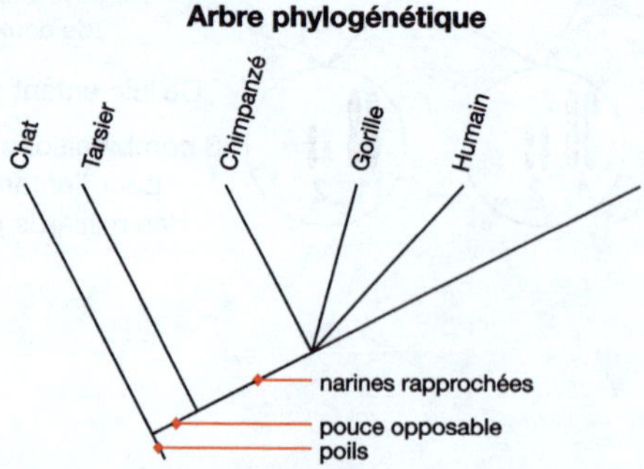

◆ Acquisition d'un nouveau caractère chez un ancêtre commun

7 Le corps humain et la santé

A La digestion et l'alimentation

● La digestion dans le tube digestif permet le découpage des molécules des aliments en molécules plus petites appelées **nutriments.**

● Les nutriments passent dans le sang au niveau de l'**intestin** et peuvent être distribués à toutes les cellules qui en ont besoin.

B Le système nerveux

● Les cellules nerveuses ou **neurones** communiquent entre elles par l'intermédiaire de molécules appelées **neurotransmetteurs.**

● Ces cellules sont placées dans les centres nerveux (**encéphale** et **moelle épinière**) où des messages nerveux peuvent être créés.

● Des **récepteurs sensoriels** permettent de détecter de multiples informations de notre environnement, un message nerveux est créé, transmis et permet de réagir de manière appropriée.

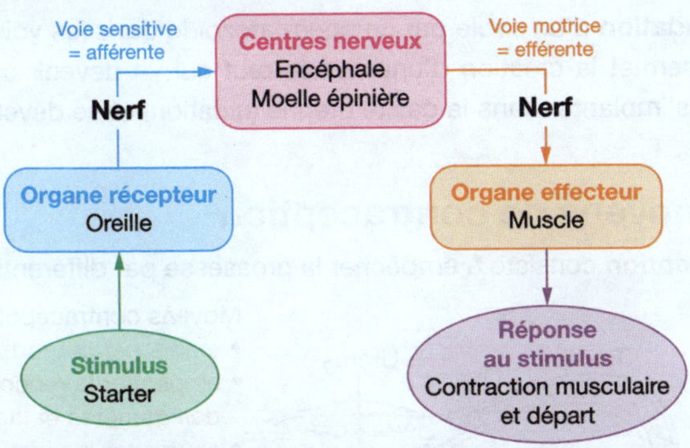

Schéma de la transmission nerveuse avec l'exemple du starter

C L'effort musculaire

● Au cours de l'effort, les muscles ont besoin de plus d'énergie pour se contracter :
– la **respiration s'accélère** pour apporter plus de dioxygène ;
– le **rythme cardiaque augmente** afin que le sang circule plus vite.

● L'**entraînement** permet d'améliorer les capacités cardiaque, respiratoire et musculaire, ce qui augmente les performances.

● Le **dopage** a les mêmes objectifs, mais il est dangereux pour la santé car il perturbe les systèmes nerveux et cardiovasculaire.

D Reproduction et sexualité

1. Les appareils génitaux humains

● Les organes sexuels commencent à produire des **gamètes** et des **hormones** à partir de la puberté. La reproduction devient alors possible.

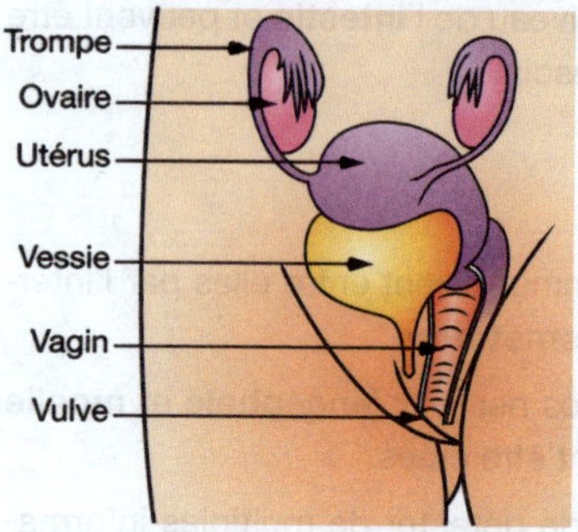

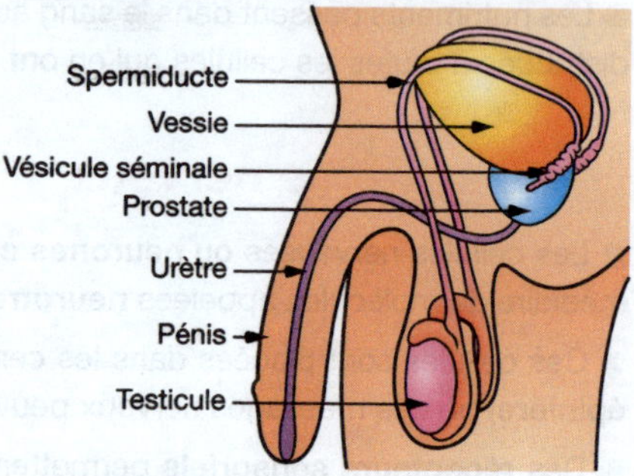

Schémas des organes sexuels de la femme et de l'homme

Remarque : la vessie fait partie de l'appareil urinaire.

● La **fécondation** d'un ovule par un spermatozoïde dans les voies génitales féminines permet la création d'une cellule-œuf qui va devenir un embryon. Celui-ci va s'implanter dans la cavité utérine (nidation) et se développer pendant 9 mois.

2. Les moyens de contraception

La **contraception** consiste à empêcher la grossesse par différents moyens.

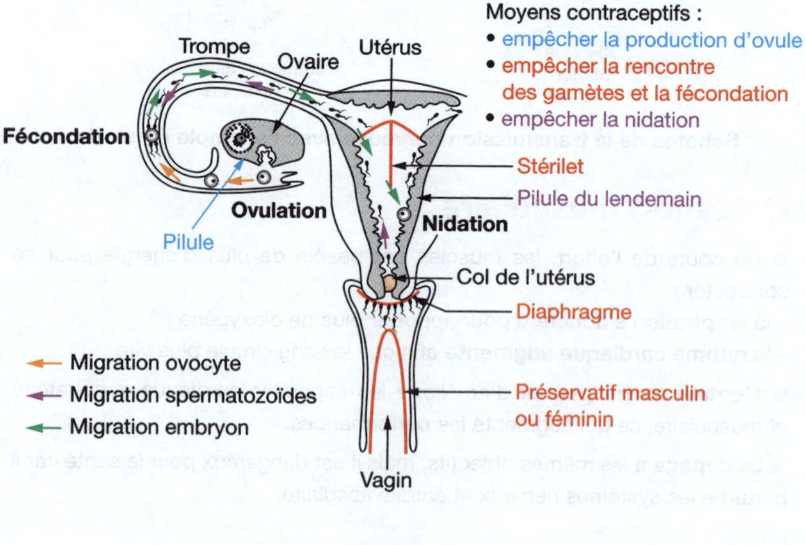

E Relations avec le monde microbien

1. Microbes et défense de l'organisme

- Les **micro-organismes pathogènes** provoquent des maladies. Ils peuvent être transmis par l'eau, l'air, les insectes, le sang ou les rapports sexuels.
- Les **cellules immunitaires**, présentes dans différents organes lymphatiques et circulant dans le sang et la lymphe, reconnaissent les éléments étrangers ou antigènes. Les **phagocytes** les détruisent afin de stopper l'infection. Les **lymphocytes B** les neutralisent par l'intermédiaire des anticorps. Les **lymphocytes T** détruisent les cellules infectées par des virus.
- Les **lymphocytes** sont capables de mémoriser l'identité de l'élément étranger, ce qui permet une réaction plus rapide en cas de contact ultérieur.

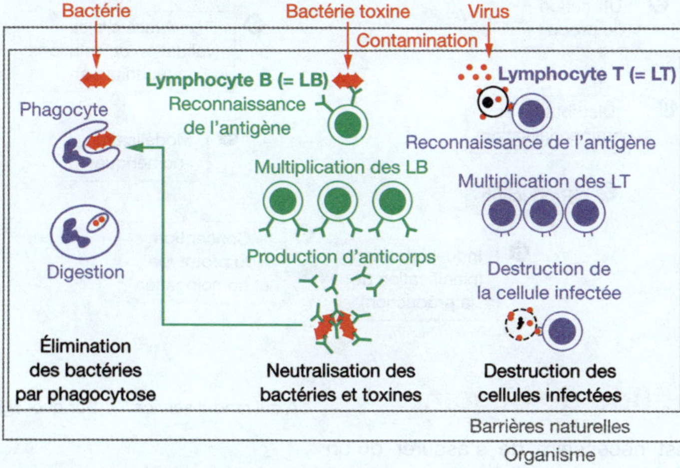

2. Lutte contre les maladies

Méthode	Mode opératoire	Cible	Objectif
Règles d'hygiène	Lavage des mains, asepsie, préservatif contre les IST, port du masque et distanciation sociale	Microbes (virus et bactéries)	Empêcher la contamination
Sérum	Injection d'anticorps	Toxines, venins	Apporter une défense immunitaire
Antibiotique	Molécule	Bactéries	Détruire les bactéries
Vaccin	Micro-organisme pathogène atténué, fragment injecté ou ARN viral	Microbes (virus et bactéries)	Déclencher une réaction immunitaire plus rapide

8 Design, innovation et créativité

La vie d'un objet technique passe toujours par les mêmes étapes. L'ensemble de ces étapes est appelé cycle de vie du produit.

A Le cycle de vie du produit

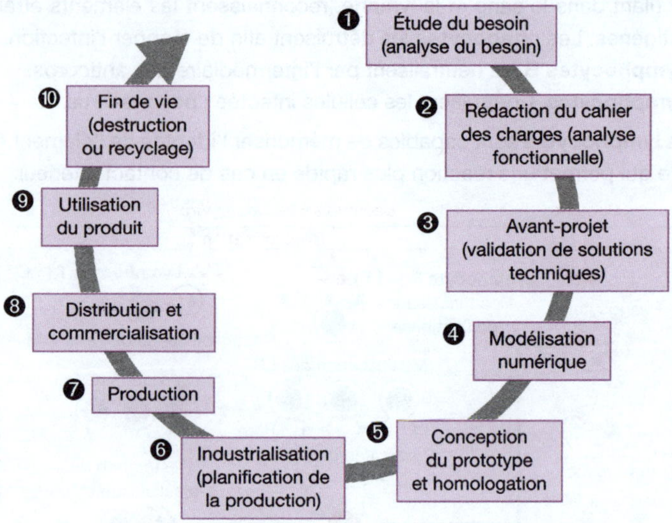

B Étude du besoin

- Il est nécessaire de s'assurer qu'un besoin existe. Le **schéma du besoin** permet de se faire rapidement une idée de celui-ci et de justifier le projet.
- Les réponses aux questions : « À qui rend-il service ? » et « Sur quoi agit-il ? » doivent être les plus précises possible.
- La question : « Dans quel but ? » ne doit pas avoir pour réponse une solution, un produit.

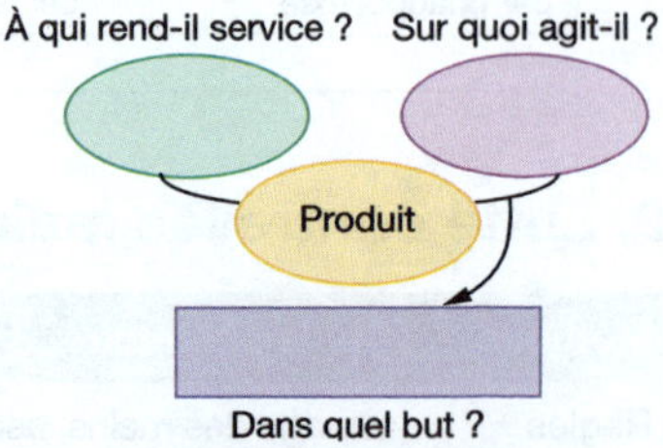

Schéma du besoin

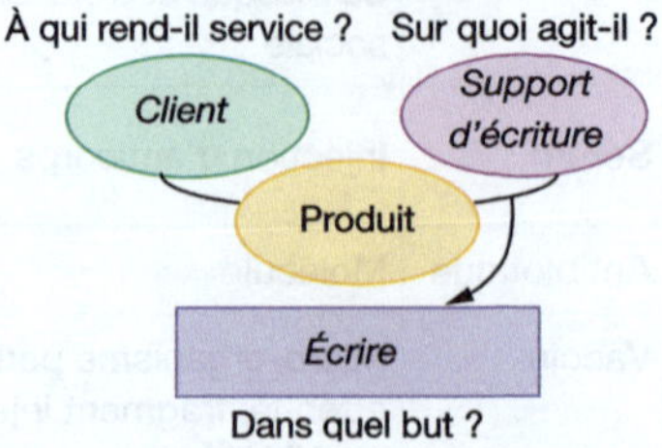

Exemple pour un objet : le stylo

9 Les objets techniques, les services et les changements induits dans la société

A Établissement du cahier des charges

Le **diagramme des interacteurs** est utilisé pour déterminer les fonctions de service et les contraintes que devra respecter le produit à chaque étape de son cycle de vie.

Exemple pour l'étape « utilisation », pour un objet en particulier : le stylo.

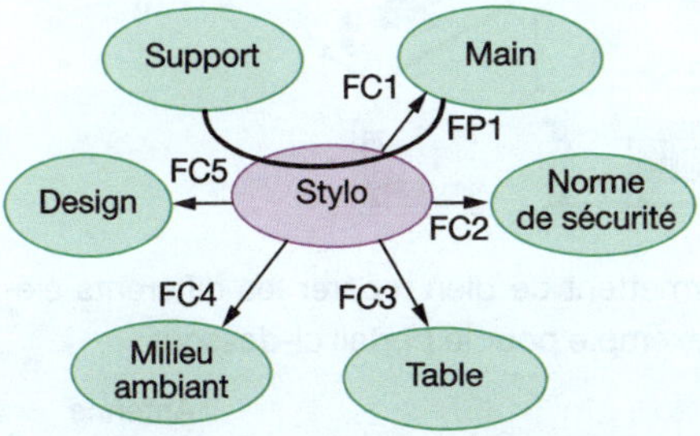

FP1 : permettre à la main de laisser une trace écrite sur un support

FC1 : avoir une bonne prise en main

FC2 : respecter les normes en vigueur

FC3 : tenir en place

FC4 : respecter les caractéristiques de la trousse

FC5 : plaire à l'utilisateur

FP : fonction principale. FC : fonction contrainte.

B Fin de vie

- La fin de vie du produit est prise en compte dès la rédaction du cahier des charges afin de le rendre plus respectueux de l'environnement.
- La destruction ou le recyclage du produit dépend entre autres des matériaux utilisés. Il y a **trois familles de matériaux**, plus des matériaux composites.

Famille	Matériaux	Recyclage ou réutilisation
Métaux	Fer, cuivre, zinc…	Tous recyclables
Matériaux organiques	Papier/carton	Recyclable
	Plastique	Recyclable ou incinérable selon le cas
	Bois	Réutilisable (cheminée…)
Matériaux minéraux	Verre	Recyclable
	Béton/brique	Réutilisable (remblais)

SPRINT FINAL

10 La modélisation et la simulation des objets et systèmes techniques

A Dessin de définition

● Pour communiquer efficacement, il faut réaliser des dessins de définition du produit. Les logiciels de **DAO** (dessin assisté par ordinateur) ou de **CAO** (conception assistée par ordinateur) permettent de réaliser ces dessins.

Exemple pour un portail automatique :

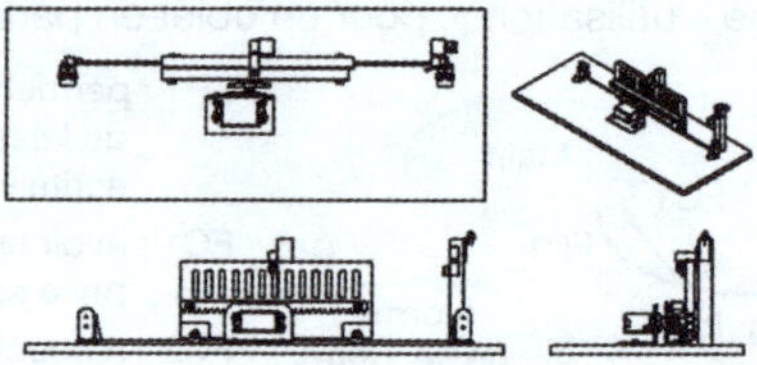

● Les **représentations en 3D** permettent de bien repérer les différents éléments d'un système, comme par exemple pour le portail ci-dessous.

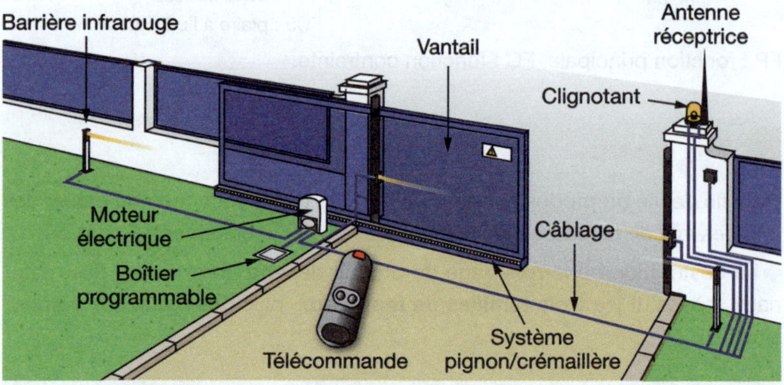

B Bloc fonctionnel

Ce portail peut également se représenter sous forme d'un bloc fonctionnel. On indique alors les **événements**, **informations** et **énergies** entrant dans le portail et ce qui en ressort (mouvement, lumière, énergie, informations…).

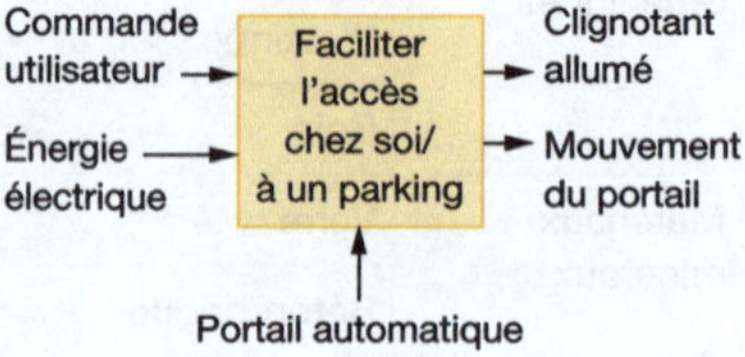

C Chaîne d'énergie et chaîne d'information

● On peut détailler le bloc fonctionnel pour faire apparaître la chaîne d'énergie et la chaîne d'information.

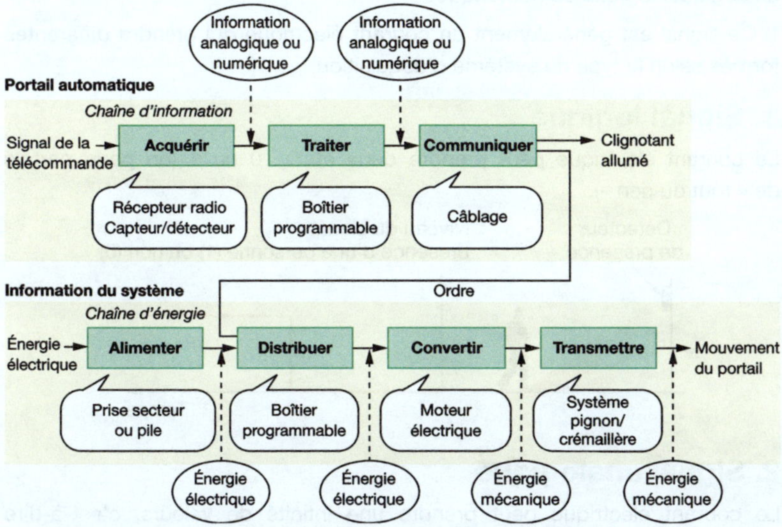

● La fonction « **acquérir** » est assurée par un **détecteur**, un **capteur** ou un **codeur** en fonction du type d'information transmise. Elle consiste à créer une information à partir d'un événement (présence d'une personne, par exemple) ou d'une grandeur physique (température, par exemple).

● La fonction « **traiter** » est assurée par un **composant électronique programmable**. L'information est une variable traitée par un programme afin qu'elle devienne communicable.

● La fonction « **communiquer** » est réalisée soit avec un **support matériel** (fibre optique ou câbles/fils électriques), soit **sans fil** (Bluetooth, Wi-Fi, onde radio ou infrarouge).

● La fonction « **alimenter** » amène une **énergie exploitable** à l'objet technique.

● La fonction « **distribuer** » contrôle et gère la quantité d'énergie amenée à l'actionneur.

● La fonction « **convertir** » est toujours assurée par un **actionneur** (exemple : moteur, lampe, haut-parleur, résistance chauffante…). L'énergie entrée dans le système sera alors convertie en une autre énergie.

● La fonction « **transmettre** » fait en sorte que la fonction d'usage de l'objet technique soit réalisée.

D Moyens d'acquisition et types de signaux

- Une information circule, entre l'acquisition et le traitement, sous la forme d'un signal qui peut être de 3 types en fonction du système d'acquisition : analogique, logique ou numérique.
- Ce signal est généralement un courant électrique qui prendra différentes formes selon le type de système d'acquisition.

1. Signal logique

Le courant électrique peut prendre deux états : 0 ou 1 (on parle parfois de « tout ou rien »).

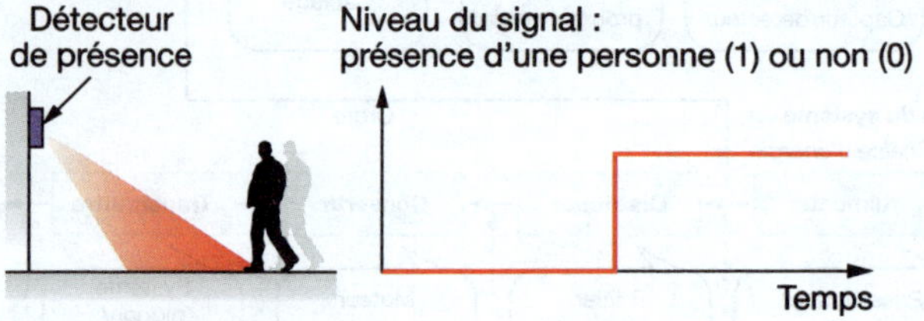

2. Signal analogique

Le courant électrique peut prendre une infinité de valeurs, c'est-à-dire un nombre de valeurs que l'on ne peut pas déterminer.

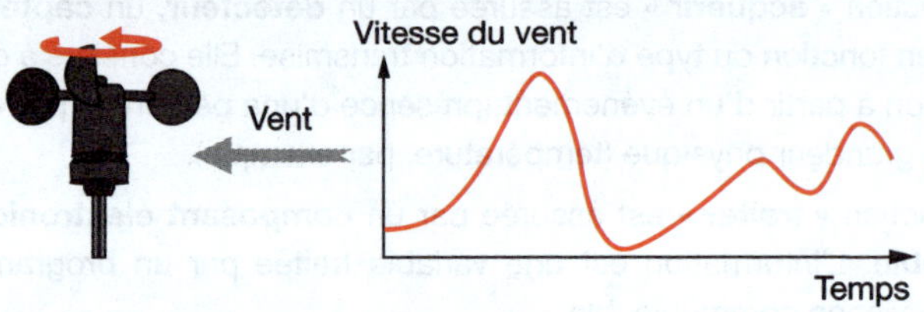

3. Signal numérique

Le courant électrique peut prendre un nombre déterminé de valeurs.
Les valeurs sont codées par un « mot informatique » composé de 0 et de 1.

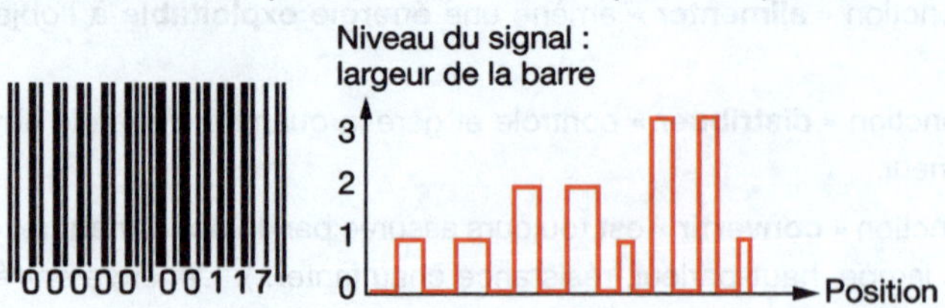

11 Informatique et programmation

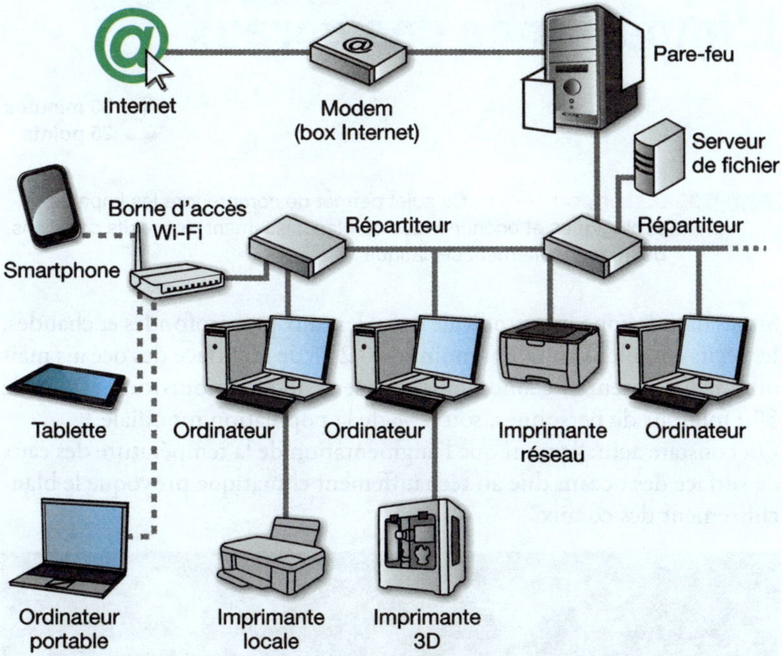

- **Répartiteur** : il relie les ordinateurs entre eux et permet de partager la connexion Internet.
- **Borne d'accès Wi-Fi** : elle permet de créer un accès au réseau sans nécessiter de câble réseau.
- **Serveur de fichier** : il stocke les fichiers et certains logiciels qui sont installés sur le réseau (comme l'antivirus).
- **Modem** : il permet l'accès à Internet.
- **Pare-feu** : il filtre les données provenant d'Internet et contrôle celles que l'on envoie à Internet.

L'importance des coraux

30 minutes
25 points

INTÉRÊT DU SUJET • Ce sujet permet de comprendre les impacts écologiques et économiques du blanchissement des récifs coralliens, dû au réchauffement climatique.

Situés dans la zone intertropicale dans des eaux peu profondes et chaudes, les récifs coralliens couvrent moins de 0,2 % de la surface des océans mais offrent un potentiel économique et une source de nourriture à plus de 500 millions de personnes, soit 8 % de la population mondiale.
On constate actuellement que l'augmentation de la température des eaux de surface des océans due au réchauffement climatique provoque le blanchissement des coraux.

© Marine Savers and Four Seasons Resorts Maldives

Photographies de coraux sains,
en cours de blanchissement et complètement blancs
Source : Marinesavers, 2016.

DOCUMENT 1 **Le corail, une association symbiotique entre des animaux et des algues**

Les récifs coralliens sont construits par des animaux qui fabriquent un squelette calcaire. Ces animaux marins, appelés polypes, hébergent à l'intérieur de leurs cellules des algues microscopiques : les zooxanthelles responsables en partie de leur couleur.

Schéma d'une coupe longitudinale d'un polype

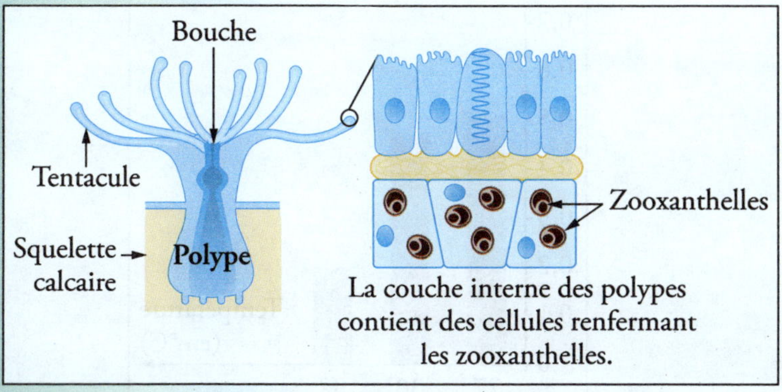

(NOAA, s.d)

Grâce à la photosynthèse, les zooxanthelles apportent des molécules riches en carbone et du dioxygène aux polypes. Les zooxanthelles bénéficient d'un environnement protégé du broutage par les prédateurs et des conditions stables pour leur multiplication. Elles utilisent les déchets azotés et phosphatés du polype comme source d'éléments minéraux.

▶ **1.** Sachant qu'une symbiose est une association à bénéfices réciproques, justifier que le corail est une association symbiotique. *(4 points)*

SPRINT FINAL

La température est un paramètre environnemental primordial car elle agit sur la photosynthèse, la respiration et la croissance des coraux.

DOCUMENT 2 **Nombre de zooxanthelles dans les polypes en fonction de la température de l'eau**

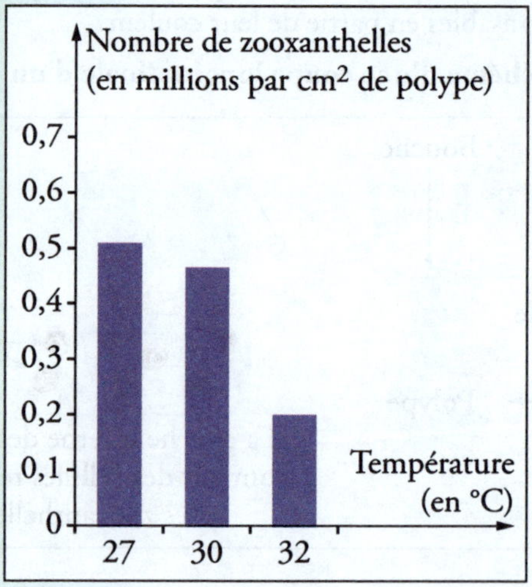

Source : Hoegh-Guldberg & Smith, 1989.

▶ **2.** En vous aidant du graphique du document 2, établir le lien entre la quantité de zooxanthelles et la température de l'eau de mer. Votre réponse sera justifiée par des valeurs. *(6 points)*

Les zooxanthelles sensibles à l'élévation de température meurent, ce qui entraîne la mort des polypes et le blanchissement des coraux.
On cherche à sélectionner des coraux résistant à une température de 32 °C afin de les multiplier et de les réintroduire dans l'environnement.

DOCUMENT 3 **Matériel disponible pour réaliser les expériences**

– coraux hébergeant des zooxanthelles d'espèce A
– coraux hébergeant des zooxanthelles d'espèce B
– coraux hébergeant des zooxanthelles d'espèce C
– aquariums
– eau de mer
– bains thermostatés (conservant une température constante)
– thermomètres

Durée des expériences : Les résultats des expériences ne seront visibles qu'au bout de quelques semaines car le blanchissement des coraux n'est pas immédiat.

▶ **3.** En vous aidant du document 3, proposer un protocole expérimental pour sélectionner des coraux résistant à une température des eaux de surface de 32 °C. Votre réponse sera présentée sous forme d'un texte ou/et d'un schéma légendé. *(6 points)*

On s'intéresse aux services rendus par les récifs coralliens pour les 8 millions d'humains vivant à leur proximité.

DOCUMENT 4 **Les récifs coralliens de l'île de la Réunion, des écosystèmes marins d'une grande valeur**

Aspects socio-économiques
• Les ressources marines sont limitées, les récifs constituent des zones de pêche privilégiées. • La pêche est la ressource principale des familles les plus démunies. • Environ un demi-million de touristes visitent l'île chaque année en moyenne. • Plus de 80 % des touristes passent au moins une journée ou plus à la plage pendant leur séjour. • L'ensemble des touristes dépense en moyenne 350 millions d'euros chaque année sur l'île. • Les activités récréatives de sports côtiers (voile, plongée, surf, kayak) représentent plus de 80 000 pratiquants par an. • Des dizaines de clubs de plongée vivent directement des activités en lien avec les récifs. • L'utilisation pharmacologique potentielle des différentes espèces marines constitue un réservoir naturel susceptible de constituer les médicaments de demain.

Aspects environnementaux
• Les récifs coralliens protègent les côtes de la houle et évitent la dégradation des habitats du littoral. • L'érosion des plages est ralentie par la barrière de corail qui diminue l'énergie de la houle. • 1/3 des espèces marines connues vivent dans les récifs : les récifs sont un réservoir de biodiversité. • Les récifs constituent une zone de frayère et de nurserie pour de très nombreuses espèces de poissons, notamment des poissons pêchés. • Des espèces rares et menacées vivent de manière protégée dans les récifs. • Le carbone est séquestré dans le squelette calcaire des coraux.

▶ **4.** À partir de l'ensemble des documents, montrer comment un changement à l'échelle de la planète peut influencer la biodiversité locale et les activités humaines sur l'île de la Réunion. *(9 points)*
On attend au moins deux exemples qui associent obligatoirement ces trois éléments : activités humaines, biodiversité et climat.

LES CLÉS DU SUJET

Comprendre les documents

Document 1 • Le corail, une association symbiotique	• Le schéma et le texte décrivent les rôles des animaux et des algues au sein des coraux, ainsi que la nature de leur association. • Identifie les organismes et mets en évidence les bénéfices qu'ils tirent de leur association.
Document 2 • Nombre de zooxanthelles dans les polypes en fonction de la température de l'eau	• Le graphique montre l'évolution de la quantité de zooxanthelles dans les polypes en fonction de la température de l'eau. • N'oublie pas de relever des valeurs chiffrées dans le graphique.
Document 3 • Matériel disponible pour réaliser les expériences	• Ce document est une liste de matériel d'expérience pour sélectionner des coraux résistant à une température de 32 °C. • Élabore un protocole expérimental en utilisant tous les éléments de cette liste.
Document 4 • Les récifs coralliens de l'île de la Réunion, des écosystèmes marins d'une grande valeur	• Le tableau expose les valeurs socio-économiques et environnementales des récifs coralliens de l'île de la Réunion. • Les intérêts sont nombreux : distingue ceux qui sont liés aux activités humaines et ceux liés à la biodiversité locale.

Répondre aux questions

▶ **1.** Recherche les avantages pour chaque organisme d'être associé à l'autre et décris ce qu'ils s'apportent mutuellement.

▶ **3.** N'oublie pas la notion de témoin dans le protocole expérimental, qui peut comporter plusieurs expériences.

▶ **4.**

Montrer comment un changement à l'échelle de la planète peut influencer localement la biodiversité et les activités humaines

Étape 1. Dans un premier temps, surligne dans le tableau du document 4 les intérêts de la présence des coraux, afin de montrer leur importance pour les activités humaines et la biodiversité de l'île de la Réunion.

Étape 2. Ensuite, pour au moins deux exemples, montre la relation entre les aspects environnementaux et socio-économiques.

Étape 3. Pour finir, relie le changement climatique et ses conséquences sur les activités humaines et la biodiversité de l'île.

38 CORRIGÉ GUIDÉ

▶ **1.** Les récifs coralliens sont constitués de l'association de deux organismes : des animaux appelés polypes et des algues microscopiques, les zooxanthelles. Les polypes bénéficient des molécules riches en carbone et en dioxygène produites par la photosynthèse des zooxanthelles.
Quant aux zooxanthelles, à l'intérieur des polypes, elles sont protégées du broutage par les prédateurs et peuvent ainsi se multiplier dans des conditions stables. Elles profitent aussi des déchets azotés et phosphatés du polype comme source d'éléments minéraux.
Chaque organisme apporte des avantages à l'autre, ils tirent un bénéfice réciproque de leur association : le corail est donc bien une association symbiotique.

▶ **2.** Sur le graphique du document 2, on peut lire le nombre de zooxanthelles présentes en millions de cellules par cm² de polype, en fonction de la température de l'eau de mer.
L'augmentation de la température de l'eau de 27 à 30 °C entraîne une diminution assez faible du nombre de zooxanthelles (environ 0,05 million de cellules par cm² de polype). En revanche, l'élévation de 2 °C de la température de l'eau de mer entre 30 et 32 °C entraîne la disparition de plus de la moitié des zooxanthelles, qui passent de 0,5 à 0,2 million de cellules par cm² de polype.
À l'approche de 32 °C, il y a donc une diminution très importante de la quantité des zooxanthelles, ce qui fragilise les coraux et entraîne leur blanchissement.

▶ **3.** Le protocole expérimental doit permettre de tester et de sélectionner des coraux résistants à une température des eaux de surface de 32 °C.

Il faut tester chacun des trois types de coraux à une température de 32 °C, mais aussi à une température optimale (27 °C) qui servira de témoin, afin de pouvoir comparer leur apparence et savoir s'ils se développent toujours normalement à 32 °C ou s'ils blanchissent au bout de quelques semaines.

Par exemple, pour les coraux hébergeant l'espèce A de zooxanthelles, on mettra en œuvre deux expériences :

À 27 °C en témoin :

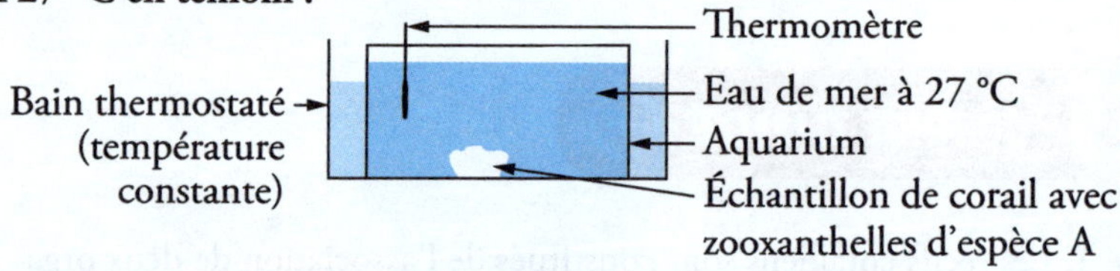

À 32 °C en test :

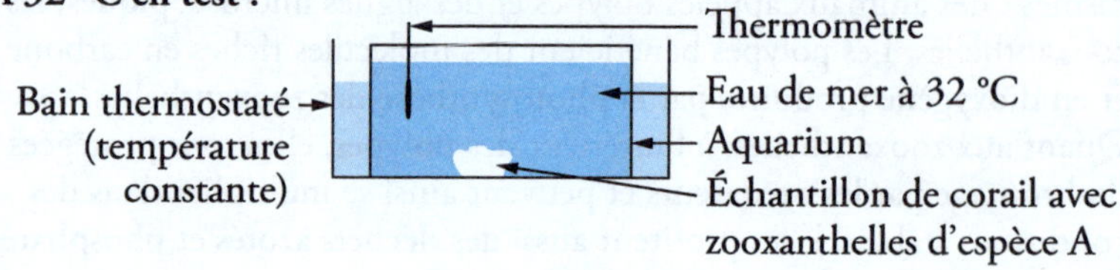

▶ **4.** Des changements climatiques à l'échelle de la planète peuvent avoir des répercussions locales sur l'environnement, mais aussi sur l'activité humaine. C'est le cas sur l'île de la Réunion à cause de la destruction des récifs coralliens.

• Les récifs coralliens sont non seulement très importants pour l'environnement et la biodiversité de l'île mais ils ont aussi un rôle socio-économique.

D'après le document 4, les récifs coralliens hébergent un tiers des espèces marines connues et sont un réservoir de biodiversité. Ils constituent une zone de reproduction de très nombreuses espèces de poissons notamment des poissons pêchés. Des espèces rares et menacées vivent de manière protégée dans les récifs.

DÉFINITION
Une frayère (voir document 4) est l'endroit où les femelles déposent leurs œufs. Les mâles viendront ensuite les recouvrir de leur semence.

En découle un intérêt pour la pêche qui est la ressource principale des familles les plus démunies, mais aussi pour le tourisme. Chaque année, un demi-million de touristes visitent l'île, profitent de ses plages et dépensent en moyenne 350 millions d'euros. Les nombreux clubs de plongée vivent directement des activités en lien avec les récifs.

- D'un autre côté, les récifs coralliens protègent les côtes de la houle et évitent l'érosion des plages et la dégradation des habitats du littoral. Ils permettent ainsi la conservation des plages et le maintien des activités récréatives de sports côtiers (voile, plongée, surf, kayak) qui attirent les touristes.
- On peut aussi noter l'intérêt de la biodiversité au sein des récifs coralliens pour l'utilisation pharmacologique potentielle des différentes espèces marines afin de créer les médicaments de demain.

Le réchauffement climatique à l'échelle de la planète entraîne l'élévation de la température de l'eau de mer et la destruction des récifs coralliens de l'île de la Réunion. Cette destruction a un impact environnemental désastreux avec une diminution importante de la biodiversité, mais aussi des conséquences négatives sur les activités humaines, principalement la pêche et le tourisme.

Robot collecteur de déchets

30 minutes
25 points

INTÉRÊT DU SUJET • Ce sujet permet d'aborder le diagramme des blocs internes d'un robot, puis de choisir un matériau en fonction de son impact environnemental.

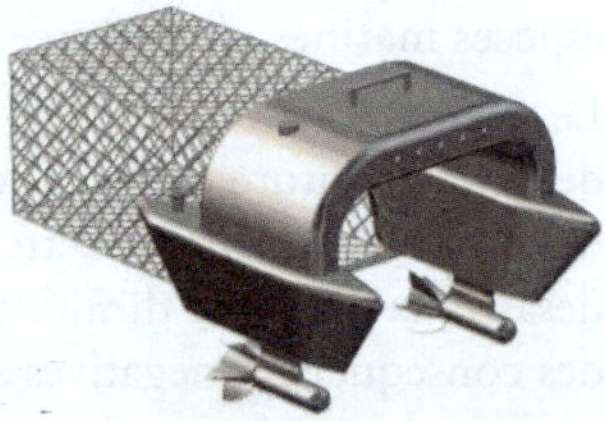

De plus en plus de déchets flottent en mer, polluent les eaux et intoxiquent les animaux. La collecte de ces déchets, triés puis recyclés permet d'économiser les ressources naturelles non renouvelables (pétrole, aluminium…), de limiter les émissions de gaz à effet de serre, de préserver la faune et la flore subaquatiques. L'étude porte sur un robot collecteur de déchets se déplaçant de façon autonome sur l'eau.

▶ **1. Donner** la fonction d'usage de ce robot. **Citer** trois éléments permettant d'expliquer l'importance de recycler les déchets collectés par ce robot. *(4 points)*

DOCUMENT 1 **Principe de fonctionnement**

Le déplacement du robot sur l'eau est assuré par deux hélices couplées chacune à un moteur électrique.

La consommation électrique des moteurs est proportionnelle à la quantité de déchets collectée. Le niveau de déchets collecté est estimé à l'aide d'un capteur qui effectue une mesure du courant consommé par les moteurs électriques. L'énergie électrique, nécessaire au fonctionnement du robot, est stockée au sein d'une batterie.

Un module de puissance distribue, sur ordre d'une interface programmable, l'énergie aux moteurs électriques.

Les flux d'information et de puissance sont gérés par l'interface programmable.

Un retour à la base est programmé dès lors que l'intensité lumineuse, détectée par le capteur de luminosité, est faible ou que le réservoir de déchets est plein.

▶ **2.** À l'aide du document 1, **compléter** le diagramme des blocs internes en utilisant les termes suivants *(6 points)* :
– interface programmable ;
– capteur de mesure de courant ;
– capteur de luminosité ;
– batterie ;
– moteurs électriques ;
– hélices.

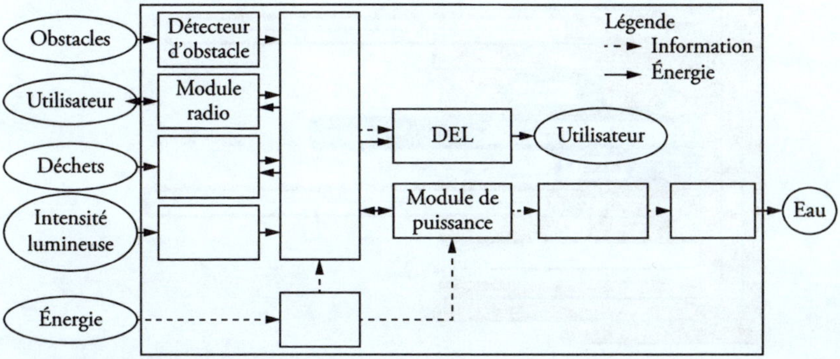

DOCUMENT 2 Algorithme du programme de gestion du retour à la base

Si la valeur mesurée par le capteur de courant est supérieure à 80 A
    Alors les DEL* d'information à destination de l'utilisateur sont allumées,
        la commande « retour base » est activée,
        le message « vider les déchets » est envoyé à tous.
Sinon
    Si l'intensité lumineuse reçue par le capteur est inférieure à 50 lux
        Alors les DEL d'information à destination de l'utilisateur sont allumées,
            la commande « retour base » est activée,
            le message « intensité lumineuse insuffisante » est envoyé à tous.
    Sinon le robot effectue son cycle de « déplacement ».

*DEL : diode électroluminescente

▶ **3.** À l'aide du document 2, **compléter** le programme de gestion « retour à la base ». *(8 points)*

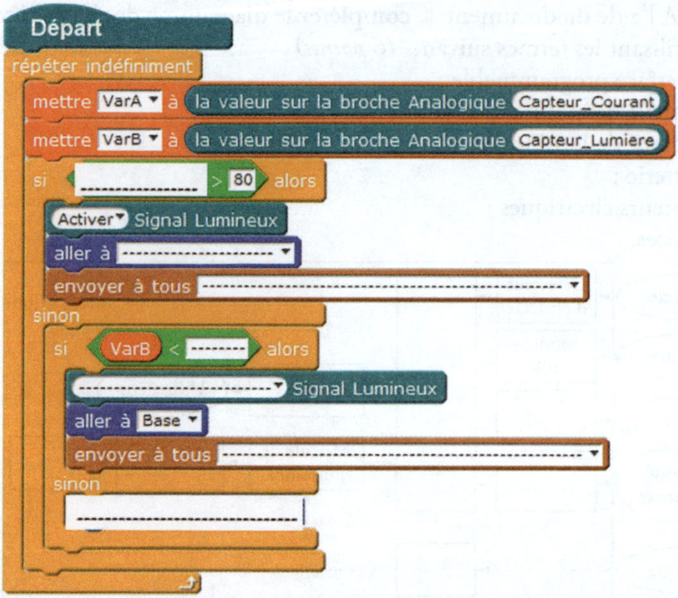

DOCUMENT 3 Caractéristiques des matériaux

Matériau	Aluminium recyclé	Composite (fibre de carbone)
Volume de la pièce	2 500 cm^3	1 800 cm^3
Masse volumique du matériau	2,7 $g \cdot cm^{-3}$	1,7 $g \cdot cm^{-3}$
Émission de gaz à effet de serre pour 1 kg de matière utilisée	560 g	2 600 g

Remarque : Le volume de la pièce varie en fonction du matériau utilisé car l'épaisseur de la coque est différente pour obtenir un même niveau de résistance.

Pour limiter l'impact environnemental, la coque du robot est réalisée avec le matériau qui a la plus faible émission de gaz à effet de serre.

▶ **4.** À l'aide du document 3, **calculer** la masse de chaque matériau puis la quantité d'émission de gaz à effet de serre. **Déterminer** alors le matériau à utiliser pour réaliser la coque du robot. **Argumenter**. *(7 points)*

LES CLÉS DU SUJET

Question 1

Comprendre l'introduction

L'introduction explique le besoin auquel répond le système étudié.

Répondre à la question

• Pose-toi la question « à quoi le robot sert-il ? ». Tu trouveras alors sa fonction d'usage. Essaie d'utiliser les mots du texte dans ta réponse.

• Les trois éléments permettant d'expliquer l'importance de recycler les déchets collectés sont indiqués dans l'introduction. Barre-les au crayon au fur et à mesure que tu les écris dans ta réponse.

Question 2

Comprendre le document 1

Le document 1 explique le principe de fonctionnement du système.

Répondre à la question

• Repère les liens entre les éléments extérieurs (intensité lumineuse, énergie, eau…) et les éléments du robot.

• Repère l'élément central du système, c'est-à-dire celui qui fait le lien entre l'énergie et l'information.

• Complète les blocs internes du diagramme en utilisant les termes de la question.

Question 3

Comprendre le document 2

Le document 2 est l'algorithme du programme de gestion de retour du robot à sa base.

Répondre à la question

• Il s'agit de traduire l'algorithme du document 2 sous la forme d'un programme Scratch.

• Dans l'algorithme, repère les éléments déjà complétés dans le programme Scratch.

• Complète les cases du programme Scratch avec les informations manquantes.

Question 4

Comprendre le document 3

Le tableau du document 3 donne les caractéristiques de deux matériaux qui peuvent être utilisés dans la fabrication de la coque du robot.

Répondre à la question

- Note les unités des différentes valeurs indiquées dans le tableau.
- Détermine la masse des coques dans chacun des deux matériaux, en multipliant le volume de la pièce par la masse volumique. Puis détermine la masse de gaz à effet de serre qu'elles émettent. Choisis le matériau qui en émet le moins.

39 CORRIGÉ GUIDÉ

▶ **1.** Le robot sert à collecter les déchets qui flottent en mer.

La collecte de ces déchets permet :

– d'économiser les ressources naturelles non renouvelables (pétrole, aluminium…) ;

– de limiter les émissions de gaz à effet de serre ;

– de préserver la faune et la flore subaquatiques.

▶ **2.**

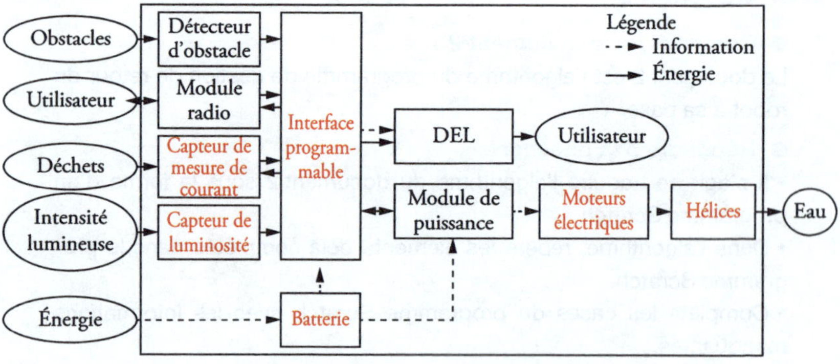

▶ 3.

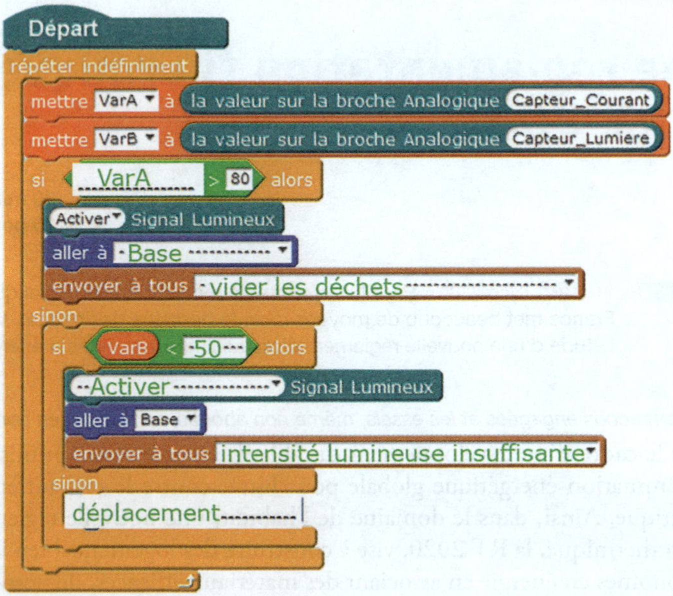

▶ 4.

Matériau		Aluminium recyclé	Composite : fibre de carbone
Masse du matériau	Détail du calcul	2 500 × 2,7	1 800 × 1,7
	Résultat en kg	6 750 g = 6,75 kg	3 060 g = 3,06 kg
Émission de gaz à effet de serre lors du cycle de vie de la coque	Détail du calcul	6,75 × 560	3,06 × 2 600
	Résultat en g	3 780 g	7 956 g

CONSEIL
Les valeurs des émissions de gaz à effet de serre sont données pour 1 kg de matière utilisée. N'oublie pas de convertir en kilogrammes les masses des coques que tu as calculées.

La fabrication de la coque en aluminium recyclé émet environ deux fois moins de gaz à effet de serre que la fabrication de la coque en fibre de carbone.
Pour limiter l'impact environnemental, on choisira donc de réaliser la coque du bateau avec de l'aluminium.

Une réglementation thermique, la RT 2020

30 min
25 points

INTÉRÊT DU SUJET • Pour lutter contre le réchauffement climatique, la France met beaucoup de moyens dans le domaine de l'habitat. Voici l'étude d'une nouvelle réglementation qui limite les pertes d'énergie.

Les démarches engagées et les essais, même non aboutis, seront pris en compte.

Dans le cadre d'un développement durable, la France veut optimiser sa consommation énergétique globale pour lutter contre le réchauffement climatique. Ainsi, dans le domaine de l'habitat, une nouvelle réglementation thermique, la RT 2020, vise à construire des logements bien isolés et économes en énergie en associant des matériaux efficaces, de nouvelles technologies de génération d'énergie électrique (panneaux photovoltaïques…) et une meilleure gestion de la consommation énergétique grâce à la domotique.

▶ **1.** On s'intéresse aux panneaux photovoltaïques de la toiture d'une habitation. Sans recopier le diagramme de conversion d'énergie ci-dessous, associer sur votre copie chacun des trois numéros à une forme d'énergie choisie parmi les suivantes : énergie électrique, énergie lumineuse, énergie cinétique, énergie chimique, énergie thermique. (*3 points*)

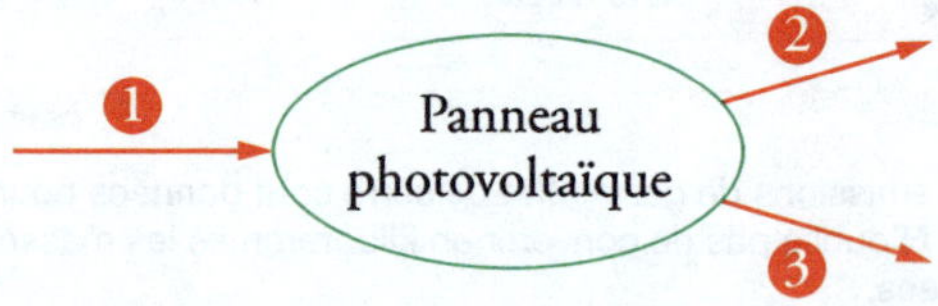

▶ **2.** Afin qu'un bâtiment réponde à la réglementation RT 2020, sa consommation énergétique est réduite en choisissant des matériaux qui ont :

– un bon pouvoir isolant. Plus un matériau est isolant, plus sa conductivité thermique est faible ;

– un impact environnemental satisfaisant comme les matériaux biosourcés. Un matériau biosourcé est un matériau d'origine animale ou végétale.

Matériaux de construction isolants :

Matériaux de construction	Laine de verre	Paille	Ouate de cellulose
Conductivité thermique (unité SI)	0,035	0,045	0,042
Biosourcé	Non	Oui	Oui

D'après https://conseils-thermiques.org

a) En vous aidant du tableau précédent, classer sur la copie les trois matériaux indiqués du moins isolant au plus isolant. Justifier la réponse. *(4 points)*

b) Parmi les trois matériaux indiqués, choisir celui qui permet de répondre au mieux à la RT 2020. Fournir deux arguments justificatifs. *(4,5 points)*

▶ **3.** L'installation d'un isolant lors de la construction d'un bâtiment est soumise à des normes très strictes pour faire face aux risques d'incendie.

La cellulose

L'isolant ouate de cellulose est un dérivé de la cellulose.

La cellulose est formée de chaînes de glucose liées entre elles pour former une fibre. On donne ci-contre un modèle d'une molécule de glucose de formule brute $C_6H_{12}O_6$.

L'équation de la réaction modélisant la combustion du glucose s'écrit :

$C_6H_{12}O_6 + 6\ O_2 \rightarrow 6\ CO_2 + 6\ H_2O$

a) En vous aidant des informations ci-dessus, donner le nom et le nombre des atomes présents dans une molécule de glucose. *(3 points)*

b) Donner le nom et la formule chimique des deux produits formés lors de la combustion du glucose. *(4 points)*

▶ **4.** Un constructeur propose à des acheteurs une maison d'une surface de 100 m². Elle bénéficie d'une bonne isolation en ouate de cellulose. La puissance totale perdue vers l'extérieur est compensée par la puissance du chauffage électrique de la maison. Pour une température moyenne intérieure de 19 °C, on relève une puissance moyenne perdue de 0,85 kW. Le constructeur indique que cette maison est de classe A.

Classement de la consommation énergétique des bâtiments en kWh par an et par m²

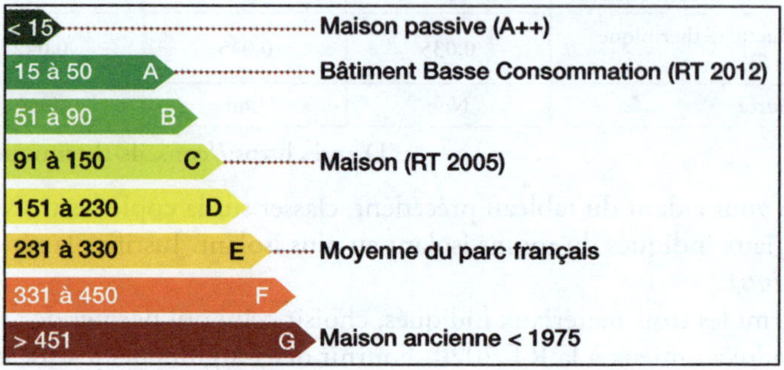

D'après encyclopédie *Acqualys*

a) Montrer que, pour cette maison, l'énergie électrique consommée par an est égale à environ 2 500 kWh. Préciser la relation utilisée. Toute démarche même partielle sera prise en compte. *(2 points)*
Donnée : pour une année, on considère qu'il y a 120 jours de 24 h de chauffage.

b) À l'aide du classement de la consommation énergétique des bâtiments en kWh par an et par mètre carré et d'un calcul, indiquer si l'affirmation du constructeur à propos du classement énergétique de la maison est exacte. *(4,5 points)*

LES CLÉS DU SUJET

Comprendre l'énoncé

Il n'y a pas de document dans ce sujet. Il faut chercher les informations nécessaires pour répondre aux questions dans les introductions aux questions.

• Pour les questions **2. a)** et **2. b)**, utilise le tableau donné dans l'introduction pour comparer les matériaux que l'on te demande de choisir.

• L'introduction à la question **4** et l'énoncé de la question **4. a)** contiennent des données chiffrées : souligne-les et utilise-les pour effectuer des calculs et baser ton raisonnement sur leurs résultats.

Répondre aux questions

▶ **2. a)** Réfère-toi bien à la définition de la conductivité, qui est donnée dans l'introduction de la question **2.**

b) La réglementation RT 2020 impose deux conditions données dans l'introduction de la question. Le matériau choisi doit les satisfaire toutes les deux.

Vérifier l'affirmation du constructeur à propos du classement énergétique de la maison

Étape 1. Le classement de la consommation énergétique des bâtiments donne celle-ci en kWh/m^2. Cette unité t'aidera à faire ton calcul.

Étape 2. L'énergie consommée par la maison qui nous intéresse est donnée dans la question précédente. Calcule l'énergie consommée par m^2 en cherchant la surface de la maison.

Étape 3. Compare le résultat trouvé avec les valeurs indiquées dans le classement de la consommation énergétique des bâtiments pour vérifier l'indication du constructeur et n'oublie pas de conclure.

40 CORRIGÉ GUIDÉ

▶ **1.** 1 : énergie lumineuse
2 : énergie électrique
3 : énergie thermique

▶ **2. a)** D'après l'énoncé, plus la conductivité thermique est faible, plus le matériau est isolant.
Nous remarquons dans le tableau des matériaux de construction que la paille a la conductivité thermique la plus élevée (0,045 SI), elle est donc la moins isolante des matériaux. Vient ensuite l'ouate de cellulose avec une conductivité thermique de 0,042 SI, puis la laine de verre avec une conductivité de 0,035 SI, qui arrivent donc à la deuxième et à la dernière place du classement (0,042 SI > 0,035 SI).

Le classement des matériaux présentés du moins isolant au plus isolant est donc : la paille – l'ouate de cellulose – la laine de verre.

b) Parmi les trois matériaux présentés, celui qui répond le mieux aux normes de la RT 2020 est la ouate de cellulose. Il faut en effet remplir deux conditions : avoir une conductivité la plus faible possible et être biosourcé.

Même si la laine de verre a une conductivité plus basse (0,035 SI) que celle de la ouate de cellulose, elle ne pouvait être choisie car elle n'est pas biosourcée.

Quant à la paille, biosourcée, elle a une conductivité thermique un peu plus élevée (0,045 SI) que celle de la ouate de cellulose (0,042 SI), ce qui la rend moins isolante.

▶ **3. a)** La molécule de glucose contient 6 atomes de carbone, 12 atomes d'hydrogène et 6 atomes d'oxygène.

b) Les produits formés lors d'une réaction chimique figurent à droite de la flèche, dans l'équation de la réaction. Les produits de la combustion du glucose sont donc : CO_2, le dioxyde de carbone, et H_2O, l'eau.

▶ **4. a)** On cherche à calculer l'énergie consommée par an pour cette maison. La puissance moyenne perdue est $P = 0,85$ kW et la durée de chauffage est $t = 120$ jours de 24 heures.

On utilise la relation :

$E = P \times t = 0,85 \times (120 \times 24) = 2\ 448$ kWh

On constate en effet que l'énergie consommée par an est environ égale à 2 500 kWh.

CONSEIL
Utilise la formule liant l'énergie à la puissance et au temps et n'oublie surtout pas de vérifier la compatibilité des unités : l'énergie est en kWh.

b) Il faut calculer l'énergie consommée par m^2 de la maison que l'on appellera E_{conso}. Nous savons que l'énergie consommée par toute la maison est $E = 2\ 448$ kWh. La surface de la maison étant $S = 100$ m^2, on a alors :

$$E_{conso} = \frac{E}{S} = \frac{2\ 448}{100} = 24,5 \text{ kWh/m}^2$$

Le classement de la consommation énergétique indique qu'un bâtiment est classé A (basse consommation) si sa consommation énergétique annuelle est comprise entre 15 et 50 kWh/m^2. Nous constatons que la valeur calculée pour cette maison $E_{conso} = 24,5$ kWh/m^2 est comprise entre ces deux valeurs. La maison en question est donc bien de classe A comme l'indique le constructeur.

Un tremblement de Terre en Méditerranée

30 min
25 points

INTÉRÊT DU SUJET • Le séisme de 2011 en Méditerranée est riche de témoignages et de données scientifiques, qui permettent de comprendre et de modéliser la propagation des ondes.

Les essais et les démarches engagés, même non aboutis, seront pris en compte.

Le 7 juillet 2011, vers 19 h, un tremblement de Terre d'une magnitude de 5,2 a été enregistré. Ce séisme qui s'est produit en Méditerranée a été largement ressenti par la population sur une distance de près de 260 kilomètres autour de l'épicentre.

DOCUMENT 1 Données sur le séisme du 7 juillet 2011

a. Carte avec localisation du séisme

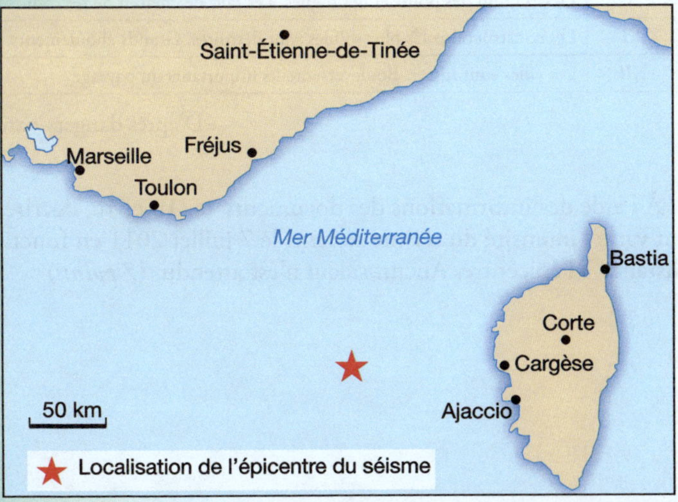

L'épicentre se situe à la surface de la Terre exactement à la verticale du foyer du séisme.

b. Quelques témoignages de différents habitants

• Saint-Étienne-de-Tinée : « des sensations, des vibrations et un grondement »

• Cargèse : « Les meubles ont bougé. » « Les secours ont reçu de nombreux appels téléphoniques, parfois angoissés. »

BRGM, 2011.

c. Estimation de l'intensité d'un séisme en un endroit donné à partir des éléments visibles ou ressentis par l'être humain (échelle macrosismique)

Degrés	Dégâts observés
I	Seuls les sismographes très sensibles enregistrent les vibrations.
II	Secousses à peine perceptibles, quelques personnes au repos ressentent le séisme.
III	Vibrations comparables à celles provoquées par le passage d'un petit camion.
IV	Vibrations comparables à celles provoquées par le passage d'un gros camion.
V	Séisme ressenti en plein air. Les dormeurs se réveillent.
VI	Les meubles sont déplacés.
VII	Quelques lézardes apparaissent dans les édifices.
VIII	Les cheminées des maisons tombent.
IX	Les maisons s'écroulent. Les canalisations souterraines sont cassées.
X	Destruction des ponts et des digues. Les rails de chemin de fer sont tordus.
XI	Les constructions les plus solides sont détruites. Grands éboulements.
XII	Les villes sont rasées. Bouleversements importants du paysage.

D'après dangers-naturels.ch

▶ **1.** À l'aide des informations des documents 1a, 1b et 1c, décrire comment varie l'intensité du séisme ressenti le 7 juillet 2011 en fonction de la distance à l'épicentre. Aucun calcul n'est attendu. (*7 points*)

DOCUMENT 2 **Principe du sismographe et sismogrammes enregistrés lors du séisme du 7 juillet 2011**

a. Fonctionnement du sismographe

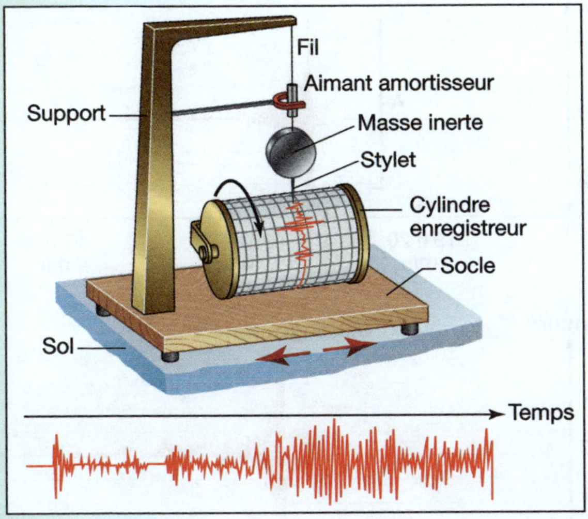

D'après Futura Planète

Le sismographe est un appareil qui enregistre les ondes sismiques. Il est capable de détecter des mouvements faibles du sol de l'ordre de quelques mm/s. Il est constitué d'une masse et d'un socle reposant sur le sol. Lorsque le sol est soumis à une secousse sismique, le socle se déplace en même temps que le sol, tandis que la masse inerte portant le stylet reste immobile.

b. Deux sismogrammes enregistrés à différentes distances de l'épicentre le 7 juillet 2011

Le sismogramme 1 a été enregistré par un sismographe installé à la cité scolaire de Corte (à environ 150 km).
Le sismogramme 2 a été enregistré par un sismographe installé dans un collège de Marseille (à environ 230 km).
t_0 correspond à l'heure de départ des ondes sismiques au niveau du foyer (19 h 21 min 48 s). Le foyer correspond à la zone où naissent les ondes sismiques.
t_c est l'heure d'arrivée des ondes sismiques à la station de Corte.
t_m est l'heure d'arrivée des ondes sismiques à la station de Marseille.
La valeur « A » repérée sur le sismogramme 1 correspond à l'amplitude maximale des ondes sismiques.

SPRINT FINAL

Information complémentaire : l'échelle est différente en ordonnées pour chaque sismogramme.

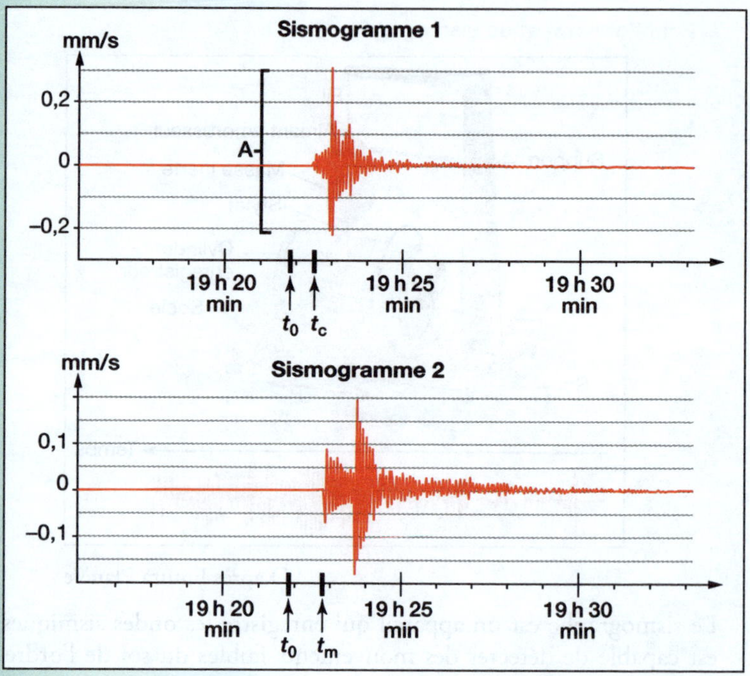

D'après *Sismo à l'école*, 2011.

▶ **2.** À l'aide des deux sismogrammes du document 2b, recopier sur la copie pour chaque proposition la réponse qui convient. (*8 points*)

Proposition 1 : L'amplitude des ondes sismiques enregistrées est :
a) plus grande à Marseille qu'à Corte.
b) plus grande à Corte qu'à Marseille.
c) identique pour les deux villes.

Proposition 2 : Le séisme a été enregistré :
a) en premier à la station de Corte.
b) en premier à la station de Marseille.
c) en même temps dans les deux stations.

DOCUMENT 3 **Relation entre les ondes sismiques et la distance au foyer**

On s'intéresse à la relation entre l'amplitude des ondes sismiques et la distance au foyer. On veut vérifier l'hypothèse selon laquelle « l'amplitude des ondes sismiques s'atténue en fonction de la distance au foyer » en s'appuyant sur un modèle.

On dispose du matériel suivant pour modéliser le déplacement des ondes sismiques depuis le foyer :
– un ordinateur avec un logiciel d'enregistrement des ondes ;
– deux capteurs d'ondes (sensibles aux vibrations) reliés à l'ordinateur ;
– un mètre ;
– un marteau (dont le coup modélise l'origine du séisme au niveau du foyer) ;
– une barre de roche de 1 m de long.

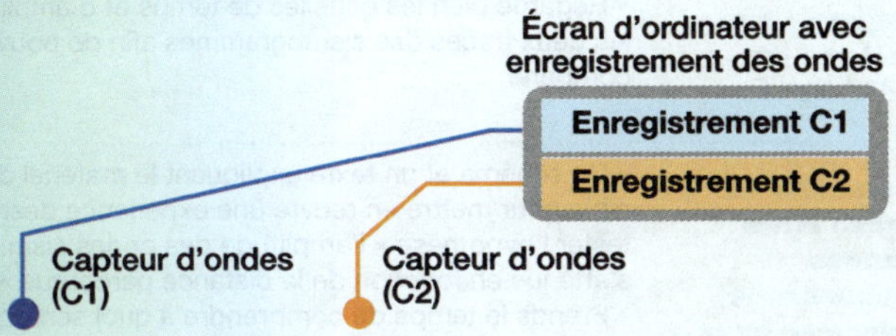

▶ **3.** À l'aide du matériel mis à disposition dans le document 3 :
– proposer une expérience permettant de vérifier que « l'amplitude des ondes sismiques s'atténue en fonction de la distance parcourue » ;
– préciser les résultats attendus au niveau de chaque capteur d'ondes.
Votre réponse sera présentée sous forme d'un texte et/ou d'un schéma légendé. (*7 points*)

▶ **4.** Le modèle proposé n'est pas la réalité, il est donc critiquable.
– Associer chaque élément du modèle à un élément de la réalité (foyer, roches du sous-sol, stations d'enregistrement à Marseille et à Corte).
– Formuler deux critiques de ce modèle. (*3 points*)

LES CLÉS DU SUJET

Comprendre les documents

Document 1 • Données sur le séisme du 7 juillet 2011	• La carte (1a) situe l'épicentre du séisme et les lieux où des témoignages (1b) ont été recueillis. Le tableau (1c) donne l'intensité du séisme sur une échelle macrosismique en fonction des éléments visibles ou ressentis par les humains. • La carte donne une idée de la distance des différents sites à l'épicentre. Les témoignages comparés au tableau rendent compte de l'intensité du séisme.
Document 2 • Principe du sismographe et sismogrammes enregistrés lors du séisme du 7 juillet 2011	• Le schéma et le texte expliquent le fonctionnement du sismographe. Les sismogrammes sont les enregistrements des secousses ressenties à Marseille et à Corte. • Regarde bien les échelles de temps et d'amplitude sur les deux tracés des sismogrammes afin de pouvoir les comparer.
Document 3 • Relation entre les ondes sismiques et la distance au foyer	• Un schéma et un texte expliquent le matériel disponible pour mettre en œuvre une expérience destinée à tester l'hypothèse « l'amplitude des ondes sismiques s'atténue en fonction de la distance parcourue ». • Prends le temps de comprendre à quoi sert chaque élément du matériel.

Répondre aux questions

▶ **2.** L'amplitude des ondes sismiques est en ordonnées et l'échelle n'est pas la même sur les deux tracés. Sur l'axe du temps, t_0 est l'heure du séisme et donc le départ des ondes sismiques à 19 h 21 min 48 s. L'heure d'arrivée des ondes est notée t_c pour Corte et t_m pour Marseille. Il suffit de les comparer afin de savoir dans quelle station les ondes sont arrivées en premier.

▶ **3.** Que ce soit dans un schéma ou dans un texte, il faut faire figurer tout le matériel proposé. Les légendes sont indispensables sur le schéma.

41 CORRIGÉ GUIDÉ

CONSEIL
Repère l'échelle notée sur la carte afin de calculer les distances.

▶ **1.** Sur la carte, la distance qui sépare l'épicentre de Saint-Étienne-de-Tinée est un peu plus du double de celle qui le sépare de Cargèse (distances calculées de 225 km et 100 km).

À Saint-Étienne-de-Tinée, on rapporte « des sensations, des vibrations et un grondement » ce qui correspond d'après le tableau (1c) à un degré III sur l'échelle macrosismique.

À Cargèse, les témoignages « les meubles ont bougé » et « les secours ont reçu de nombreux appels téléphoniques, parfois angoissés » correspondent d'après le tableau à un degré VI.

On remarque que l'intensité est plus importante à Cargèse, plus proche de l'épicentre du séisme, qu'à Saint-Étienne-de-Tinée. L'intensité du séisme ressenti le 7 juillet 2011 diminue donc en fonction de la distance à l'épicentre.

▶ **2.** Proposition 1 : réponse **b)** L'amplitude maximale des ondes sismiques enregistrées est plus grande à Corte qu'à Marseille.

Proposition 2 : réponse **a)** Le séisme a été enregistré en premier à la station de Corte.

▶ **3.** Schéma de l'expérience permettant de vérifier que « l'amplitude des ondes sismiques s'atténue en fonction de la distance parcourue » :

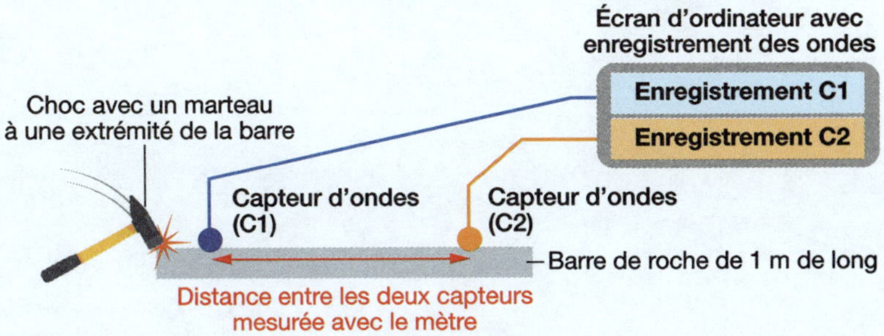

Afin de modéliser le déplacement des ondes sismiques depuis le foyer, on frappe une barre de roche avec un marteau, ce qui va engendrer des vibrations qui vont parcourir la barre et être enregistrées au niveau du capteur C1 puis du capteur C2. On pourra comparer l'amplitude des vibrations sur les deux enregistrements.

Comme les vibrations seront enregistrées en C1 puis en C2, plus éloigné, on s'attend à ce que l'amplitude enregistrée en C2 soit plus faible que celle en C1, ce qui vérifiera que l'amplitude des ondes sismiques s'atténue en fonction de la distance parcourue.

▶ **4.** La correspondance entre le modèle et la réalité est la suivante :

– La barre de roche modélise les roches du sous-sol.

– Le capteur C1 représente la station d'enregistrement à Corte et le capteur C2, celle de Marseille.

– Le coup de marteau correspond à l'origine du séisme ; l'endroit où le coup est porté est donc le foyer.

Dans la réalité, les roches du sous-sol traversées ne sont pas d'un seul type comme dans la barre du modèle. De plus, la distance parcourue est beaucoup plus importante, ce qui pourrait faire varier les résultats.

42 France métropolitaine • Juin 2021

Fonte et régression des glaciers

30 min
25 points

INTÉRÊT DU SUJET • La fonte des glaciers de montagne est l'une des conséquences du réchauffement climatique. Ce phénomène touche particulièrement l'Europe. Cela nous concerne donc de très près !

Le réchauffement climatique est la principale cause de la fonte et de la régression des glaciers de montagne dans le monde.

D'après www.futura-sciences.com

PARTIE 1. LES CAUSES DE LA FONTE DES GLACIERS

L'augmentation de la température de l'air est responsable d'une fonte plus importante des glaciers de montagne. Cette augmentation de la température est liée à l'excédent de gaz à effet de serre (vapeur d'eau H_2O, dioxyde de carbone CO_2, méthane CH_4, etc.) libérés dans l'atmosphère par les activités humaines. Les chercheurs estiment que le manteau neigeux naturel des Alpes pourrait diminuer de 70 % d'ici la fin du siècle si les émissions de gaz à effet de serre se poursuivent à l'identique. Un deuxième phénomène responsable de la fonte des glaciers de montagne est la diminution des précipitations. En effet, les apports en neige de l'hiver ne compensent plus la fonte naturelle des glaciers pendant l'été.

▶ **1.** En vous appuyant sur l'introduction, citer deux causes essentielles responsables de la fonte des glaciers de montagne.

▶ **2.** Donner le nom et le nombre des atomes présents dans la molécule de méthane.

▶ **3.** Le méthane, constituant principal du gaz naturel et du biogaz, intervient aussi en tant que réactif dans des combustions servant aux activités humaines. On obtient du dioxyde de carbone et de l'eau à l'issue d'une combustion complète. Choisir parmi les équations chimiques suivantes celle qui modélise la combustion complète du méthane. Justifier ce choix.

$$CH_4 + 2\,O_2 \rightarrow CO_2 + 2\,H_2$$
$$CH_4 + 2\,O_2 \rightarrow 2\,CO_2 + H_2O$$
$$CH_4 + 2\,O_2 \rightarrow CO_2 + 2\,H_2O$$

PARTIE 2. FONTE DES GLACIERS DE MONTAGNE ET HYDROÉLECTRICITÉ

Les eaux de fonte des glaciers contribuent à alimenter des lacs de retenue et participent au fonctionnement de centrales hydroélectriques dont le schéma de principe est donné ci-dessous.

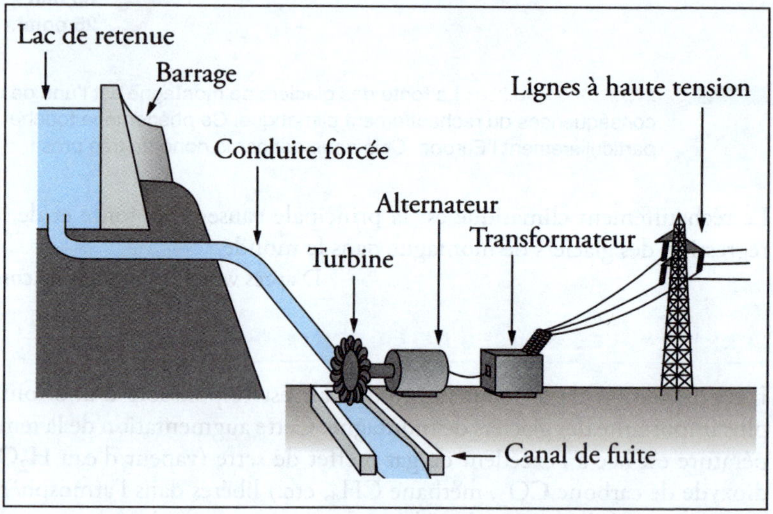

D'après www.edf.fr

▶ **1.** Citer la forme d'énergie emmagasinée au niveau du lac de retenue parmi les suivantes : énergie nucléaire, énergie cinétique, énergie potentielle, énergie chimique, énergie thermique.

▶ **2.** On considère l'alternateur de la centrale hydroélectrique. Sans recopier le diagramme de conversion d'énergie ci-dessous, affecter à chaque numéro une forme d'énergie en choisissant parmi les groupes de mots suivants : énergie électrique, énergie chimique, énergie cinétique, énergie lumineuse, énergie thermique.

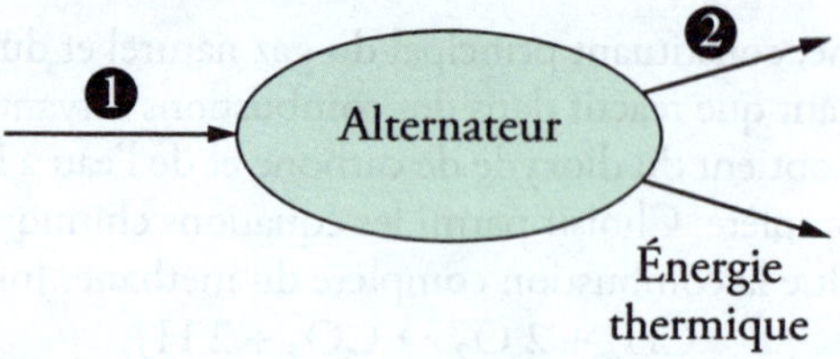

PARTIE 3. ÉVOLUTION AU COURS DU TEMPS DE L'ÉPAISSEUR EN UN POINT DE LA MER DE GLACE

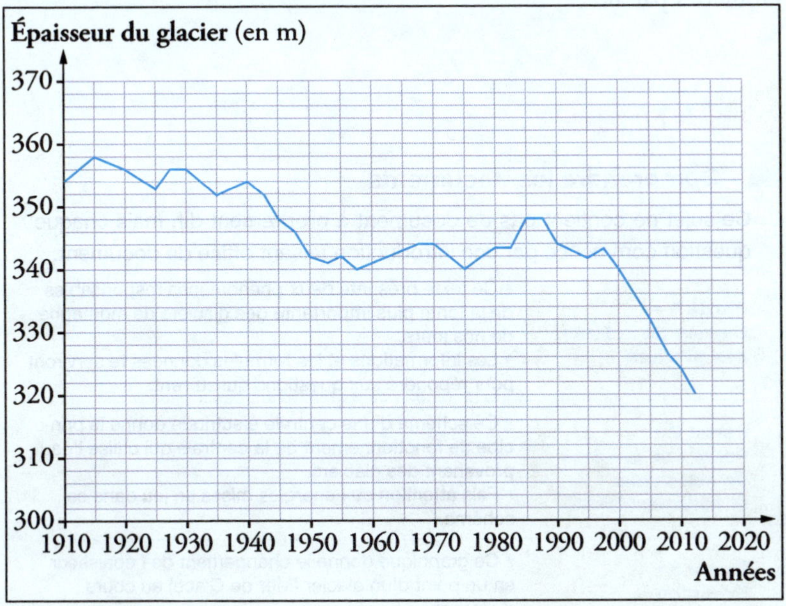

D'après www.ecologie.gouv.fr

▶ **1.** À l'aide du document ci-dessus, on montre que la diminution de l'épaisseur de la Mer de Glace (un glacier des Alpes) entre les années 1990 et 2000 est de 4 mètres. Déterminer la diminution de l'épaisseur du glacier entre les années 2000 et 2010. Justifier la réponse.

▶ **2.** Comparer les deux diminutions obtenues pour une durée de dix ans puis commenter. Quelle hypothèse peut-on formuler à propos du réchauffement climatique ?

PARTIE 4. VITESSE D'ÉCOULEMENT DE LA GLACE DE LA MER DE GLACE DANS LES ALPES

Un glacier de montagne n'est pas immobile. Une fois la glace formée, elle s'écoule lentement vers l'avant de la pente, comme un fleuve. Une première estimation de la vitesse d'écoulement de la Mer de Glace a été établie il y a déjà presque deux siècles : une échelle abandonnée par le physicien alpiniste Horace-Bénédict de Saussure en 1788 a été retrouvée 4 370 mètres en aval en 1832.

▶ Établir le raisonnement permettant de calculer la vitesse d'écoulement de la glace de la Mer de Glace. Effectuer le calcul et exprimer le résultat en mètres par an.

LES CLÉS DU SUJET

Comprendre les documents

Ce sujet ne contient pas de document à proprement dit, mais chaque question commence par une introduction faisant office de document.

Partie 1 • Causes de la fonte des glaciers	• Ce texte présente deux phénomènes responsables de la fonte plus importante des glaciers de montagne de nos jours. • Les informations et les formules données te serviront pour répondre aux questions qui suivent.
Partie 2 • Fonte des glaciers de montagne et hydroélectricité	• Ce schéma d'une centrale électrique donne le principe de fonctionnement de la centrale qui utilise l'eau provenant des glaciers. • Fais attention aux énergies mises en jeu dans ce schéma.
Partie 3 • Évolution de l'épaisseur de la Mer de Glace	• Ce graphique donne le changement de l'épaisseur en un point d'un glacier (Mer de Glace) au cours du temps. • Utilise une règle pour repérer les points sur l'axe des ordonnées correspondant aux abscisses demandées.
Partie 4 • Vitesse d'écoulement de la glace de la Mer de Glace	• Ce texte explique comment un glacier de montagne se met en mouvement et s'écoule. • Note bien les deux dates données dans ce texte et l'altitude indiquée pour effectuer tes calculs.

Répondre aux questions

Partie 1

▶ **3.** Note bien dans l'énoncé de cette question les noms des produits de la réaction. Ces produits doivent figurer dans l'équation choisie.

Partie 2

▶ **1.** L'énergie à citer est celle également emmagasinée dans les objets ou les masses que l'on maintient en hauteur dans un lieu où règne la pesanteur.

■ **Partie 4**

Suis les étapes proposées ci-dessous pour répondre à cette question.

Calculer la vitesse d'écoulement de la glace de la Mer de Glace

Étape 1. Les deux dates données dans l'introduction à cette question te donnent la durée du déplacement de l'échelle laissée par l'alpiniste. Calcule cette durée *t*.

Étape 2. Cherche ensuite dans le texte la distance *d* parcourue par l'échelle. La durée *t* et la distance *d* te permettront de calculer la vitesse *v* de déplacement de l'échelle oubliée.

Étape 3. Rédige ta réponse en exposant ton raisonnement, sachant que c'est la glace qui a entraîné l'échelle avec elle en s'écoulant.

42 CORRIGÉ GUIDÉ

PARTIE 1

▶ **1.** L'une des causes de la fonte des glaciers de montagne est l'augmentation de la température de l'air due au réchauffement climatique. La seconde raison est la diminution des précipitations en hiver. L'apport en neige est donc insuffisant pour compenser la quantité qui fond naturellement.

▶ **2.** La molécule de méthane (CH_4) contient un atome de carbone et quatre atomes d'hydrogène.

▶ **3.** La bonne équation est :
$CH_4 + 2\,O_2 \rightarrow CO_2 + 2\,H_2O$.

• D'après l'énoncé, il apparaît de l'eau H_2O et du dioxyde de carbone CO_2, ce que nous constatons à droite de l'équation. Comme les éléments sont conservés au cours de la réaction, on doit retrouver le même nombre d'atomes à gauche de la flèche : un atome de carbone, quatre atomes d'hydrogène et quatre atomes d'oxygène.

INFO +
L'équation d'une réaction doit être équilibrée, c'est-à-dire que le nombre d'atomes doit être le même à droite et à gauche de la flèche.

• Dans la première équation, l'eau n'apparaît pas comme produit de la réaction et, dans la seconde équation, il n'y a qu'un seul atome de carbone et quatre d'oxygène avant la réaction, mais deux atomes de carbone et cinq d'oxygène après, ce qui n'est pas possible.

PARTIE 2

▶ **1.** La forme d'énergie emmagasinée dans le lac de retenue est l'énergie potentielle.

▶ **2.** Les deux énergies sont :

❶ Énergie cinétique

❷ Énergie électrique

PARTIE 3

▶ **1.** D'après le graphique, en 2000, l'épaisseur du glacier était de 340 m, tandis qu'en 2010, cette épaisseur était de 324 m.

La diminution de l'épaisseur du glacier est donc de 340 – 324 = 16 m.

> **CONSEIL**
> Chaque graduation correspond à 2 m, il est donc possible de faire une lecture sur la courbe. Mais en faisant le calcul, tu dois justifier ta réponse.

▶ **2.** Le graphique de la question **3** montre qu'entre 1990 et 2000, c'est-à-dire en 10 ans, l'épaisseur de la Mer de Glace a diminué de 4 m.

Tandis qu'entre 2000 et 2010, soit pour une durée identique, l'épaisseur du même glacier a diminué de 16 m, c'est-à-dire quatre fois plus que lors de la décennie précédente. Nous pouvons donc émettre l'hypothèse qu'en 10 ans, le réchauffement du climat de notre planète a connu une accélération fulgurante.

PARTIE 4

D'après l'introduction, une échelle abandonnée par un physicien alpiniste a parcouru 4 370 m entre l'année où il l'a abandonnée, c'est-à-dire en 1788, et l'année où elle a été trouvée, en 1832. La durée t du parcours de l'échelle est :

$t = 1832 - 1788 = 44$ ans

La vitesse v à laquelle l'échelle a parcouru la distance $d = 4\,370$ m est celle de l'écoulement de la glace de la Mer de Glace, car cet objet a été entraîné par le mouvement du glacier. Cette vitesse est donnée par :

$$v = \frac{d}{t} = \frac{4\,370}{44} = 99 \text{ m/an}$$

Nous pouvons donc affirmer que la vitesse moyenne de l'écoulement de la glace est 99 m/an. Il s'agit d'une vitesse moyenne, car cette valeur ne peut pas être constante en tout lieu d'une chaîne de montagnes aussi vaste et sur une durée aussi longue (44 ans).

43 France métropolitaine • Juin 2021

Photosynthèse de feuilles rouges et panachées

30 min
25 points

INTÉRÊT DU SUJET • La plupart des plantes ont des feuilles vertes, mais certaines ont des feuilles rouges ou panachées. Celles-ci sont-elles capables d'effectuer la photosynthèse malgré leur couleur différente ?

Dans la nature, au printemps, on peut observer des plantes à feuilles vertes, des plantes à feuilles rouges, des plantes à feuilles panachées, c'est-à-dire vertes et blanches, rouges et blanches…
Pour réaliser la photosynthèse, les plantes à feuilles vertes captent l'énergie lumineuse grâce à des pigments, notamment les chlorophylles, présents dans les cellules de leurs feuilles. Ces chlorophylles sont responsables de la couleur verte de ces plantes.
On recherche les pigments que possèdent les plantes à feuilles rouges.

▶ **1.** En vous appuyant sur les chromatogrammes du document 1 :
– montrer que les feuilles rouges disposent de pigments permettant la photosynthèse ;
– citer les pigments qui pourraient être responsables de la couleur rouge des feuilles des plantes à feuilles rouges.

DOCUMENT 1 **Chromatographie et chromatogrammes**

La chromatographie est une technique qui permet, notamment, de séparer les pigments contenus dans une feuille. Pour cela, un morceau de feuille est écrasé sur une bande de papier (étape 1). La bande de papier est placée dans un solvant (étape 2) qui va entraîner les pigments vers le haut et les séparer.
On réalise deux chromatographies : un pour une feuille verte et l'autre pour une feuille rouge.

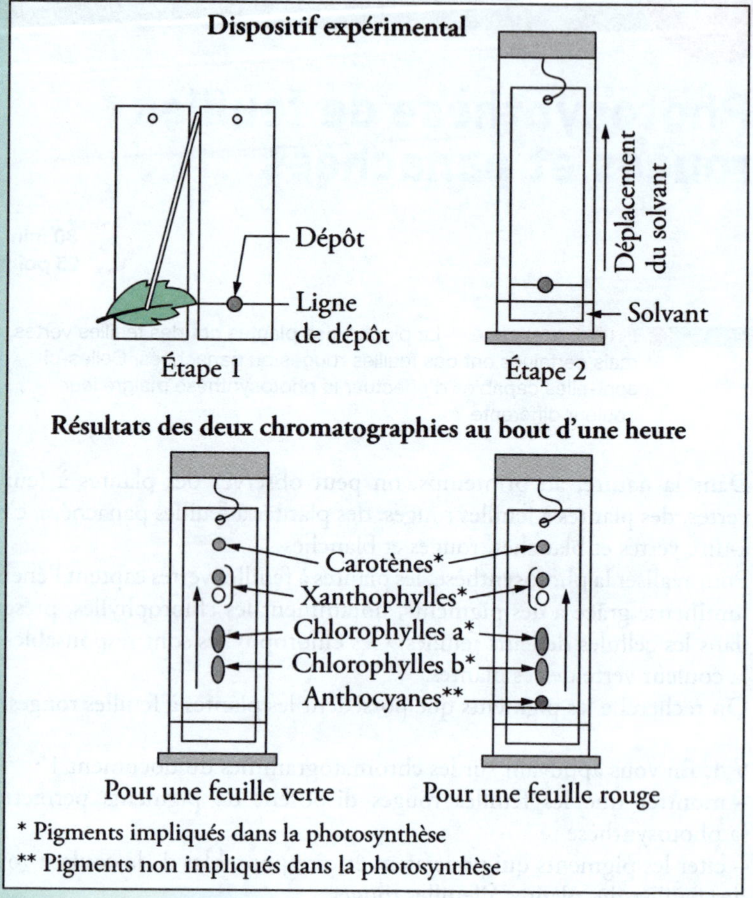

L'amidon est une molécule qui constitue une forme de stockage de la matière organique. Pour le produire, les plantes à feuilles vertes réalisent la photosynthèse. Les pigments chlorophylliens des plantes à feuilles rouges sont fonctionnels (ils permettent de réaliser la photosynthèse). On se demande si les plantes à feuilles rouges produisent de l'amidon grâce à la photosynthèse en présence de lumière.

DOCUMENT 2 **Production et stockage d'amidon dans les différentes parties d'une plante à feuilles rouges**

Avant de débuter l'expérience, il est nécessaire de s'assurer de l'absence d'amidon dans les feuilles des plantes. Pour cela, on laisse les plantes au moins deux jours à l'obscurité. Dans ces conditions, la photosynthèse s'arrête, les produits de la transformation de l'amidon sont distribués dans les autres parties de la plante.

DOCUMENT 3 **Dispositifs expérimentaux**

		Expérience 1	Expérience 2	Expérience 3
Matériel de départ Les plantes sont cultivées en présence d'eau et de sels minéraux.		 1 plante à feuilles vertes — 1 plante à feuilles rouges	 2 plantes à feuilles rouges	 1 plante à feuilles rouges
Protocole expérimental	**Étape 1**	Culture des 2 plantes pendant 3 jours à l'obscurité	Culture des 2 plantes pendant 3 jours à l'obscurité	Culture de la plante pendant 3 jours à l'obscurité
	Étape 2	Culture pendant 6 h : – à la lumière pour la plante rouge ; – à l'obscurité pour la plante verte.	Culture pendant 6 h : – à la lumière pour une plante ; – à l'obscurité.	Culture pendant 6 h à la lumière
	Étape 3	• Prélèvement d'une feuille de chacune des plantes • Décoloration en laboratoire • Test à l'eau iodée	• Prélèvement d'une feuille de chacune des plantes • Décoloration en laboratoire • Test à l'eau iodée	• Prélèvement d'une feuille de la plante • Décoloration en laboratoire • Test à l'eau iodée

Principe du test à l'eau iodée : l'eau iodée est un réactif jaune qui permet de mettre en évidence la présence d'amidon en se colorant en violet/noir en sa présence.

▶ **2.** À l'aide des documents 2 et 3, indiquer sur votre copie l'expérience, parmi les trois proposées, qui permet de tester l'hypothèse :
« La lumière est nécessaire pour que les plantes à feuilles rouges produisent de l'amidon grâce à la photosynthèse. »
Justifier votre choix.

On s'intéresse aux plantes à feuilles panachées : de couleur verte et blanche ou de couleur rouge et blanche.

DOCUMENT 4 **Tests à l'eau iodée sur différentes feuilles**

Toutes les feuilles utilisées ci-dessous sont issues de plantes placées dans des conditions favorables à la photosynthèse : en présence de lumière, d'eau et de sels minéraux.
Les parties blanches des feuilles ne contiennent pas de pigments.

Couleurs des feuilles avant le test à l'eau iodée

Expérience 1	**Expérience 2**	**Expérience 3**	**Expérience 4**
Feuilles vertes	Feuilles rouges	Feuilles panachées vertes et blanches	Feuilles panachées rouges et blanches

▶ **3.** En vous aidant de tous les documents du sujet :
a) Donner les résultats attendus des tests à l'eau iodée pour les feuilles des quatre expériences du document 4 (en réalisant des schémas légendés et/ou en rédigeant un texte).
b) Expliquer la production d'amidon ou son absence dans les différentes parties des feuilles.

LES CLÉS DU SUJET

Comprendre les documents

Document 1 • Chromatographie et chromatogrammes	• Le texte explique la technique de chromatographie ; les schémas montrent le dispositif expérimental ainsi que les résultats pour une feuille verte ou une feuille rouge. • La chromatographie de la feuille verte sert de témoin pour une feuille effectuant la photosynthèse.
Document 2 • Amidon dans une plante à feuilles rouges	Le texte précise la manière dont l'expérience peut débuter après s'être assuré de l'absence d'amidon dans les feuilles.
Document 3 • Dispositifs expérimentaux	• Le tableau présente trois protocoles expérimentaux. • Surligne, avec des couleurs différentes, les conditions différentes (la présence de lumière ou non).
Document 4 • Tests à l'eau iodée sur différentes feuilles	• Le tableau présente les quatre types de feuilles testées à l'eau iodée après avoir été éclairées. • Repère les couleurs des différentes parties des feuilles afin de déduire si la photosynthèse et la production d'amidon y sont possibles.

Répondre aux questions

▶ **1.** Compare les résultats des deux chromatographies. Attention, il y a deux questions, tu dois montrer que les pigments nécessaires à la photosynthèse sont présents dans les feuilles rouges et expliquer quels pigments peuvent leur donner la couleur rouge.

▶ **2.** Compare les conditions expérimentales afin de mettre en évidence les facteurs qui varient ; il s'agit de ceux qui sont testés.

▶ **3. a)** Dans un premier temps, imagine les résultats des tests à l'eau iodée des quatre expériences.

b) Explique s'il y a production ou non d'amidon dans les différentes parties des feuilles. Pour cela, fais un lien entre pigments, photosynthèse et production d'amidon.

43 CORRIGÉ GUIDÉ

▶ **1.** • La chromatographie est une technique qui permet de séparer les différents pigments d'une feuille. Le document 1 montre notamment les pigments impliqués dans la photosynthèse sur les résultats des chromatographies. Ce sont les xanthophylles, les carotènes et les chlorophylles a et b présents dans les feuilles vertes. D'après les résultats comparés des deux chromatographies, on voit que les feuilles rouges contiennent aussi ces pigments, ainsi que des anthocyanes qui ne sont pas impliqués dans la photosynthèse.

• Tous les pigments permettant la photosynthèse sont présents aussi bien dans les feuilles vertes que dans les feuilles rouges.

• Seuls les anthocyanes sont en plus dans les feuilles rouges et peuvent être responsables de la couleur rouge, puisque c'est la seule différence entre les feuilles rouges et les feuilles vertes.

▶ **2.** • L'amidon est une molécule de stockage de la matière organique produite par photosynthèse. D'après le document 2, on sait qu'au début de l'expérience, il n'y a pas d'amidon stocké car les plantes ont été privées de photosynthèse à l'obscurité pendant deux jours.

• La présence d'amidon est révélée par un test à l'eau iodée qui prend alors une couleur violet/noir.

• En comparant les colonnes du tableau, on note que les étapes des protocoles expérimentaux sont identiques, sauf au niveau de la couleur des feuilles de la plante testée et de l'exposition à la lumière en étape 2.

CONSEIL
Les expériences doivent tester les plantes rouges et l'importance du facteur lumière.

• L'expérience 1 teste à la fois la couleur des feuilles et l'exposition à la lumière, les résultats ne peuvent être exploitables car deux facteurs varient en même temps.

• L'expérience 3 ne teste qu'une seule plante à feuilles rouges à la lumière, mais pas à l'obscurité. Il n'y a pas de facteur testé avec cette seule expérience.

• L'expérience 2 teste deux plantes à feuilles rouges, l'une à la lumière et l'autre à l'obscurité. Ces résultats comparés permettront de savoir si la lumière est nécessaire aux feuilles rouges pour produire de l'amidon grâce à la photosynthèse.

• C'est donc l'expérience 2 qui permet de tester l'hypothèse que la lumière est nécessaire pour que les feuilles rouges produisent de l'amidon grâce à la photosynthèse.

▶ **3. a)** Résultats des tests à l'eau iodée des quatre expériences :

Expérience 1	**Expérience 2**	**Expérience 3**	**Expérience 4**
Feuilles vertes	Feuilles rouges	Feuilles panachées vertes et blanches	Feuilles panachées rouges et blanches

Couleur noir/violet : test positif à l'eau iodée, présence d'amidon

Couleur jaune : test négatif à l'eau iodée, absence d'amidon

b) • D'après les documents 2 et 3, la production d'amidon se fait par photosynthèse.

• D'après le document 1, pour réaliser la photosynthèse, les plantes captent l'énergie lumineuse grâce à des pigments, notamment les chlorophylles présents dans les cellules de leurs feuilles qu'elles soient vertes ou rouges. Il y a photosynthèse et production d'amidon dans les parties vertes ou rouges des feuilles qui contiennent les pigments nécessaires.

• D'après le document 4, les parties de feuilles blanches ne contiennent pas de pigments et ne peuvent donc pas effectuer la photosynthèse et produire de l'amidon. Il y a absence d'amidon dans les parties blanches des feuilles panachées.

• Comme la production d'amidon nécessite la présence des pigments impliqués dans la photosynthèse, la molécule d'amidon sera présente dans les parties vertes ou rouges et absente dans les parties blanches.